让日常阅读成为砍向我们内心冰封大海的斧头。

Jón Kalman Stefánsson

鱼没有脚

[冰岛] 约恩·卡尔曼·斯特凡松 _ 著

苇欢 _ 译

四川文艺出版社

序

太阳也无法阻止它,"彩虹和爱"这样美丽的词显然也不行;它们都没用,最好全被扔进垃圾桶——一切始于死亡。

我们拥有很多:上帝、祷告、音乐、技术、科学、每日新发现、尖端手机、高能望远镜,可突然有人死去,什么都没留下,你找寻上帝,向他求救,一把抓住失落,抓住他的咖啡杯,抓住仍缠着她头发的梳子,紧紧抓住,如同抓住安慰,抓住魔力,抓住眼泪,抓住那一去不复返的事物。还有什么可说的?也许没了,生命令人费解,毫不公平,但无论怎样仍要拥有一次,无法逃避,你知道没有别的路,生命是唯一的确切,是无价之宝,也是无用的垃圾。生命之后再无他物。然而一切始于死亡。

不,这话不对,因为死亡是终点,让我们静默,在我们写了一半的时候夺去我们的笔,关掉电脑,让太阳消失,让天空焚烧,死亡是无用的化身,我们必须坚决阻止它的到来,绝不允许。死亡是上帝的谬误,也许是上帝正当绝望时,将冷酷与懊悔融为一体创造出来的,仿佛他耐心的造物游戏不再管用。然而,每个死亡都孕育出新的生命——

凯夫拉维克
——现在——

"凯夫拉维克并不存在。"
　　　　选自《冰岛》

凯夫拉维克有三个基本方向:
风、海洋与永恒

> 毫无价值，在这里
> 天地之间的距离
> 最遥远

我并无不恭之意，但阿里是唯一一个能把我拉回来的人。穿过大片的黑色熔岩，几百年前它们痛苦地停止流动，一些地方寸草不生，另一些地方却很柔和，在蔓生的青苔的包覆下显得寂静与安详。你驱车驶出雷克雅未克，经过长长的炼铝厂，进入熔岩地带，先是一声古老的尖叫，随后便是青苔覆盖下的寂静。

天很阴，黯淡的云扑灭了十二月若有似无的光线，熔岩如同黑夜，降临在雷克雅内斯公路两旁。路边亮起的街灯发出长明的光，监视着你，夺走你的星星和风景，以及挡住你的视线。我开车穿过灰色和记忆，穿过熔岩和无常的情绪，那些离去的不会再回来，可我回来了，毫不犹豫地回来了，以每小时一百一十千米的速度，回到凯夫拉维克。

凯夫拉维克，一个并不存在的地方。

我不知道这是否关于那句无礼的诗，关于它所在的那首诗所讲述的真理，但去往凯夫拉维克的旅途总像要驶离这个世界，前往虚无。从长长的炼铝厂，以及工厂四围快速生长的植被出发，不过二十分钟,就会看见,尼亚兹维克第一批在熔岩中崛起的楼房笼罩在一片潮湿的灰色与荒谬中。这陌生的奇迹,竟有生命存活于此,这一点始终令我和阿里感到困惑。这儿有人居住,还有不少房子——这里总有一些事物对抗着共识,对抗着历史思辨。别会错了我的意思,使我惊讶的并非尼亚兹维克的楼房——对此我早有心理准备。去凯夫拉维克的路程已过半,向右看去,斯塔皮进入视野。这个村庄过去靠军事生存,现在却萎靡不振,一半地方已沉入斯塔皮地下的熔岩。村庄得名于此地高大的悬崖,那堵悬崖像一个巨大的拳头,一声呼啸,伸入汹涌的大海。再向前几千米,是一个大大的路标,上面慢慢闪过的名字仿佛一声沉重的心跳,击打在飞驰而过的汽车上:

雷恰内斯拜尔

像一则警告般对着路人闪烁,昭示着他们最后掉转方向的机会,世界终结于此。

雷恰内斯拜尔是个单调的别名,包括三个村庄,它们过去的名字是尼亚兹维克、凯夫拉维克和哈布尼尔。

人口一万,还有一片缺少限额的海[1]。

我没有回头,而是直接驶过路标,驶离这个世界,没多久就

---

[1] 1984年,冰岛采用了个人可转让捕鱼限额制。捕鱼限额可被分配给集体或者渔船(渔业公司)。由于凯夫拉维克是美国的军事基地,所以这座村镇分得的限额比其他村镇少得多(渔业对于凯夫拉维克的经济不那么重要)。渔业公司的老板偶尔会因为更大的利益出售自己的限额,有时卖给本国其他地域的公司,这会导致一个村镇失去限额(其工业发展是基于渔业公司在那里设立了总部),而鱼却能在大海里逍遥。小说中"缺少限额的海"这一说法由此而来。凯夫拉维克的居民失去了捕鱼限额,就算有,也很难以此维生,因此他们无法充分利用海洋资源——村镇外的海并不是"缺少鱼",而是"缺少限额"。

碰上了一些难以理解的建筑：先是老基地上庞大的飞机库，它由美军建造，一直是冰岛最大的建筑，其面积肯定了那个国家的军事优势；接着便是尼亚兹维克耸立在熔岩之上的房屋，从那儿走过去就是凯夫拉维克，我和阿里在这个村镇度过了各自生命中最重要的时光，这是一个拥有"三个基本方向"的地方。

　　冰岛是一片荒芜之地，不知是谁说过，"年景不好的时候，这里几乎无法居住"。这个说法真实得不能再真实：山很暴躁，每一个坡都能致命，凄厉的风带着愤怒把刺骨的寒气一股脑地泼向你。在这片荒凉的土地上，生活的艰辛、疾病与火山爆发几乎两次洗清了冰岛的人口，毫无疑问，凯夫拉维克是整个国家最糟糕的地区。与之相比，比斯克普斯通格和斯卡加峡湾的乡村简直美妙如天堂，颇有南方土地的温柔之感。假如捕不了鱼，就几乎没有什么能救活我们；咸腥的大风呼啸而来，对着人群猛击，用以维持生命的雨水随着希望在熔岩里消失，在这里，天地之间的距离最遥远。"毫无价值"，十八世纪的阿尔尼·马格努松和保德尔·维达林所写的《地籍簿》[1]中曾有此记载，这部以科学家极其公正的视角完成的手稿首次对凯夫拉维克做了全面描述。他们没有时间写诗来表达感情或是谴责；取而代之的是洞见与坦率："这里无船停泊；泊船条件恶劣。没有放牧的草场，外围的牧场较为完整，但水源不够，夏、冬两季都一样。通往教堂的路途很远，且在冬季常常无法通行。整个国家只有这里的居民最接近死亡。"

---

[1] 著名的手稿收藏家阿尔尼·马格努松（1663—1730）和执法官保德尔·维达林（1667—1727）应丹麦国王的要求于1703—1712年对冰岛做了土地调查，并写下《地籍簿》（冰岛语：*Jareabók*，1714）一书。

二十世纪八十年代末，我和阿里坐上一辆大巴，离开了凯夫拉维克，身上只带了必备的东西——衣物、记忆、书与唱片——头也不回地离开。司机是一位稳重的老人，满头银发，有一种生来安静的好性情。出发前，他把磁带放进录音机，因为耳朵有点聋，所以调高了音量，就这样一路乒乒乓乓地开到了雷克雅未克！音乐轰炸着我们的耳朵，像一种残酷的惩罚。我们的车慢慢驶出凯夫拉维克，经过港口，沿着军事基地行进，那里的战斗机和六万美国人早已人去楼空，他们几年前就离开了，带着枪火和死亡、工作和汉堡、广播台和舞厅离开，除了废弃的楼房和失业的人口，什么也没留下。

大巴经过尼亚兹维克，开上雷克雅内斯公路，那时道路狭窄，车行缓慢，去雷克雅未克至少要一个小时，一路上司机把威猛乐队的《你走之前叫醒我》播放了三次，他安静的好性情顿时化为乌有。

一九四四年九月，冰岛共和国成立三个月后，冰岛总统考察了凯夫拉维克，这是他对此地的唯一一次正式考察，行程之初，他曾这样说过："我很乐意去本国最黑暗的地方看一看。"最黑暗的地方——在军队和机械化时代到来之前，人们怎么能够在这里生存呢？

答案很简单——本就不可能。

"踏遍整个冰岛，只有这里的居民最接近死亡。"冷酷的风像是同时从两个方向吹来，狂风裹挟着盐粒和沙子绕着圈抽打我们。天是如此遥远，人们的祷告刚刚升入半空，就像死去的鸟儿一般落下，或是化为冰雹。饮用水咸得像海水。这里不适合居住；一切都在唱反调：常识、风和熔岩。但我们仍然在这里生活了许多年、许多世纪，像熔岩一般固执，就算被载入了史册，也寂静得像青苔一般，它覆盖着岩石，把岩石变成土壤，有人会把我们制成标本，给我们钉上奖章，写一本关于我们的书。

我们？

当然，我和阿里并不是这里的人——不管我们来自何方——不完全是；十二岁时我们来到这里，十年之后又离开，在这儿我们完成了义务教育，接着去工地上班，在凯夫拉维克和桑德盖尔济生产咸鱼和鳕鱼干，我们干了三年腌制和风干鱼的活儿，再念完高中。我们来的时候还是孩子，离开时已物是人非。这里本不是故乡，可为什么当车渐渐接近尼亚兹维克，我的心就开始狂跳不止？这个村庄看起来总像是进入凯夫拉维克之前的热身项目，像一支无人倾听的乐队，除了斯塔皮的社区中心，还有什么是值得提及的？一片新的住宅区兴建起来，过去，这里是一片荒凉的山，顺着基地的方向蔓延。大多数楼房是大户型的家庭住宅，有一些楼房高耸在路边，像那些被人们遗忘的日子。高楼之下是一道道低矮的篱笆和几排纤弱的树木，树桩被牢牢加固过，仿佛是为了防止那些树溜掉。

车沿着尼亚兹维克和凯夫拉维克之间隐形的分隔线向前行驶。我的心怦怦直跳，那是可笑的肌肉、神秘的火箭和永恒童年的居所。接着我到了伦敦圈，镇上的第一个环岛，下一个是纽约圈。凯夫拉维克人想通过这种方式抬高自己，或是有意回避自己的历史，这多少令我感到尴尬，我从第二个环岛开出去，街上有许多快餐车,我在其中一辆旁边停下。从那里俯瞰港口,视野很好,它开阔的空白与绝望,仿佛被神弄丢了,然后遗忘。三个老渔民站在码头边,那里的海景不错,他们的手在身体两边晃悠,手里空空荡荡的,他们注视着今天唯一一艘将要靠岸的渔船。我拿起车上的望远镜看过去,渔民的脸上有一丝悲苦与焦灼——仿佛他们走向码头只是为了确认自己逝去的岁月是否都被困在了渔网中。

这种哀伤,这颗被碾碎的心,这些海鸥和约恩尼汉堡

大约两年前,阿里发来信息,与我和这个国家告别:"生活在小群体中,人会呼吸困难,那种沉闷感十分压抑,在窒息之前,我要离开这里。"一个离开的绝佳理由。想爱上冰岛,有时候你却不得不逃离。

小群体的沉闷让人感到压迫,假如供氧不足,那就少思考,或是狭隘一些;你的世界观变得自私自利,因而愈加可耻。阿里是对的,我们的社会为沉闷所害。尽管高山给人以启发,巍然耸立,直入青云,在那里能寻找到氧气与新鲜视角,而我们却只能在草丛里荒废光阴。别误会——草丛很重要,它们是沉睡的狗,是这个国家的思想,是我们丢失的沉默。草丛是冰岛,阿里常常这样说,他在一周前发来的一封电子邮件中又将此重复了一遍,并在里面加上了一句:"对草丛的怀念让我生不如死。丹麦人没有草丛,也没有高山,这简直不能原谅。"没有辽远的事物;只

有约会和时间，或者一个微笑的表情。他的话让我明白他正在归途之中；过去他从未说得这样坦率过。阿里母亲一方的长辈都有些多愁善感，不过，大约从他六岁开始，抚养他的人变成了一个来自斯特兰迪尔的性情冷酷的男人和一个情绪多变的东部人。这种组合显然好不到哪里去；生活注定无法摆脱愁绪、没完没了的困境和烦闷不堪的夜晚。事实的确如此，后来发生的桩桩件件都是印证，尽管方式不同。这无法避免；一旦你提起笔，就不得不把故事讲完——这是首要诫命，也是基石。所以我明白，那个日期和时间说明他正在回家的路上；那天的那个时间他会在米涅斯荒原降落，我立刻回复了他，用我们年轻时用过的表情，尽管世界完全变了模样。接着我们会一起去喝从免税店里买来的酒。你打算住在哪儿？答案出乎意料：凯夫拉维克的飞行酒店。

阿里关于回家的密码显而易见，也许并不需要专家解码，虽然两年前，临别之时，他话中的深意（"生活在小群体，人会呼吸困难"）对外人来说并不像对我一般容易理解，他真正想要表达的不外乎是："我满怀忧伤，它正在碾碎我的心，摧毁着它。一个心如废墟的人活着有何意义？我要离开这里，拯救自己。"

忧伤。

或者，有什么在他、她，以及他们的三个孩子的生活里如此突然、如此意外、如此可怕地断裂了。或者，仿佛有什么东西如此突然又意外地断裂了。他的手臂像一声尖叫扫过餐桌，没有什么再和往常一样。"没有什么"，这是个麻烦的词组。

阿里驱赶了自己。或者说，生活驱赶了他，日常生活中那些悬而未决的事，他不愿面对的事，还有在不知不觉中悄然累积的微小细节,那样入神,我想,那样淡漠、那样懦弱,或许多少都有一些。先是他的手臂像一声尖叫扫过餐桌,不久之后,空虚随之而来,悔恨——一个包含了"花"和"匕首"两层意思的词——缓慢而笃定地填满一切。

如今他回来了,在去往丹麦的两年后心碎地回来,严格地说,丹麦算不上是异国。

我依然站在凯夫拉维克的港口边,注视着今天唯一一艘载着货的船入港。几个老渔民将手插进衣兜,开始闲聊,我曾在他们脸上见过的神情已消失不见,仿佛一个误会;他们笑起来,几只海鸥随着船飞翔,却有些漫不经心,似乎对船艺和凯夫拉维克的渔业失去了信心,它们盘旋在渔船上空,像是在作秀。我举起望远镜看海鸥,它们的表情几乎是胆怯的,这想法有些荒谬,海鸥哪有表情,除非事关贪婪和对死亡的畏惧——也许它们都是自由主义者吧,阿里也许会这样加上一句。这时,突然响起的汽车喇叭音吓了我一跳;五辆车——两辆SUV、一辆小卡车和两辆家用轿车——正在快餐车边排队订餐,餐车车顶上宽大闪亮的铝制标牌上以冰岛语写着:"约恩尼汉堡!"除此之外,还写有字母大小一样的英语,也许是美式英语。习惯所致,我猜,源于大约半个世纪以来美国军事的影响。我看着那几辆车,发现自己拿起了望远镜。其中一个司机又按响了喇叭,也许是出于无聊,也许是出于对生活的抗议,抗议西南区[1]的现状,失业、绝望、被收回的捕鱼限额和一去不复返的军队;也许是对赫尔古维克的铝厂,对

---

[1] 西南区,冰岛最大的八个行政区划之一,首府为凯夫拉维克。

市长西于尔永正努力搭建的美式废物处理设施感到烦躁，对安全和幸福感到烦躁，对性能力的衰退感到烦躁，换言之，因为抗拒衰退而烦躁；也许仅仅是为自己的订单而烦躁，饿着肚子等一个约恩尼汉堡的滋味显然并不好受。除非他是有意对我按喇叭，因为我正站在这里看着港口，看着纪念碑，在昔日的好年景，这座纪念碑有着不可小觑的地位，是小镇的心脏与目的，证实了小镇的重要性，证实了它与国家的历史和精髓之间牢不可破的联系，证实了它对于军队颇有价值的平衡力，以及它对凯夫拉维克居民生活与言行的影响力。我回到车里，心知居民们对无车的人心怀戒备，此类人群常常是潦倒的酒鬼。我回头看，海鸥飞走了，那里天色渐暗，白日沉入大海，一片使凯夫拉维克和周边地带得以生存的海，生命之前提与守护的海，与冬天疲惫的红色夕阳，与海鸥，与汽车喇叭，与约恩尼汉堡一起沉入一片慷慨的海，沉入从凯夫拉维克安然游回大海的鱼群中。捕鱼限额的收回，导致大多数渔船被变卖，一个缺少限额的城镇，本国最黑暗的地方，早就被正义和平等所抛弃。我们从厨房或客厅的窗户向外看去，自言自语，这就是大海，真有那么大，然后就继续前进，因为没人想要那样庞大的事物去提醒他们昔日的好光景，繁荣的市场，一个人们轻易就能过得神采飞扬的年代；提醒他们默认海洋鱼类已化为渔业大亨和他们后代的银行存款，默认那些濒临灭绝的鳕鱼、闪闪发光的鲱鱼已成为他们的血液，默认海洋私有化——为了他们，我们得迅速拉上窗帘，因为这很严酷，大家不得不眼睁睁地看着成群结队的鱼游在海里却无法捕捞，拥有鱼类加工厂却无鱼可以加工。

我看不见海鸥或者老渔民；他们随着白日消失，也许随着夕阳、海鸥和汽车喇叭声一起沉入大海。我把望远镜对准天空——但愿那里没有限额制，穿过黑暗的空气，向着东方，那是阿里的飞机飞来的方向。飞行员正在小心驾驶，将这样一个货物送达——一个满怀忧伤与心碎的货物。

十个止哭秘诀

从高处，神的视角俯瞰，群山既不可怕，也没有炫目的美，只是一片紫罗兰色的药草，冬日的雪将它们变成冰激凌花，变成古老的玫瑰，献给冰岛的天空。阿里的座位是19A，靠窗，他残缺的心剧烈地跳动着，伴着羞耻，当云层突然分开，露出冰岛的模样，露出它古老的玫瑰、冰川和南部的黑色海岸，他的心跳一直如此。阿里揉着胸膛，像是在安抚自己的内心，这小东西竟如此苛待我们，他闭上眼，想要抓住这袭来的感觉，抓住狂热的记忆、难耐的悔恨，以及一些他不明白的情绪。他的邻座是个矮个子、身形丰满的女人，戴着有着厚厚镜片的眼镜，眯起眼，就快要吃完旅途中的第二包油炸薯片，她又抓了一把，和坐在走道边的男人一直交谈；他是个彪形大汉，嘴唇很厚，手掌厚实，用铲子刮擦着膝盖。壮汉很少说话，偶尔哼哈几声，也不吃东西，只是不停地刮着膝盖，有时力道很大，仿佛只有如此才能在女人的絮叨声中平静下来。假如飞行时间太长，他一定会杀了她，半路上阿里这样想。此时他们正在飞越法罗群岛——大西洋中央的十八块绿色岩石。若非如此，他也不会留意到这两个人，他试着不理会，可每次这个女人抓起薯片，强烈的味道就会迎面扑来。飞机一升高，飞到云层和鸟儿之上，阿里就戴上了耳机。燃烧的机油奋力抵抗着地心引力，这种力量将我们拉向它的表面，把月亮牢牢固定住，这是一种无形的力量，我们活着的每一秒，无论是醒着还是睡着都在感受，这个充满极端、失落、美与平凡的世界上的一切重要力量也同此理：爱、嫉妒、仇恨、灵感、贪婪、野心与同情。它们都是无形的，最敏感的仪表也无法测量，因而总被低估，在报告或会议记录里从不被提及。这些力量迫使我们前进，覆盖我们，凝聚我们。"不知道假如我见了你，会吻你，还是杀了你。"耳边响起鲍勃·迪伦的歌，飞机已越过平坦的丹麦，取而代之的是大海。海洋永不安宁，和人类一样充满极端。后来，云挡住视线。有时候，我们在主动寻找痛苦、悔恨。接着一头扎入伤处。我们丧失了活力，存在变得越来越复杂，好像生活前所未有地难以应对。我们服用镇静剂、兴奋剂和止痛药以忍受日常生活。年年岁岁，我们的生活目标逐渐模糊，对生活的理解变得不明不白，我们的体重增加，神经却变得迟钝与疲惫，我们永远为无法满足的欲念所折磨。我们渴望解决办法，渴望明确，但没有时间、没有平和的心情、没有毅力去求索，反倒是心怀感激、毫不犹豫地走捷径，一口吞掉快餐，对床事仓促了之；无论什么，都能速战速决——我们生活在一个极速时代。自助手册向人们承诺更好的生活，更丰富的存在体验；十个戒酒的秘诀、减肥的秘诀、抵抗思念和恐惧的秘诀，十个生活秘诀，很少超过十个，因为我们几乎无法应付更多。十个，如同我们的手指，如同"十诫"。十个生活秘诀。他想，他真不该听这首混账的歌，在云与海之上，在十八块绿色岩石之上听，可他还是听了，四遍，五遍，下次和她见面时，究竟是吻她，还是杀了她。《疗愈伤心的十大秘诀》这本书里说，探索伤口是疗愈的唯一办法。阿里对这本书再熟悉不过了，他在丹麦出版这本书的公司里担任编辑，此书上市后前五个月的销量是十六万本，伤心的人太多——冰岛的报纸纷纷登出这个消息，以冰岛人典型的夸大自己成就的方式宣称："冰岛出版商在丹麦图书市场上取得了胜利！"

我在伤口里，他想，同时小心扫去落在他大腿上的薯片渣，听着迪伦心碎的歌。这就是世道：年轻的迪伦满腔热情地歌唱革命、新时代和变化，可几十年后的今天，他的歌里几乎只有心碎、遗憾和痛不欲生的迷惘。或许改变世界比疗愈心碎更容易，营造新的时代比应对孤独更容易。

阿里的生活本应是一段山间的旅途，一条通往星辰、通往成熟的道路，如今他快五十岁了，对宗教、音乐与书籍兴趣浓厚，会计算球体的体积，熟知历史和足球历史，但事实上他一无所知；他在任何地方都无法安身，仿佛迷失一般困惑；他悔恨，渴望见到他已长大的孩子和曾与他一起生活了二十多年的女人，这些情感深深地折磨着他。尽管他几乎无法承受思念，却仍未找到回家的力量，仿佛有什么在阻挡他，并暗中饲养他内心无法抑制的渴望。有什么在阻挡他——直到他意外收到来自父亲雅各布的电子邮件。这种意外不仅是因为邮件的内容，也因为他们一直生疏的父子关系，在过去两年多的时间里这种关系一直不存在。邮件里只有两句话：

"好吧，孩子，事情就是这样，我快死了，该死的癌症。留意我寄给你的包裹。:-)"

阿里没太当真。这话父亲不是第一次说了，说自己的死迫在眉睫——假如这是真的，谁会以一个微笑的表情来结束这种宣告？但他知道有事发生，特别是因为几周前，他收到继母的来信——这更离谱，就像在光天化日之下和月亮对话一样离谱。这封信阿里还没读完，看起来异常坦诚，附着一张剪报，上面的文章是西里聚尔·埃吉尔斯多蒂尔写的——西加——一个当地女人，我和阿里都跟她相熟。阿里开始读信，但立刻决定暂且放下，改日再读，它像许多其他的事物一样，被搁在一旁，埋葬在逝去的日子里，被人遗忘。继母和父亲很久前就已经分开，显然她已有一年多没见过他，却又听说了一些让人担忧的事，正如阿里所了解的那样。他下意识地以为，是酒，爸爸又在喝酒，我可不会为这个浪费精力，一次也不，接着他重新回归工作，打开电脑，完成了《理解生命意义的十大秘诀》的收尾工作。后来这封电子邮件跳了出来，它显然与众不同，所以他给父亲打了电话，却无人接听。不可否认，他吓了一跳；无人接听，代表什么？一分钟后，父亲的一段文字出现在他的收件箱里："一切都很好——等着包裹吧。"两天后，邮局的人送来了包裹，那个包裹还是那种老式邮件，依赖于穿行在市镇的两条腿快速送达的邮件，它就像过去的一段友善的回忆——寄给阿里的小包裹。包裹里有两个信封；阿里把其中一个拆开，拿出一张父母的照片，显然是一张老照片，因为阿里的母亲四十多年前就过世了。她的死让她缺席，成为黑洞。成为一个永不被提及的伤口：一个永不被提及的伤口，不用护理的伤口，随着时间的推移，最终变成一个根深蒂固、无法治愈的溃疡。

他的父母坐在一起。他搂着她,她倚着他,他们都面带微笑,看着镜头。出于某种原因,阿里以前从未见过这张照片,或者从未有过机会,他为此感到惊讶。然而,这种惊讶并不让人开心;更像一个打击,一种震惊。他唯一能做的,就是盯着照片,盯着那已逝去的时刻。麻木地盯着。因为不明就里,他感觉糟透了。接着他突然明白:他们看起来真的很开心。他一点也想不起他们曾经分享过快乐。他,阿里和母亲。他们俩,还有他的父亲雅各布。这就是他的记忆。他的父亲——他曾经这样年轻过、这样明媚过、这样多情过吗?

第二个疑问:为何他现在才把这张照片寄给阿里,最重要的是,把它和他自身可能的死亡相关联?第三个疑问:为何阿里直到现在才看见这张照片,在她死去的四十四年之后?

通过一位老朋友的引荐,阿里在这家出版公司做了一年多的编辑。他从公司下班回到家的时候,包裹早已送达;他回家晚了,接近晚饭时分,他从不急着回到厄斯特布罗的三居室公寓,有什么必要呢,反正没有什么在等着他,除了他的乐器的三根弦:孤独、悔恨与渴望。他撕开包裹,拆开其中一个信封,他内心的一切都被掀了个底朝天。他坐下来,盯着照片看,屋外夜色渐深,邻居家的电视机亮了起来,阅读椅上方的灯也亮了。他没想什么,没想什么具体的事,他现在做不到,他的思想和情感失控地在心里扫射,彼此冲撞,火花四溅。他看着照片,想起他和父亲天各一方,便松了一口气,一整片海洋将他们隔开,这令他感到宽慰。

也许他们不再会一同看她的照片，也不再敢看；他们不再会有这种想法。

他只是盯着。

神思恍惚。

一辆车在夜里尖叫，长鸣的警笛划破黑暗的天空。

一开始他几乎只盯着母亲看，看她的微笑，她的眼睛，她灰蓝的大眼睛闪着光华，仿佛在那一刻吸收了全宇宙的光，太阳和群星，月亮和朝霞；那早已消失的、被抹除的、熄灭的眼睛，它们并不存在，像她一样不存在，她的思想和表情，她眼中狡黠的光和她的拥抱，这些意义非凡的东西消失了，而天地竟没有颠倒，地球竟没有摇摇欲坠，月亮仍乖乖地绕其旋转，这怎么可能呢？阿里想方设法地去遗忘，不去想照片里还有自己的父亲，就在这时，救护车的警笛像一阵绝望的哭声，划破夜空，撕裂他的念想，紧接着，他看见了父亲，记起了他。阿里看见他们那时候是幸福的——也许仅仅因为他们在一起。他倾听着，直到警笛渐远，他感到自己对父亲恶意的嫉妒逐渐涌起，继而填满了整个世界。他盯着父亲，心中只有憎恨，纯粹的、剔透的憎恨。他盯着父亲的眼睛，在心里想，我希望你死。

楼下的邻居在笑。

这张照片看起来就像阿里的父亲把母亲从他身边偷走了一样。仿佛父亲寄照片就是想说，看看，我们当时多幸福，她正靠在我肩上，看看，她笑得多开心，看看，我们唯一需要的就是对方，我很快就会死去，就要去找她，看看，这里只有我们俩，我和她。看看，照片里没有你，你不是幸福的一部分。你是局外人。她是我的。

阿里站起来,喝下半瓶威士忌。

很好,他想,是时候了。接着又喝。

第二天,他没去上班,好吧,《理解生命意义的十大秘诀》已下厂印刷,他可以休息一天。醒来时,他仍在宿醉。吃早餐时,他看着照片,感觉好多了,不再憎恨,只剩羞耻。或许还有一丝妒意,比一丝再多一点,它潜伏在他内心的某个地方,他对此不由自主。尽管此刻他为他们的幸福感到欣喜,知道接下来他们将面临艰难:日常生活、挫折、酒精和鲁莽,接着便是她的病,死神不可告人的信息。

那天早上的第一杯咖啡下肚后,阿里才想起包裹里还有一个信封,他快速拆开,抽出一个带框的奖状,那属于他的爷爷奥迪尔,他不由得因为惊讶而骂出声来。那是一张淡黄色的、印制精美的公文,被装裱在镀金相框里,这张证书是一种荣誉,一直悬挂在客厅,起初在雷克雅未克的萨法米利街的公寓楼,后来跟随他的父亲,去过他父亲在凯夫拉维克的三个住处,它作为奖励被授予船主兼船长奥迪尔·荣松。证书带着荣耀被挂在客厅里,它是客人一进门第一眼见到的东西,玻璃被打磨得光滑透亮,可父亲从不提起,除非他喝醉了,独自一人长久地坐在客厅,一边饮酒,一边听着梅加斯[1]和约翰尼·卡什的音乐。他会把阿里从房间里叫出来,用一种酒后既温柔又含混的声音邀他出来,然后戴上

---

[1] 梅加斯,原名马格努斯·索尔·荣松(1945—),冰岛知名作家和音乐家,一度颇具争议性,被视为"冰岛朋克之父"。

眼镜，阅读上面的文字。阿里盯着地板，听着父亲颤抖的声音，仿佛父亲正经历着一场情感的骚动。出于某种原因，这张证书是雅各布保存下来的有关他父亲的唯一物品，毋庸置疑，假如房子失火了，这将是他抢救的第一样东西。但是现在，他却把它寄给了身在丹麦的阿里。没有解释。"注意查收包裹。"

阿里的目光从证书移到照片上，紧接着再移回来，他一杯接一杯地喝着咖啡；窗外偌大的城市在咆哮；他上网订了一张飞回家乡的单程机票，拿起电话，打给我们的出版商朋友，告诉对方他要回冰岛了，永远不再离开，他重复着那个困难的词——"家"，他在强调那个词。接着他开始打包行李，此刻他坐在飞机上，在大海与云端之上。他把包从座位底下拉出来，拿出证书，看着上面的文字，他早已烂熟于心，自孩提时期就已知晓的文字，并开始默读：

表彰船主兼船长奥迪尔·荣松。

首次正式庆祝……

就在这时，他身边的女人又把手伸进半空的薯片袋，一股气味顿时涌起，阿里看向窗外，云层被拨开，飞机开始下降，舍弃了上层的风景，天堂的门厅，冰岛和它古老的玫瑰一起出现。阿里没再往下读，闭上眼睛，此刻的他不在飞机上，而在一辆绿色的公交车上。大约四十年前，一辆公交车缓缓向西爬行，扬起烟尘，那时候还远远没有柏油路，公交车走得很慢，沿着山道费力地向上攀爬。变速箱发出刺耳的噪声，司机紧咬牙关，唇间夹着一根半死的烟,仿佛费劲的是他自己。右边是高耸的伯伊拉山,那里景色优美,天使们得以俯瞰冰岛西部的全景,衡量着欢乐、笑声与死亡,再将消息一一向天堂汇报。我和阿里坐在前排,整整四个小时,我们都在晕车,流淌的清泉、斑斓的干草地和枯萎的牧场愉悦着我们的眼睛,然而,当公交车从布拉塔布雷卡坡上冲下来,像一场绿色的庆典,一声绿色的惊叹,山下的农田和中央的巴特斯法尔山向着我们迎面扑来时,我们的心如此迫切地跳动着,连目光都在颤抖。

它们此刻也正那样颤抖着,他坐在19A靠窗的座位上,再次睁开眼睛,看见古老的玫瑰、白色的冰川和不断变化的黑色海岸线;他睁开眼睛,心脏仿佛在胸膛里坠毁。他感到呼吸困难,无法自已,他把证书落在了地板上,伸手去拿面前座椅口袋里的书,又放回去,他按了呼叫按钮,只为道个歉,他眨眼,看向窗外,尽管看不见什么,咸咸的泪水模糊了他的视线。当他略微平静下来,旁边的女人欠身拾起证书,递给他,她用抓过薯片的油腻的手指轻抚阿里的手背,并用英语低声说,那些从未在生活中感受过疼痛和情绪的人,都是冷酷无情的,他们从未真正活过——所以你必须因为眼泪而心存感激。

尊荣与光辉

表彰奥迪尔·荣松，

船主兼船长

我们今天在内斯克伊斯塔泽首次正式庆祝"水手日"，很愉快借此机会对你三十年来为兴旺峡湾渔业而努力拼搏、奋进表示钦佩与感激。在这喜庆的日子，我们一致期望，由你树立和维护的辉煌大旗将永远激励我们的同行去创造伟大的业绩，在时光中永不褪色。你，是北峡湾，是这里的居民，也是整个冰岛捕鱼行业的尊荣与光辉。

内斯克伊斯塔泽，1944年6月7日
内斯克伊斯塔泽渔民委员会

北峡湾
——过去——

北峡湾很短，短如一个犹豫，四周是千米高的山脉，有尖锐的峰顶和如尖叫般的山口。过去，由于大雪与风暴，没人能在冬天抵达那里，除了死神，或者偶尔一个精疲力竭的邮差。内陆的山谷远离峡湾，细长而可爱，那里小溪潺潺，蝇虫嗡嘤，野鸟鸣啭，宛如夏日碧绿的天国，被称作斯奈达鲁尔，"雪谷"，缘于那儿的深厚的积雪，使房屋和生命全部消隐。峡湾短如一个犹豫，就像什么东西才刚生发，就被尼帕的巨大力量所遮蔽，尼帕即那座能阻挡风暴，让世界复归平静的山。夜晚如此沉静，天使飞满整个峡湾，空气里回荡着它们轻轻振翅的声响。仿佛从此不再有人死去一样。

北峡湾是贯穿北峡湾海湾整个海岸的三大峡湾之一。很久以前，没有任何迹象表明一个村庄会在这里崛起，更不用说一个拥有一千五百名居民的小镇了。小镇的地貌凹凸不平，土质疏松，山上的溪水繁乱地流过。冬天，雪崩会掩埋一些错建的房屋，比如那些在山侧过高的地方搭建的房屋，全都覆灭在茫茫白色中。到十九世纪末，这里已有大约三十户人家，人口不过百，他们的生存有赖于渔业，外加几只羊，或者一头牛，还有一位似能窥探出一线商机的生意人。一八九八年，伟大的博物学家比亚尔尼·萨蒙德松[1]受命于丹麦政府，调查东部峡湾的渔业，随后写下一份详细报告，报告次年被发表在杂志《微风》上。他在报告中说，北峡湾的捕鱼环境相当优越，"因为它很短，并无远距离出海进行大量捕捞的必要，除非目的地是公海；此外，它不受汹涌浪涛的侵袭，渔产丰富，这归功于向北无限延伸的霍恩海角"。随着此报告的发表，在此定居的人口数量迅速增长，仅仅几年光景，村庄的渔业就得以蓬勃发展。内斯村后来演变成内斯克伊斯塔泽镇，它的历史，它所孕育过的人们的命运，他们的亲吻与激烈的指责，他们的拥抱和难以克制的眼泪，还有阿里的整个人生，皆因博物学家比亚尔尼发表在《微风》杂志上的那四行字而得以存在。生命始于文字，但死亡居于沉默。所以我们必须不断写作，叙述，自言自语地说出诗文和咒语，以这种方式暂时牵制住死亡。

一切要从一个暴风雨夜和死亡谈起——
后来她去找他

奥迪尔在内斯村的海岸边长大，村子四周是古老的山脉和形如威胁的山口。和村里的大多数房子类似，他父母的住所离水边仅一箭之遥，狭窄的小径将它们隔开，房子下面是渔民们存放设备的棚屋，有时他们也在那儿放些咸鱼。棚屋离海边过近，所以

---

[1] 比亚尔尼·萨蒙德松（1867—1940），冰岛博物学者和教师，编写了最早的冰岛语自然科学教材，在他逝世后，这些教材仍在使用。他也因对鱼类学的研究而闻名，包括对冰岛海域的鱼类品种的概述。

在恶劣的天气,朦胧的光里,它们似乎变成了一艘艘船。奥迪尔在内斯村的海岸边长大,可他的出生地在村南边的维那维克——意思是"朋友湾"。十世纪初,一个女人赋予它名字,她曾在此目睹一对爱恋她的朋友在沙滩上打斗至死。酒、醋意和不断滴淌的毒药使他们送了命。她将那儿取名为维那维克,或许是心存内疚,因为自己的存在断送了两个男人的性命,也或许纯粹是为了躲避霉运。奥迪尔的祖先世世代代生活在维那维克,这里面朝大海,无所遮挡,对险恶的气候毫无招架之力,不过它距离丰裕的渔滩仅有一小段路程,此外,它还拥有一片温柔可爱的、马蹄状的沙滩,它宛如大海美丽的叹息。他的母亲——英格里杜尔,来自北峡湾,她儿时的家一直拖累着她,直到有一天,她设法说服丈夫约恩搬家,就此挣脱他祖祖辈辈扎根的海湾。他们携带了大量木材用于建造房屋,这批木材取自一艘英国船只,它因为暴风雨搁浅在离岸不远的一块孤岩上,只有两名水手幸免于难。他们历尽艰辛,来到雷扎尔菲厄泽峡湾一角的农场,一路顶着呼啸的寒风在雪地里跋涉,不知身在何处,要前往何方,前进唯一的动力就是风,它为他们制定路线,让他们九死一生抵达农场。因为风雪的摧残,他们受了伤,就在此地住了几周,养精蓄锐,直至恢复足够的体力登上另一艘英国船。谁知一段时日过去,其中一名水手竟让农场里的挤奶女工有了身孕,她三十多岁,尚未婚嫁,过着清苦的日子,和一些居民一样,她似乎也被命运所怨恨。然而,她最终和英国人有了肌肤之亲,借此体会到短暂的性爱的福音,并在九个月后诞下一个健康的男婴。他成了心肝宝贝,成了他母亲的日月。难道这意味着那个英国人的船友们必须溺水身亡，才能换取新的生命，换取挤奶女工的幸福；难道这就是命运的把戏？

　　这艘船搁浅后居然完好无损。风暴几乎吞没了将近二十名水手，但还不至于把船打得七零八落；它悬在孤岩上，岩石把船的龙骨戳出一个大洞。借着下一个低潮，约恩开始毫不费力地收集木料，他不时休息，再把它们整齐地码放在维那维克破旧的草舍里，决定用于建造新家。他并未按照原计划，将房子盖在祖先居住的海湾，而是盖在北面的北峡湾。他的姐夫和姐姐一起出力，说服约恩在北峡湾谋生更容易。如今，他意外遇上这批木材，要在姐夫分给他的一块土地上盖一座属于自己的房子。约恩同意了，几乎没有异议，这或许是因为他有些迷信，有人说，这艘搁浅的英国船是命运传达的信息，暗示一切将会改变，人生从此翻页。这场海难、这些丧生的水手使命运之轮逆转，一切仍在继续，所以才有了一个世纪后，飞机上的女人给阿里递来的这一张象征着尊荣与光辉的表彰证书。暴风雨夜和死亡是开端，是原因，是我们为你讲述这个故事的理由。英国水手们不得不在遥远的异国遭遇一场风暴，他们的船不得不在孤岩上搁浅，船的龙骨被戳烂，他们才会一个接一个地被大海掳走。四周一片漆黑，我看不见他们，水手对尚未婚娶的挤奶女工这样说道，此刻大家都在熟睡，他在黑暗中对她耳语。伤痛和记忆让他皱起眉头，女工带着自己的不幸来找他，让他相信尽管她其貌不扬，却生有一双妙手，能疗愈伤痛的手，于是他将一切对她和盘托出。她自然不明其意，只能听懂几个英文单词，可她明白他的眼泪，他声音中的忧郁。慢慢地她才知道他一直在对她讲述这场海难：我看不见他们，可我听得见。在黑暗中，他们变成一声呼喊，消失在茫茫大海中。

但这些都是绝好的木材。

约恩更喜欢陆路运输，尽管经过山口和陡峭不平的山路耗时更多，可他始终听信一句老话，那些来自沉船或失事船只残骸的木材，不能复归大海，且在任何情况下都绝不能再用来造船，这不会带来好兆头；以这种木材建成的船定要遭受灭顶之灾，那些水下的亡灵会不失时机地把船拖到海底，所以根本没有走水路运货的可能。但约恩最终还是习惯性地顺从了妻子的意愿，几次向北航行运输木材。他们把船塞得很满，选择没有风暴的日子出海，她掌舵，而他被厄运和诅咒吓坏了，害怕愤怒的海床向他索命，所以只能像个废物一样僵硬地坐着，直到船慢慢靠近人口稀少的内斯村，他才挣脱恐惧去把舵。世上敢于承认自己恐惧的人寥寥无几。房子盖好了，一座既漂亮又坚固的房子，高出海岸几米。奥迪尔和他两个兄弟的卧室窗户朝向大海，每个夜晚，海浪轻拍沙岸，他在绵长的涛声中入睡，清晨在同样的乐声中醒来。大海会说话，它在夜晚用摇篮曲伴他入睡，在清晨用浪花愉快的潺音将他唤醒，假如你住在海边，会更容易感到快乐。奥迪尔谈起大海，就像谈起一位朋友或知音。他四岁时就造了自己的第一艘船，十六厘米长，他让母亲刻了一个小人，将他绑在用钉子做成的桅杆上，让船在码头起航。你是一个天生的水手，母亲常对他这样说，仿佛她正要授予他一枚奖章。他的发小特里格维住在附近，是个英俊、充满活力又爱幻想的男孩，所以他们两人在十岁的年纪就已开始制订计划操办自己的渔业公司，这并没有什么可大惊小怪的。他们租借了一艘小划艇，得到允许可以在沿岸活动——不能走远,这是大人们的命令;明确的指示。可人的言论一到海上就迅速变得迟钝,当你身在船上,乘风破浪,父母的命令便会失去效力。

他们很快就忽略了禁令和指示,海在呼唤他们、引诱他们,于是他们划得更远,那里的收获也更丰富。从海的更深处涌起的、迎面扑来的浪头目睹了他们突然黯淡的脸色,感受到了他们内心的死亡气息,尽管他们吓坏了,却还是不停地向远处划,情不自禁,像着了魔一般。他们的胆量跟随经历一同成长,到第二年夏天,他们已经把自己看作成熟的水手了。然而那一年秋天,他们划得实在太远,以至于回望陆地的时候,连自己都感到震惊,当他们被黑暗的、不断上涨的海浪包围时,他们似乎觉得从此都将会被陆地拒绝。他们似乎已不可能再回去了。他们看着对方,如同诀别,如同生命还没来得及开始,就已结束。他们长久地坐着,屁股上仿佛粘了胶,他们瞪着眼睛,喉咙里阵阵哽咽,恐惧就像心里的刀,让他们想要屈服,想要哭泣,为了再也见不到父母或手足而哭泣,为了十一岁的年纪而哭泣,为了生活残忍至此而哭泣。特里格维认输了,他在哭,或是在啜泣,也许他比同伴更脆弱,或是他的悔恨更深,感到的刺痛也更尖锐。这时,奥迪尔开口了,试图让自己的声音更深沉,他说,我们向岸边划吧。于是他们奋力向岸边划去,几尽力竭,拖着疲惫的身体上岸,他们真想直奔家门而去,喝上一杯热巧克力,再爬进被窝,享受家人的拥抱,但这是天方夜谭。他们捕获了一大批鱼,随即动手开膛破肚,自在地吹起口哨,好像并未遇上任何不幸的事。尽管他们的腿在颤抖,却还是清理了所有的渔获,特里格维的姐姐玛格丽特来到海边帮忙，她比他们年长一岁，照旧带着刀，动起手来既灵巧又精准。奥迪尔无法把目光从她身上移开，就像他以前从未见过她，从不知道她的利落，从不在意她的举止，她是怎样时不时地把头抬起，不知何故，他想到了翅膀。一连两个夏日，他们都在一起清理渔获，直到这个秋天，他才真正看清了她。也许是他在海上的经历，在波浪中的死里逃生和结局的颜色最终改变了他；他刚刚经历的一切使他成长为一个男人；难道正是因为如此，他才第一次看清玛格丽特吗？他的目光始终难以从她身上挪开，他心不在焉，割伤了左臂，鲜血直流。刀口很深。血液先染到刀刃上，接着染红刀下的鱼。奥迪尔放下刀，盯着血流看了一会儿，也许在想，这就是他内心的样子，接着他又直直地看向玛格丽特。他们凝视对方的眼睛，血在流淌。已经九月了，嶙峋的群山一夜白头，雪很浅，不足以让尖锐的山顶和黑色的憎意变得温柔。你们俩把鱼清理干净，走之前奥迪尔说，我得回家找母亲，他又加了一句，接着慢慢走开。他看似平静，却心烦意乱，因为"找母亲"这几个字显得毫无尊严，血不断从他的手臂上滴淌下来，起码这还值得骄傲。玛格丽特一直看着他，直到他的身影消失不见，她伸手抓住一条鱼，直起身来，对着弟弟宣布，以后他将成为我的丈夫。可我们才十一岁，特里格维生气地说。事实上，这似乎是个提醒，无论如何，他们还是孩子。也许是吧，她说，可我很快就满十二岁了。特里格维自然没有回应，他继续清理手中的鱼，心中却感到悲伤，仿佛自己的童年刚刚被人剥夺。

　　第二年春天，她被送往加拿大。

十五年前,她的姨妈移居加拿大,姨妈过世后,留下丈夫和四个年幼的孩子,最大的只有七岁。为了救急,玛格丽特被送去照顾他们,她也只有十二岁——再回来已是八年后的事了。她从雷克雅未克的沿海登船向东航行。她的家人在岸边接她,奥迪尔就站在离他们不远的地方。他和她从未通过信,甚至没有道过别,尽管特里格维曾在很多封来信中提起他,就像无意的闲话。他也总是很得意地向奥迪尔传递她的消息,那常常发生在他们出海的时候,一开始小船上只有他们两个人,然而当他们长到十七岁时,一切都变了,奥迪尔接手了一艘十四吨级的船,理所当然地成了东峡湾[1]最年轻的船长。特里格维每当告诉他玛格丽特的消息的时候,总像是在自言自语,像是对着空气说话,奥迪尔从不发问,也不回应,甚至没有一句,哦,真的吗——仿佛他毫无兴趣。但此刻他就在岸边等着她,距离她的家人仅一步之遥。她带着深深的喜悦与家人重逢,喜悦中又有些许悲伤,因为逝者如斯,物是人非,她的父母已经老去,她在一瞬间痛苦地意识到,她将失去他们。她转身去看奥迪尔,仿佛出于无意——那是奥迪尔吗?她心不在焉地问,只有特里格维注意到她眼周细小的肌肉在微微抽动。是的,特里格维说,你应该过去打个招呼。她笑了。她的嘴巴很小,现出一个异乎寻常的微笑,明亮而性感,天真又轻信,且带有一丝难以察觉的忧郁,或悲哀。这种笑容已经烙在加拿大西部几个年轻人的心上,被他们深藏,化为渴望与想念陪伴他们中的一些人度过余生。她走向奥迪尔,面带微笑,身穿一件有着

---

[1] 东峡湾,与北峡湾相近的人口稀少的峡湾,奥迪尔从这里起步。

异域情调的礼服，浅棕色的头发拂到身前，更加凸显她美丽的高额头。她走向他，他等着她，不得不握紧拳头。她注意到了，感觉自己心里燃起一团火，那温暖流贯全身，进入她的眼睛。奥迪尔把拳头握得更紧了，他感到自己虚弱无力，不堪一击，紧握的拳头是他的爱情宣言，她明白这个姿势是他献给她的情诗。

一篇有关摧毁生命之力的文章，让沙漠适宜居住

这是一种让行星各居其位，使宇宙膨胀，进而产生黑洞的力量。一旦为人所知，人类的意志在它面前是那样羸弱。它剥夺我们的才智和理性，剥夺我们的正直、谨慎与尊严；最后，倘若足够幸运，它会赐予我们令人目眩的快乐、难以描述的希望，甚至幸福。在它面前，似乎每一个小时都变成了一首诗，一支响亮的协奏曲。这是上帝对死亡的回答，当主未能将人类从死亡的黑暗中拯救，只遗赠给他们这特殊的光时的回答，这束光的火焰长久温暖着人们的手，并将他们彻底烧毁，把贫民窟变成通往天堂的阶梯，把宫殿变成荒凉的废墟，把快乐变成孤独。我们称其为爱，这是我们唯一能想到的词。

从那时起，人类历史，全人类的历史，都或明显，或隐蔽地围绕着寻找它、沉迷它、憎恨它、思念它、逃离它而展开，可这是无望的，然而是飞行使我们痛苦和绝望，使我们变成堕落的酒鬼、永恒的逃犯和自杀者。上帝对死亡的回答。那温暖双手的火焰，把生命烧成灰烬，是昔日的一份抛给世界的礼物，精致又傲

慢。它从不问你的地址，你在哪里居住，它不要求正义或不公，它对你的立场、尊重、胜利或羞辱毫无兴趣，对爱而言，它们并无差别，它不为任何人考虑，你在哪里都不安全，你很脆弱，没有什么能保护你，无论是常识、宗教、三个世纪前的哲学、多年的经验、核战碉堡坚固的围墙或酒醉失忆都不行，无人有豁免权，它溜进一个十六岁少女雄鹿般跳动的心脏，如同溜进一个九十岁妇人老犀牛般的心脏一样轻易。一颗流星，一根大提琴的琴弦，把最好的变成最坏的，也把最坏的变成最好的，甚至不问你是否婚娶，是否幸福，你的存在是否美丽而令人艳羡；它会像个毫无教养的粗鲁之徒般挤进你的身体——像太阳耀斑一样摧毁你的生活，让沙漠适宜居住。

    午夜时分，艄楼开放
     有人走入

  奥迪尔紧握的双拳是他的情诗，他诚挚的颂歌，证明他在岸上无能为力，证明他所有的美名——尽管年纪轻轻——他的粗犷和力量、意志和品行，没带给他什么好处，也许什么都没带来。玛格丽特深知这一点。他们平静地问好，相互寒暄。你回来了。是的，我回来了。加拿大怎么样？广阔又远离大海。你会说美式英语了。是的，可我想念大海。这个我懂，你都当上船长了。是的。可能还是船主？嗯，有几块木板是我的。船是什么样的？她问。尽管她早就知道了。特里格维在来信中说得十分详细，他是奥迪尔雇用的第一名船员，那是一艘甲板艇，斯莱普尼尔SU382，载重十四点三七吨，双桅，有操舵室。一艘好船，奥迪尔说。两个人沉默了几秒，她知道家人正在等她，注视着她。春天来了，这个时节让人充满焦虑，光照时长越来越久，土壤焕发活力，蓬发的生命让人在睡梦中、骚动的生活中都能有所察觉；那不可抗拒的、不断膨胀的、放肆的生机。从海上吹来的和风带着荒野的气味，他们在沉默。最后他说，他努力让自己的声音显得平和，仿佛他要说的话并不重要，船停在康拉德码头。哦，是吗？她说，接着她走向家人，一句告别也没有，平静地走回家。哦，一切都变了，当穿过屋子——那座小木屋——时她说道，并未意识到改变的只有她自己。一天过去了。他的身影消失在山的背后，暮色带着一丝黑暗降临，像一种猜疑，山的上空天色更暗，向着雪谷谷口的方向。天黑了，她盼着能在自己的旧床上入睡，它在等她，像一个可靠的老朋友。我等不及上床睡觉了，她说，接着她和大家说晚安。晚安，睡个好觉，愿鬼怪别来打扰，住在这所房子里的人一直这样互道晚安，人应该想办法让世界更美好。她躺在床上，叹了口气，终于回家了，她很满意屋子里的其他人都在睡觉，她很快又从床上起来，重新穿上她的美国裙子，花了点时间盘好头发——接着走出门。走进春的炽热。午夜时分，万物静默，世界深不可测。她走过沉睡的房子、沉睡的人们，走到康拉德码头，走到那艘船上，斯莱普尼尔SU382，载重十四点三七吨，艏楼的舱口开着，她爬下梯子。我从没见过这样的裙子，他说。我知道。还有这样盘起的头发。我知道，西方流行这样。他们静静地站着，犹豫不决，她低下眼睛，可他却控制不住自己的目光，它们令人尴尬，完全不听指挥，被她深深吸引，他只有一个信念，她的美丽胜过他曾见过的、想过的任何东西，在那一刻，他想不出什么能和她相比较，或许他该做点什么，展示他的雄风、他的气魄，可他偏偏什么都没做，像是在和某种比自己更强大的力量较劲，真让人难以忍受，他又握紧拳头，不知不觉地传递他的情诗。她看见了，她说，假如我松开头发，你会知道我的裙子底下什么也没穿，你会知道我爱你。他艰难地点点头。他等待着，纹丝不动。接着她松开头发。

<blockquote>
现在生命可以开始，可以继续，
带着所有的行李
</blockquote>

问：什么比光速更快？
答：时间本身。

它像一支箭呼啸着穿过我们。先是尖锐的箭头刺穿皮肤、器官与骨骼，这是生命，接着刺穿羽毛，这是死亡。

比光速更快。外面在下雨，十年过去了。眨眨眼睛，你就老了，死亡的黑暗笼罩着群山。时间如白驹过隙，但有时又极为缓慢，以致令我们窒息。我们既是乌龟又是兔子，第一个到达也是最后一个到达，不可能把它参透。因此，我们简单地说：她脱掉了衣服。

走出来。或者至少在奥迪尔的记忆中是如此，海上英雄，船主，冰岛渔业的尊荣与光辉。她从衣服里走出来，完全赤裸，不可能再有什么比他眼前这副赤裸的胴体更加完整，她的乳房虽小却很性感，如他所说，就像两声轻叹，两个吻，闪着白色的光芒，甚至能终止世界大战，改变历史进程——好几次，他的心不再跳动，成了胸腔里一颗无声的行星。但最后他屏住呼吸，向她迈出脚步，他粗糙的大手小心翼翼地放上她的乳房，感受着掌心里的乳头，她喘着气，一切开始了。开始了。六个小时后，新的一天到来，凉爽的上午，四周一片寂静，群山，乃至它们锋利的边缘，变成了赞美诗，黑色的刀自下而上将空气割出千米长的口子，威胁着天空，威胁着飞行的天使，哪怕它们是飞升天堂的神圣之物。他们站在斯莱普尼尔的甲板上，船上散发着鱼和海的腥味，一个几乎无眠的夜晚过后，她红褐色的长发变得蓬松，仿佛被幸福揉乱，他们紧紧拥抱，心满意足却仍旧饥饿，渴望更多肉体，他们闻嗅着对方，想要更多，呼吸、肩膀、膝盖、乳房、阴茎、屁股、脚趾、体液、精液，他们一动不动地站着，这样年轻，仿佛时间无法将他们碰触。那一夜过去了，他们几乎没说一个字，从她说了关于她什么都没穿，她的头发，还有爱你的一些话之后，几乎没再说过一句话，除了偶尔轻声呼唤彼此的姓名，偶尔哭泣，是的，甚至连奥迪尔的眼睛都有些湿润，这反而让她更快乐，让她幸福得昏了头，让她愈加为他发狂，为他的肉体、呼吸、头发、阴茎和眼睛发狂。她舔去他的几滴泪，幸福得快要麻痹，接着不断低呼，别动，是的，动，不，是的，快动，快点快点快点！那个生机盎然的早晨他们站在甲板上，群山是赞美诗，一切都像我们描述的那样，因为他们如此年轻，感受着生命的搏动，因为他们几乎没有合眼，因为他们的身体被汗水、肉欲和幸福粘在一起，因为他们流泪了。这就是为什么他们如此美丽而永恒,这就是为什么群山变成了赞美诗,变成了珍贵的诗歌。他抱着她,她抱着他,当她把头靠上他的肩膀时,她轻声地说,勇敢地说,虽然温柔却不带迟疑和羞涩地说,奥迪尔,我的爱,我是如此期待着生命——

现在生命可以开始,可以继续,带着所有的行李,我们将会看到发生了什么。

间奏

生命是沉重的行李

请记住我的话,一个男人需要两样东西才能承受这个重担,才能昂首挺胸,才能足以维持他眼里的光芒、他心灵的轻快、他血液中的音乐:坚实的背和眼泪

凯夫拉维克

——现在——

当七只鸥鹄腾空飞起，一切豁然开朗

白色翅膀切开我们

头顶的黑暗

"拥抱"一定是语言中最美的词。用双臂碰触另一个人，包围另一个人，与他相连，顷刻之间，在没有神灵的苍天之下，两个人就能在生命的洪流中合二为一。在生命中的某一刻，我们每个人都需要拥抱，有时候甚至极度渴望拥抱，拥抱足以安慰我们，帮助释放眼泪，或是当我们内心有什么突然断裂时，它会成为我们的避难所。渴望拥抱的理由很简单，我们是人，而心脏是一块敏感的肌肉。

我很自然地想欢迎阿里，去拥抱他，把自己变成语言中最美的词，拥抱我的知己，我精神世界的双胞胎兄弟，拥抱他的悲伤与悔恨，可总有什么在阻挡着我。我还站在荒凉的港口上，那是象征着美好时光的纪念碑，这座城镇的创伤。两栋十层高的公寓楼立于港口东边，屹立在高高的堤岸上，伸入无情的风中。公寓楼是专门为老水手建的，让他们得以安度晚年，他们可以和自己的老伴一起舒服地坐在客厅里，眺望大海和熙来攘往的港口，陶醉于生活与回忆之中。这真是一个美丽又充满诗意的想法。然而，这两栋房子、两座高楼刚落成，已备好盛满热咖啡的保温瓶、咖啡杯和装满方糖的碗，皮肤因为盐和记忆而皲裂的老水手们还没来得及在客厅的窗边坐一坐，这个区域的捕鱼限额就被卖掉了，渔船不翼而飞，只剩下空空荡荡的港口。我看着手机对时；我和阿里的一个相似之处，就是我们都不戴手表，觉得手腕不舒服，仿佛被时间上了铐。已经快下午三点，飞机很快就要着陆，这个矮个子女人用油腻的手指碰了碰阿里的手背，她说到眼泪，说他应该感谢它们，这当然是对的，没有眼泪我们就会迷路，彻底变成石头，我们的心会变成冰凌，吻会变成冰块，这时约恩尼汉堡快餐车的气味溜进我的鼻孔，我这才意识到从早上到现在还没吃过东西。

  我走到餐车旁，窗边的伙计向前俯身，想听清楚一点，他朝收音机的方向挥挥手，像是要它在我点餐的时候安静下来。我的肚子咕噜直叫，我点了一个汉堡，把料放足，我说，别芥蒿酱汁。这样的话，我的朋友，我给你来一份"限额欺诈"好了，他高兴地说，用手拍拍菜单。我一直没注意菜单打印在窗户下面的铝牌上。菜单的位置其实很低，必须弯腰才能看见；上面是一条有关捕鱼限额制的长文，配以冰岛语和英语，白纸黑字直截了当地告诉人们这项制度是如何"在一九八三年秋天短短几天内被议会通过"的：

  该法案授予渔业部部长无条件的权力，将丰富的海洋资源以及冰岛人所有的渔获物发放给他意属之人。限额本不属于任何人，但最终还是归人所有，"配额国王"应运而生，他们很快开始利用配额进行投机，出售尚待捕捞的鱼以换取巨额资金，这形成了资本家（海洋大亨）这个新的社会阶层。多年来，他们收购他人的限额，最终控制了冰岛渔业。他们利用这种制度在各地区称霸，假如某个地区能给他们带来经济利益，他们就会将其毁灭；他们霸凌当地政府，控制独立党，并在几年前收购了《晨报》用来扩大宣传。这一切就发生在我们眼前，我们却听之任之。该崛起的时刻，我们在退缩。该反抗的时刻，我们任凭自己被践踏。

所以西南区的人们还有生机，我这样想着，咧嘴一笑。我扫视菜单，可这位伙计服务的动作太快，我还没来得及读完第一行，热销"前四名"：

乌合之众：普通芝士汉堡，八十克小馅饼。
海洋大亨（吞噬一切的人）：双层芝士汉堡，每个馅饼一百克。
限额欺诈：大汉堡，可添加任意配料。
凯夫拉维克限额：汉堡面包，无肉馅。

这个伙计的手臂非常强壮，显然在生活中他扛过比汉堡更重的东西，他可能六十几岁了，一张坚毅的脸饱受盐和风的侵蚀，典型的渔夫脸。嗯，我的朋友，他一边说一边递给我一个"限额欺诈"。我记住他了。可能是因为他那句"我的朋友"在我记忆中十分鲜活，他说话的方式，努起嘴唇的样子，让人搞不清楚他是想吐痰还是想微笑——他不是别人，正是德朗盖岛的舵手约恩尼，喜欢唠叨的、吃苦耐劳的约恩尼，一个从十四岁起就开始出海、深知海的秉性的、大受欢迎的舵手，他对大海了如指掌，能参透鱼的思维方式，知道怎样让船员守规矩，整治难缠的地痞流氓就像整治小孩一样。老黄牛约恩尼。舵手约恩尼。

现在是卖汉堡的约恩尼。

他知道怎样做出可口的汉堡。"限额欺诈"堪称完美的快餐，世界一流。我狼吞虎咽地吃掉它，然后从车里取出水瓶，喝了几口，这时一架飞机出现在东边的天空，远远看去像一个酒窝悬在白色山峰上空，凯夫拉维克所有的山都在远处，对城镇的居民几乎没有影响。我拿起望远镜。阿里就在蓝天上，在那片看上去黑乎乎的、死气沉沉的、被烧焦的熔岩上空，尽管地面上绿色随处可见，一块块绿草地：熔岩的梦想。阿里回家了，他放弃了流亡与逃避，放弃了对新生活的追求。他在哥本哈根生活了快两年，在我们出版业的一个老朋友手下工作，担任诗集主编，用他的话说，能保持心理健康，虽然他的主要任务是编辑一套自助手册："十大秘诀"；十个能让我们在当下避免一切苦痛折磨的秘诀。"十大秘诀"这一系列的书副标题都一样，《美丽和希望》，用来加大书的分量，当然，还有两只白色翅膀。

美丽和希望，我低声说，放下望远镜——在我脑海中，七只白色雷鸟飞向十月的黑暗天空，那是三十多年前的事了。

我和阿里以前常常去西部的达利尔，我们曾端着一把老式俄罗斯猎枪在农场上方的山中打雷鸟。阿里射击的时候，猎枪的后坐力很大；他的肩膀酸痛，打了三枪，射中四只雷鸟，扣动扳机的中指肿了起来。我们看着中弹后的鸟在空中抖动，紧接着一动不动地躺在雪地里，它们的翅膀因为死亡没了用处；死去的一切都没用：翅膀、美丽、力量、回忆、残忍和勇气——一切。这就是为什么我们说死亡最糟糕，它摧毁一切，四只雷鸟因子弹的力量而抖动，接着化为虚无，其他的鸟飞到空中，美丽极了，不可否认，鸟儿飞翔比横尸地面更美，它们的生命在空虚中蔓延，有时我们的存在也似乎被这种空虚包围。四只雷鸟并不是很大的收获，相反显得可笑；大约同一时间，我们乡下的那些同龄人，农民的儿子们，一天能打二十到三十只鸟。四只是彻头彻尾的耻辱，所以我们私下打鸟，绝不声张，为了这些我曾说过的话：死亡的摧毁力，生命的精髓，那些死里逃生的鸟儿拍击翅膀的声音。还有，肿胀的手指，酸痛的肩膀，每打一枪就感到的疼痛。高高的山坡上，美丽的风景迅速消失在十月短暂的白天，消失在周围的村庄和广阔的布雷扎湾，海湾上的岛屿像地平线上一个巨人突出的牙齿。我们发现自己正处于一个完美的位置，七只雷鸟蹲伏在篱笆下，靠着其中一根桩子，我们慢慢走近，可它们却不移动，好像篱笆能给它们庇护，可是面对一个拿枪的人，哪里还有庇护可言？阿里端起沉重的俄罗斯单发枪瞄准——犹豫不决，很不情愿，也许因为猎枪强大的后坐力，也许因为死亡剥夺了我们飞行的能力，让翅膀和亲吻彻底作废。最后他扣动扳机，枪声撕裂了十月的沉默。围栏的桩子因子弹的力量猛地一震，但七只雷鸟展开洁白的翅膀安然无恙地飞向黑暗的天空，宛如一个对美好世界的期望，完好无损的期望；究竟哪一个更好，杀死雷鸟还是看着它们起飞，就像那些我们认为美丽的事物一样洁白？我们根深蒂固的狩猎本能和我们对美的渴望针锋相对；一切都在意料之中，当我们没有一点真实的想法，没有任何想法时，我们会感到痛苦，我们是谁？或者换句话说，我们想要成为什么？我们永远在对立的事物之间犹豫不决，究竟是留在枪声里，还是留在那些安然无恙飞起的事物中——也许我们既是猎人，也是猎物？它们安然无恙地飞向十月的天空，天色越来越暗，暮色降临，天色在我们周围变暗，在七只白色的雷鸟周围变暗，它们的翅膀穿过黑暗，带着目的，它们飞行是有目的的，我们的感受如此强烈，几乎带着痛感。阿里卸掉子弹，让它落在雪地上，热气腾腾的红色子弹落入一片雪白。接着我们做出决定，因为浓重的夜色抹去了我们眼前的景象，一切清晰可见；我们在凯夫拉维克和桑德盖尔济的鱼类加工厂工作了两年多，在布扎达吕尔的屠宰场工作了三个秋天，正是出于我们不明白生命的目的、我们心跳的原因和活着的原因。教育，是的，我们雷克雅未克的老朋友们高中都已念完一半，但假如我们不明白生活的目的，教育又有何用？我们总得为世界贡献自己的价值。假如我们活着，心中却没有火焰，没有明确的目标，假如我们活着仅仅是因为我们没死的话，那么为什么一些人死去，徒留我们在世上？难道我们诞生在这个破烂不堪、既残暴而又美丽的世界上，不正是为了竭尽全力让它变得更美好吗？不知何故，我们仍感觉没有理解生命，所以生活陷入前途未卜的境地，就像处于跳下去之前那个犹豫的瞬间。现在一切真相大白，我们这才明白；当七只雷鸟飞向黑暗的天空，白色翅膀穿过我们头顶的黑暗时，一切清晰可见，我和阿里应该写作，像我们的一些亲人一样，有些人写得好，有些则写得平淡无奇，他们之中没有人功成名就。阿里很清楚自己也想写书出版，那些有意义的、有话要说的书，就如同穿越黑暗的飞行。我们是猎人还是猎物——"是什么阻止我们破裂，"几年前阿里曾为一个亲戚的诗集这样写过序言，"阻止我们碎烂，进而成为厄运、滴血的伤口或卑劣的残忍？是文学与音乐：艺术。它宽恕我们的存在，也为其辩解，它是探求也是挑衅，是指责也是尖叫，是我们想方设法理性地活着，不被撕裂，不成为伤口、厄运或一把枪的原因，尽管每个人内心都有不可调和的矛盾。它是我们，无论世事如何，能够原谅自己生而为人的原因。"

海鸥已经飞回，在港口上空犹豫地徘徊，其中一只发出哀鸣，惋惜着那已不复存在的事物，面目全非的一切，惋惜着我们降生的世界从某种意义上说早已消亡，而我们还活着。我看了看那些公寓楼，那些惊叹号，觉得窗帘在动，也许是海鸥的悲鸣让人动容。《窗帘背后》是一本诗集的名字，作者是我和阿里的一位任性阿姨。她过世很多年了，许多重要的人都已过世，被死亡删除，那将意义变为虚无的死亡。阿里是个好编辑，整理作者文本时毫不留情，润色他们的作品，但他很少删除自己的文字，从不丢弃任何东西，甚至身边的人死后，他都不删除他们的电话号码，他的手机里存满了死人的号码，其中有些已死去多年，那时候还远远没有手机这玩意儿。他甚至保留着儿时在萨法米利的家中的电话号码，30183，过去的电话号码数字比较短，让人不由得想象那时的生活更简单，其实一点也不——从来没有——但凡人类搅进来。阿里是否期待着——尽管这有悖一切逻辑，一切自然法则——有一天有人会用其中某一个号码打给他，一个死去已久的亲人联络他，可能是他的姨妈，一个对冰岛人的贪婪和自私自利连连摇头的人；可能是他的姑姥爷，一位诗人，朗诵着一首新写的诗，诗的内容有关一个我们所知的黑暗和沉默的世界；可能甚至是他的母亲，他儿时的归宿，他的创伤、遗憾和他血肉深处的熔岩洞。荒诞吗？可疑吗？是的，手机里存满死人的电话也许非常危险，这些号码只有过去才能应答，这暗示着这样做的人有心理问题，拒绝面对也不敢面对现实，是生活彻头彻尾的逃犯，否决自然规律；这样的事永远没有善终。

但我们对自然规律真有那么了解吗？

宇宙究竟有多深邃，为什么一些人的梦境能够超越太阳系最外层的行星，深入我们的理解之外？为什么大多数人都相信与唯物论和科学证据的原则相冲突的宗教经文？唯物论认为，相信上帝存在的人要么是孩子，要么是傻瓜，可还有什么比信仰上帝安慰更大呢？

难道这就是为什么我们大多数人能够怀着激烈的矛盾坚信不疑地生活？枪声与飞行，猎人与猎物：就因为我们能够轻而易举地相信荒谬，甚至把我们的文化和我们的存在架构在荒唐的故事上吗？假如真是这样，为什么阿里不应该把那些旧号码留在手机上，那些通往思念抑或虚无的门廊？谁知道呢，假如阿里删掉这些号码，或许重要的东西会随之消失？我们对这个世界能有多了解？那只在十月傍晚飞向天空、脑容量只有豌豆大的雷鸟究竟是松鸡科成员，还是希望美丽的精髓？它是否用飞行穿透了黑暗？盘旋在港口上空的海鸥究竟是饥肠辘辘的拾荒者，还是对往昔的一次伤悼？——假如一个人熟悉人类，熟悉人类的历史、文化、自然与内在，他又怎能对荒谬视而不见？

间奏

和你共度的每一天
都如置身天堂,
像神的梦境

它如此乏味地开始，没有尊严。没有一丝尊严。简直乏味至极，所以无法用于一幕悲剧或热门歌曲。

但首先：这个事实没有公平可言，爱，尽管充满激情与无言的亲密，但假如一个人在岁月里失色，冷却，丧失自我，它也并不总能延续。

怎么会这样？

那些独一无二、妙不可言的东西怎能在短短几年光景中就变得平淡无奇，像单调的星期二？当人们疲惫不堪时，又怎能毫发无损地生活下去——当激情退去，亲吻变凉，一切背离我们的期待？为什么我们生活在有缺憾的世界？婚姻失败，堪称世界第一、第二和第三大奇迹的爱，竟变成单调的星期二，变成例行公事，变成贫瘠的安全感。为什么像阿里和他妻子波拉这样聪明、受过良好教育的人会突然分居？他们一起和睦生活了二十年，有三个孩子、一套漂亮的联排别墅，他们之间并没有一触即发或是明显的问题，就冰岛这样一个反复无常，经济似乎始终掌控在掠夺者手中、经济利益被扼杀的国家而言，他们的经济状况稳定得不能再稳定，没有显而易见的难关，没有酗酒、抑郁和背叛，他们看似很幸福，可为什么他们突然分居，任凭自己的生命被撕裂，就像一颗炸弹落在身上，一颗来自太空深不可测黑暗中的流星击中自己?

为什么?

很难说。因为和你在一起,生命是一支甜蜜的舞蹈,一个漫长的吻,你的吻永不冷却。生命充满狂风骤雨,你眼中的光芒永远照亮我前行的路。我的心,那块滑稽的肌肉,那个稚气的圣人,那声叹息,在每一次见你时狂跳不止。与你同在的每一天,我们的内心深处都梦想着一种坚不可摧的爱,没有什么能让它碎成两半,流行歌曲和电影的大潮滋养并放大我们的梦想,在歌曲和电影里亲吻更深浓,它们的温度点燃平凡,让它熊熊燃烧,成为童话。那些数不胜数的流行歌曲、电影和情诗的主旨是否在无意之中变成我们生活的基准,变成巍然耸立的高山,多年后带着阴影、失望和危险的巨石在我们身上轰然倒塌?生命中的倒塌事件,有时让人不堪重负,它让我们远离流行歌曲的快乐,远离情感的温暖,再也没有火焰能让世界屏住呼吸。这就是人们会有婚外情的原因吗?为了重新燃起火焰,燃起生命的火花,仿佛外遇是一场战争,针对平凡,针对年复一年的麻木——除非火焰会变成一个灼烧的伤口,一把毁灭性的火?

一切开始得如此乏味。没有尊严,没有一丝尊严。乏味至极,所以无法用于悲剧或热门歌曲。这是一个安静的星期二,没有风,邻居在遛狗,收音机正在播放一首古老的流行歌曲,后来早餐桌上发生了爆炸。阿里问波拉,你嚼饭非要这么大声吗?他的声音很平静,接着伸手一扫,把早餐——一碗酸奶麦片、一杯水和他的咖啡杯——全都拂到了坚硬的地板上。他的动作是一声尖叫。

他并没有在等待一个回答，因为这几乎不是一个问题，而更像是一种挑衅，一句生命的呼喊，一个对着单调的星期二挥舞的拳头，那些该死的星期二如此意外、如此可怕地仿佛端坐在他面前，带着波拉美丽的脸庞，他们一起生活了二十多年，生养了三个孩子，一个三重的目的，一个存留着最珍贵的时刻的人生，一个宝箱；某些东西突然无情地把所有珍宝变成了灰色的石头。他并没有在等待一个回答，只是把早餐桌上的一切都拂到地上，它是一声尖叫，不是一个问题。接着他走出去。站在别墅外，把自己笼罩在一种杂音里，逃离她，尽管她的拥抱常常是他的庇护所，她的胸脯敞开任他哭泣，她的耳朵保守了他的许多秘密，保存了他最明确的话，保存了他的痛苦和他童年的悲伤。他知道没有什么比她风中的黑发、她略微沙哑的嗓音和藏匿着一丝敏感的锐利的灰眼睛更美。有一天你会离开我吗？每当生活横生枝节，让她感到无助的时候，她就会这样发问，脆弱充满了她的声音和眼睛，如此脆弱，哪怕一个意想不到的动静、一声狗吠、一辆摩托车的突然加速，都会让她的天空坍塌。不会的，他说，你疯了吗？你的名字已被永恒之刀铭刻在我心中。

永恒将你的名字铭刻在我心中。

我们可以无比坚定地做出承诺，却以背叛告终。人类软弱不堪，日常生活中没完没了的烦心事抽干他们的精力，在生存面前剥去他们的尊严，接着一个人的手臂扫过餐桌，像一声尖叫。

一开始，波拉吓呆了，紧接着是惊愕与愤怒。小女儿格蕾塔下唇不停地颤抖，每次当她努力忍住眼泪时就会如此；大女儿赫克拉还在睡觉，所幸儿子斯图拉在女朋友家。他把餐桌上的一切拂到地上,然后走出去。他抓起皮夹克,上了车,驶出快车道,并没有完全意识到他偏离了道路,或者完全没有意识到。他开车走了,离开了。三个半小时后,他预订了侯尔马维克一家酒店的房间,他开车飞速驶向那里,速度快得不合情理,布拉塔布雷卡坡和阿尔恩克特吕河谷那一带路面很滑,极度危险,可他根本不在乎,即使车在弯道上打滑也不减速,他播放着福莱的《安魂曲》,好像他正赶往自己的葬礼,而且就快迟到了。他在侯尔马维克的酒店房间里躺了两天两夜。窗外就是大海。这就是海,蓝色、灰色和黑色的波浪,幽深而浑浊的蓝色海水,可它不重要了。大海真的漫无边际,也许它比人类创造的语言和其他事物都要宽阔,即便如此,大海也无话可说。阿里认为海能给人安慰、智慧与宁静;它的波浪和深邃,它不断变化的灵魂,能为他解惑,给他指引。或许大海理解水中的鱼,甚至自有一套方式感受那些淹死的灵魂,可它或许无法理解我们的伤口和彻底颠倒的生活,也对此毫无兴趣。会不会有什么东西,不需要比大海更宽阔,哪怕和它一样,能体会一个人的痛苦,或是能想象微小而短暂的事物,比如一个拥有足够的敏感与深邃,而让痛苦填充自己,继而终结在一条黑暗的路上的人?

* * *

阿里想要一个朝海的房间。我给你的是我们最好的房间,女人说。她是酒店老板,还开了一间比萨店和乡村咖啡馆,持有一艘小渔船的股份,也是幽灵中心的主管。无论如何你得过得充实一点,她说。阿里问起村子的状况和那里的生活,他用一种本能的礼貌发问,却几乎听不见自己的问题,仿佛他缺席了自己的生活。他习惯礼貌地向人发问,让对方感觉自己有趣又迷人,绝非单调的星期二。她毫不犹豫地把自己的生活里里外外都说给他听,似乎她有必要如此,做一个十到十五分钟的总结报告。冬天酒店的旅客很少,比萨店和咖啡馆尤其安静,不过每逢精彩的足球赛季,这里可干的事儿就多了,尤其是英格兰足球超级联赛;幽灵中心会接待一批不常见的客人,都是学校团体和冬天到此探险的游客。这里离本国的西南角很远,但大部分收入是靠着渔船挣来的。不管天气好坏,布兰迪尔几乎都会出海,他是个非常厉害的渔民,我们一块儿加工他的渔获,不,我可没嫁给布兰迪尔,他老婆,亚历山德拉是个波兰人,在合作社上班,她美极了,你应该到那儿去购物,找个理由一睹她的芳容。北部的特雷基德利湾有两个男人,其中一个已婚,都结婚三十年了,每周都单独开车过来,冬天跑一趟单程要花两个小时,仅仅是来她工作的地方买东西。布兰迪尔是个冠军,我们都想嫁给他——可怜的我呀,不过我三年前甩了丈夫,比起和我相处,拉西更喜欢研究黑死酒和啤酒的化学成分。你们男人可真够奇怪的!这么多年过去了,他觉得沉迷于网络色情比和我上床有意思得多。你还能怎么对待一个没用的爱人和伴侣呢?当然是甩了他!

　　甩了他。当然,绝对正确,不要等到你的生活变得可鄙,成为可怜的失败,这定然是一种不可饶恕的罪。然而当生活并不可鄙也并不差劲,只是一瞬间完全出人意料地走进死胡同,你又该拿它怎么办?

阿里躺在房间里，几乎不出门，他很快就放弃了和大海沟通，也没有半点兴趣去合作社看亚历山德拉，虽然酒店老板舍弗恩一直在怂恿他；我们这里没有画廊，她说，像是在道歉，但我们有亚历山德拉。

两天两夜。

一只手臂变成一声尖叫。

单调的星期二。

他躺在床上，地板上，浴池里，温暖的水流下，他一闭上眼就看见格蕾塔颤抖的下唇，他试着入睡，却睡不着，什么也做不了，感到麻痹。他知道他应该告诉他们他在哪里，虽然忘了带手机，但至少能借用舍弗恩的电脑，查查电子邮件，回答孩子们的问题，他们也许正守着电脑等待他的消息；爸爸，你在哪里？爸爸，你为什么要离开，究竟发生了什么事，你还好吗？你什么时候回家？这些问题让他的心感到刺痛。然而他只是躺在房间里，什么也不体会，什么也不明白，他只清楚一件事，某些东西结束了，某些重要的东西被摧毁了。他只是躺在那里，凝视着天花板，从什么时候起他已经不再爱波拉了？爱怎能这样简单地消失，渐渐衰退？它流逝得这样缓慢，你根本毫无察觉，直到烟消云散，一切土崩瓦解。他真的不再爱她了吗？他闭上眼睛躺下，心里想着波拉，想着他认识的其他女人，他想着卡特琳——和他共事的广告公司管理者，她似乎从来没有乏味的星期二，她的背部很美，她的微笑很特别，他想着她怎样呼吸，怎样来去自如，他想着自由。

酒店外面，翻涌的大海像某种巨大的事物，可它帮不上什么忙。十月黑暗而凝重,酒店的窗户很窄。他平躺着。波拉似乎变成了星期二,变成了挤在牙刷正中央的那一截牙膏,邻居家喧闹的电视机,早餐桌前嘈杂的咀嚼声。他翻身趴在床上。格蕾塔颤抖的下唇。他倾听着无用的大海,倾听着自己那无用的心,它在悸动,在跳跃,随着她的名字不断起伏,那被永恒铭刻在心上的名字。你该如何擦去永恒留下的字迹?

凯夫拉维克

——现在——

遗憾是最沉重的石头：
三十多年前，一个二月的晚上，
一个苍老的声音在诵读一首长诗，一支
装满鳕鱼的笔和两行锈棕色的黏液

阿里把手推车里的商品拿出来，免税店的收银员开始扫描的时候，他，用我们的话说，才从永恒中苏醒过来——或者说，一时间他感到迷茫——一走进机场，他就处于这种状态；他清醒过来，看着柜台上的商品，一动不动，直到收银员将商品全部扫描完，再装进两个购物袋。他买了一升苏格兰麦芽威士忌、一瓶红酒和许多糖果：M&M's、果冻、比利时和其他产地的巧克力、甘草糖，这些都是他以往习惯在免税店购买的糖果，那时生活还井然有序，没有爆炸事件，一切还没被撕成碎片，无法再重新组装。那时他的三个孩子年纪还小，每次阿里去国外短期出差，他们都盼着他回家；不像现在，他们长大了，非常独立，小女儿在念高中，大女儿进了大学，读地质专业，儿子在西班牙学西班牙语，沉浸在一种阿里不懂的语言里。他付了钱，拎起袋子走了。有时候，我们好像正试图用自己的行为和思想拖住时间，否认一切都已经改变并将继续改变的事实，尤其是那些意义重大的事情，尤其是每向前迈一步我们都更接近自己消亡这样的事情。星座和它们的奥秘随着黑暗移动，我们脚下的地球以每小时十万多千米的速度在黑色的太空中飞驰，可我们不停地努力压制这种感觉、这种必然和这个事实——人类的生命是短暂的，我们的生命是鸟儿的歌唱、海鸥的鸣叫，随后陷入沉默。不知道阿里买这么多糖果有什么用，难道这个世界还和十年或十五年前一样吗？他看着他在飞机上的邻座，那个吃薯片的女人，她说过眼泪的重要性，还有那个沉默的大个子，他们从传送带上拿走自己的行李，接着挥手，大个子名叫阿达姆，他微微举起一只手，似乎有些害羞，但也足以露出他的手掌，而她，海伦娜，举起右臂，兴高采烈地挥动，她的指头碰到了大个子的额头，她只有一百五十厘米高。冰岛之旅是他们姗姗来迟的蜜月旅行，他们一年多前结了婚，直到现在才有机会出门，他们还预订了冬天去艾雅法拉火山的观光旅行，二〇一〇年的春夏，火山喷发将他们的生命融为一体，就这样把她从不幸的婚姻中拯救出来，也让他摆脱了郁郁寡欢的生活。海伦娜说过她对眼泪的看法，它们的重要性，同时她用摸过薯片的油腻的手指碰了碰阿里的手背，然后他们继续交谈。她为阿达姆的沉默和冷漠道歉，他对飞行有深度恐惧，这很常见，她说，没什么好羞愧的；相反，对坐飞机感到恐惧合乎逻辑，也是理性的，人类没有翅膀，无法飞行，所以他觉得在空中飘浮有违人的自然属性，也违背了我们几千年以来的经验。经验"就像我们内心深处古老的洞穴"。

她是一位天体物理学家，闲暇时也是诗人，而他以前是看管罪犯的警卫，银行家与政客的保镖；遗憾的是，有时候他们之间没什么差别——金钱和权势会彻底破坏道德，无可挽救。事出偶然，艾雅法拉火山喷发期间他们住在伊斯坦布尔的同一家酒店，两个人都需要即刻赶往伦敦，海伦娜要出席一场重要会议，并在会上介绍她带领的研究小组的科研成果——关于时间，它是什么？是否存在一种力量能改变它的方向？假如真的存在，会是什么力量？而阿达姆必须在他父亲弥留之际赶回去见他最后一面，父亲遭遇了车祸，奄奄一息。结果上了火车，他们的座位挨在一起，于是两个人开始交谈，从那时起，他们的目光就一直无法从对方身上移开。他们的故事和幸福始于火山喷发和死亡。她四十岁，他二十九岁。海伦娜答应把她的最新诗集和他们去冰岛的旅行札记寄给阿里。

他们已经离开很久了，可能上了外面的公共汽车，阿里则站在原地一动不动，看着行李传送带载着他的两个手提箱一圈又一圈地转，他手中的购物袋装满逝去的时光，沉甸甸地晃动着。固守着逝去的一切让人不堪承受。阿里看着自己的手提箱随着传送带打转，某种东西突然在他记忆中闪现。

一个苍老的声音，说起记忆和石头。

记忆是拖在我身后的沉重的石头，一位老人曾这样说过。三十多年前，他与我和阿里一起在南部的桑德盖尔济加工鳕鱼干和咸鱼，有时候他走路弯着腰，像是逆着强风行走，即便只是在鱼类加工厂里完成种种任务，也像是顶着一股隐形的风走路，两只手放在身后，好像它们在本能地寻求庇护，逃避时间，时间令它们更加虚弱，将它们攥得更紧；你走得很慢，有一次我对他说，带着年轻的鲁莽，但克里斯蒂安并不生气，只是微笑着说，用他沙哑的声音，记忆是拖在我身后的沉重的石头。难道记忆很重吗？阿里问。不，只有当你后悔或是想要遗忘的时候——后悔才是最沉重的石头。

阿里麻木地看着他的手提箱又转了一圈，行李传送带低沉而持久的嗡嗡声慢慢变成老克里斯蒂安的声音，他从小就在鱼类加工厂工作，深知它们的来龙去脉，年轻时是个颇受器重的雇员，身手敏捷的工人，技术娴熟，坚韧如石，不知疲倦，少言寡语，毫无怨言；唯一的缺点是过度沉迷于诗歌，尤其是埃纳尔·贝内迪克松[1]的诗歌，总是不合时宜地引用他的诗句，总是找理由提及埃纳尔，不管人们在谈论鱼，谈论桑德盖尔济的牧师，谈论天气还是政客们，有时他会背诵出完整的诗——有的特别长——用一种奇特的情绪，混合着单调和同感。然而大家没有理由因为这个责备他，因为诗歌并没有降低克里斯蒂安的工作效率，虽说他有时让人讨厌极了；他背诗的时候反而手脚的速度更快。但时间改变了我们所有人，它在飞驰，却放慢了我们的速度，在岁月的重压下，克里斯蒂安开始有了明显的衰退。我和阿里遇见他的时候，他已变得非常迟钝，德朗盖岛鱼类加工厂的共有人马尼是唯一愿意雇用他的人，工厂的另一个老板是一艘两百吨级同名生产性捕捞渔船的船长卡里。实际上，卡里觉得老克里斯蒂安的存在是个很大的麻烦，他

---

[1] 埃纳尔·贝内迪克松（1864—1940），冰岛著名诗人、出版人和律师，人们常称呼他为"埃纳尔·本"，其文字华丽而空洞，带有新浪漫主义风格。

在每个人面前发火,毫不遮掩,包括这位老工人,有一次他毫不留情地对克里斯蒂安大加斥责,当时我们正在俯身清理半桶新鲜的鳕鱼,卡里说,雇用他完全是浪费公司的钱,简直就是一种错误的慈善;克里斯蒂安应该能意识到他这把老骨头已经到了休息的时候,他不该妨碍别人,让自己受到嘲弄,也让别人不痛快。克里斯蒂安张开嘴,也许又想用埃纳尔·本为自己辩护,但他识相地什么都没说;卡里的脾气冲动而暴躁,假如克里斯蒂安背了一首有关鳕鱼的诗,他可不会给好脸色。老人只是笑了笑,低下头,看上去很不自在,像一只被痛打了的狗。

我们这些在德朗盖岛工作的人从不怀疑马尼的决定,只是在想,马尼清楚自己在做什么,这能帮助我们容忍克里斯蒂安诗意的唠叨和慢吞吞的工作习惯。但我们不知道的是,马尼在鱼汛期开始的时候曾回绝过克里斯蒂安。他拍拍他的背,说,不,不,我这里没有你能干的活儿,接着又说,就这样。言外之意,别再给其他伙计添麻烦。在接下来的几天里,马尼从桑德盖尔济和加尔泽大大小小的鱼类加工厂那儿听闻了这个老人的悲苦之路,他屡次被人开除。有些工厂的员工甚至拒绝和他说话;看起来他已经受够了。他曾是个如此受人器重的工人,渔业公司相互争抢着要雇用他,可现在他却被生活剥夺了资格,被排除在外,成了多余的人,尽管他还有经验和知识,还有一双虽然苍老却娴熟的手。他应该给大家让路。有一天,马尼开着货车,在路上遇见克里斯蒂安,他正从最后一家工厂走出来,肩上又多了一个"不"字,所以腰弯得更低,他几乎变成了一声沉默的啜泣,那个固执的老家伙。马尼低声骂了一句,放慢车速,摇下车窗,把头伸进风里，头上戴着他那顶不管多大的风都吹不掉的格子帽，为了说话更方便，他把烟草放进嘴里嚼。他低头看着克里斯蒂安，看着那种悲伤、那种绝望，说，好吧，明早八点到我工厂来，接着一踩油门，扬长而去，懒得去听老人的感谢。

那年冬天，克里斯蒂安每天早上七点五十分或者五十五分就来到工厂，积极地投入工作，讨好马尼，但他常常工作一阵就要停下，仿佛是因为年事已高体力不支，或是借此遮掩他的懒散。不管他多么努力、多么拼命，也几乎无法赶上我们这群人一半的工作量。埃纳尔·贝内迪克松的诗已经无法再提高他的生产力。克里斯蒂安对埃纳尔的热情已经根深蒂固，就像生活的艰辛带给他的老茧一样，虽然他日益苍老而迟钝，他内心的热情却在增长，仿佛诗歌的非凡力量把时间从他身上夺走的气力又一次还给了他。在某种程度上的确如此，因为他每次朗诵埃纳尔的诗歌的时候，他衰老的眼睛就充满神采，他重新焕发了活力。更糟的是，他总是忘记自己的工作和周围的环境，他从不容忍闲逛，对他来说，游手好闲令人深恶痛绝，他这样做只是为了想起埃纳尔的诗歌，也许有人说了什么，但他什么都忘了，来来回回踱着步子，像是在热身，接着那些诗句开始止不住地流淌，一行，两行，甚至一整首诗。

是什么让我们铭记？

阿里站在原地，双手各提着一个购物袋，袋里装满了逝去的岁月，他麻木地看着手提箱在行李传送带上一圈圈地打转，嗡嗡声已经变成三十多年前老克里斯蒂安朗诵《斯塔卡聚尔的独白》[1]的声音；阿里或许会想起那句苦涩的诗："我们短暂的幸福栖息在何处？"这句话是否跳入了他的脑海，转动记忆之轮，并让它停止在八十年代初一个二月的黄昏？

晚饭前卡里的船满载而归，这意味着我们又得工作到午夜。阿里、克里斯蒂安和我三个人在生产线末尾，鱼被剖背机剖开，再被扔进一个两米多长的水桶，传送带把湿漉漉、冷冰冰、干干净净的鱼递送过来，我和阿里就在桶中进行加工。克里斯蒂安负责腌制，但有时跟不上我们的速度，他的动作像一种条件反射，将鱼腌得很不均匀，我和阿里不得不抓起盐，快速撒在他漏腌的地方，再让鱼进入下一区域。马尼重新开放了存放区，拉开大大的舱口，倒入满满一车鳕鱼，最后一车。时值傍晚，白色的雪飞旋在昏暗的天色里，空气清爽寒冷，我们的手指在没有衬里的橡胶手套下冻得僵硬。水还在流，以防止在水管里结冰。时间过得很慢，几乎停滞了，不管取出多少鱼，大货箱内的数量似乎从没减少过，加工台边的工人们看起来全都有气无力的。真该死，太冷了，我说，诅咒着马尼，他在宽敞的门口站了很久，检视着这批鱼，他看起来一点也不着急，对风和寒冷毫无感觉，他的双手什么都没戴，夹克的拉链像往常一样勉强拉了一半，寒冷的北

---

[1]《斯塔卡聚尔的独白》（冰岛语：*Einræður Starkaðar*），冰岛作家埃纳尔·贝内迪克松（见上文）创作的一首诗，其首次发表于他的诗集《沃加尔》（*Vogar*，1921）上。克里斯蒂安引用的句子是I:24（"Hvar á okkar skammlífa sæla heima？"）和（见下页）I:25–6（"Hvíti faðmur – var hjarta mitt kalt. / Því hljóðnaði ástanna nafn mér á vörum？"）。

风、暮气和雪花都被卷进身体。我的每一寸皮肤都在挨冻,我说。是啊,阿里说,连我的心也是。后来老克里斯蒂安似乎清醒过来;他开始行动,高高挥起盐铲,像一个感叹号,一声宣告。"白色的拥抱。"他说。我们立刻明白接下来会发生什么,咒骂着寒冷、夜色、鱼、停滞的时间和他那该死的诗歌,因为此刻工作又要被打断了。"白色的拥抱——我的心冰冷吗?/为何我的爱人的名字沉默地落在我的嘴唇上?"

接着克里斯蒂安朗诵了一整首诗。

没有什么能阻止他,一种远比他自己更强大的力量把诗推上他的嘴唇,我和阿里如今对这种模式已经很熟悉,不管他是拿着铲子、刀、绳子还是一堆鳕鱼头,不管他正在年轻工人们的休息室里忙碌着什么,其实他更喜欢楼下的小房间,女人们和马尼一起在弥漫的烟气里休息。那些词语源源不断地从他口中流出,唯一能阻止他继续的力量只有马尼,可是马尼晚上不在屋里,他在雪那白色的怀抱里,他最后关上舱门,这意味着再没有什么能把我和阿里从克里斯蒂安诗的紧箍咒里解救出来。当传送带把剖开的鱼从水里拉出,渐渐填满下方倾斜的容器时,克里斯蒂安正要朗诵"独白",他两腿张开站立,仿佛是为了在激昂澎湃的语流中保持平衡,身体微微前倾,很快,他的鼻孔里现出锈棕色的水滴,水滴不断膨胀,慢慢滴落,变成了两条鼻烟色的痕迹,它们随着诗句的韵律而颤动——三十多年后,阿里用手推车推着两个购物袋和两个手提箱穿过走廊,朝海关和出口的方向走去,克里斯蒂安略带沙哑的声音在他脑海中回响。他满脑子都是诗、苍老的声音、二月的黄昏、堆满鳕鱼的存放区和随着诗句颤动的两条锈棕色的黏液。

你得脱掉衣服；
关于负罪感和该死的左派的论断

负罪感从何而来？许多人的内心似乎饱受良知的折磨，我们会不会觉得自己犯过错，遭受过失败，因而辜负自己，辜负我们所爱的人，辜负这个世界，辜负生活？会不会感觉自己的欺骗行为迟早会受到惩罚？为什么当我们意外撞见一辆警车，瞥见警察，我们的心就会慌得直跳，狂跳不止——这种负罪感从何而来？难道这就是原罪，残酷的基督教理论——我们的血液中蕴含着祖先的罪行？只有永恒才配得上上帝可怕的怒意。我们吸食母亲乳汁的时候，也吸食了一点负罪感，它融入我们的血液；不管怎样，当一个高大的海关官员走上前来，举起手时，阿里并没有丝毫惊讶，这平息了他脑海中的老克里斯蒂安的声音；沉重的诗句被撕得粉碎，一切随之消失了：二月黄昏的雪的白色怀抱、刺骨的寒冷、桑德盖尔济的鱼类加工厂、装满鳕鱼的存放区、嘈杂的切头机和剖背机，还有那个拿着铁铲的老人。

海关官员向前一步，举起强壮的手臂，阿里脑海中的一切都消失了，他只听得见自己的心跳。

对不起，手推车不能推出去，海关官员抱歉地说，他似乎很尴尬，轻轻敲着手推车，放着两个手提箱和两个购物袋，被一个消失的世界压垮了的手推车。阿里环顾四周，显然他是唯一一个还没离开的乘客,久久站在行李传送带旁边,看着自己的手提箱漫无目的地兜圈,完全没有意识到免税店已经没人了。对不起,阿里说,他看着海关官员,突然觉得他很熟悉,让人不自在的熟悉,但他很快抑制住这种感觉,伸手去拿箱包,假如他能尽力肩负起那些在痛苦中消失的东西。这时海关官员把另一只手放在袋子上,问他,或者对他说,还是一副抱歉的样子,仿佛他觉得这件事十分让人为难和尴尬,你不介意我们检查一下你的箱包吧?接着他给突然出现在他身后的同事使了个眼色。一股焦虑形如拳头在阿里的胃窝里翻搅;他清清嗓子,耸耸肩,掏出手机对时间,看见两条未读信息。另一位海关官员一声不吭,抓起两个购物袋,轻松地提起来,他是个年轻人,还不需要和往事较劲。跟我到隔壁房间走一趟,年长的官员说,假如你不介意的话,他温柔地补充道。阿里小声嘀咕,接着又走来一位年轻的女长官,她提走一个手提箱,阿里曾在行李传送带上匆忙地打开过它,只是为了塞进三本在凯斯楚普机场买的杂志,一本音乐杂志《滚石》,一本科学杂志《天文学》,还有一本美国杂志,其内容似乎介于色情和淫秽之间;阿里挑书的时候,感到烦躁不安,或神思恍惚,发现自己突然立在一架子和性有关的杂志和DVD面前,性是我们既隐藏又宣扬的原始本能,承认也好,否认也罢,或许这就是为什么在人类世界里几乎没有什么事物能像性本能那样遭到歪曲或误解,尽管如此,一切生命由此而来。

女官员把他的手提箱放在一张长桌上,接着离开房间关上门,他松了一口气,箱包旁边站着三个人,除了阿里,还有另外两个官员,他们迅速又灵巧地清空箱包,把所有物品整齐地摆在一边；那位年轻长官快速地翻看了阿里所写的关于诗人约翰·西于尔永松[1]的手稿，这是二十多年前阿里就梦想着写的一本书，却始终犹豫不决，不知何故，不敢动笔，也许是害怕年轻时的梦想破灭，害怕他无法举起那块石头。不过，他在哥本哈根流浪的时候还是动了笔，没向任何人提过，几乎是一种秘密写作。那位海关官员随意读了一两行句子，这让人痛苦极了，他一动嘴唇，阿里就感觉他读进了自己心里。官员放下手稿，他并不感兴趣，接着翻了翻手提箱里的其他书籍和三本杂志，把它们摇了摇，当他摇动情色杂志的时候，阿里低下头，不知何故，这本书在那一刻似乎比任何东西都要淫秽。年轻长官对着杂志舒了口气，或者说嗤之以鼻，接着把书撂下，它刚好落在长桌边，封面朝上；一个穿着暴露的女孩直勾勾地盯着阿里，她在哥本哈根时那满眼的挑逗已经荡然无存，取而代之的是一种悲伤与空虚的交织，好像在拍摄之前，摄影师对她的生活做了一些可怕的论断。照片像拳头一样击中阿里的双眼，他突然意识到，这女孩最多十八岁，或者大约和他的小女儿同龄。她张着嘴，灰色的眼睛流露出悲伤，也许是因为没人愿意再拥抱她，在凄凉的夜晚，在锋如刀刃的生活面前对她柔情满腹，百般安慰。两位官员站在那里，好像正对着空空的手提箱出神，两只购物袋皱巴巴地躺在杂志旁边，像两只死鱼眼。另一位高个子官员，让阿里很不自在地想起过去他应该认识的某个人，他打开阿里的另一个手提箱，把它清空：两本书，一本是罗贝托·波拉尼奥的短篇小说《智利之夜》，另一本

---

[1] 约翰·西于尔永松（1880—1919），冰岛诗人和剧作家，以戏剧《费亚拉-艾维杜尔》闻名于世，该剧讲述的是一个有名的冰岛逃犯。

是汉内斯·彼得松的诗集,[1]还有一个笔记本,笔记本里面大多都是阿里关于约翰·西于尔永松那本书的想法,还有一些看起来像是诗句或小说的灵感,这些句子来得突然,让阿里感到十分恐惧,毕竟他已经二十年没写过小说了。除了这些物品,箱子里还有他的苹果播放器、父母的照片和颁给奥迪尔的荣誉证书。海关官员带着好奇翻看着笔记本,好奇得近乎轻率,接着他举起带相框的证书,好像吓了一跳。他站在那里,低头阅读上面的文字,阿里在一旁看着,他注意到不知是失眠还是微笑所致,官员的眼边现出了皱纹,他的嘴角微微下撇;生活可以很艰难,即便对那些身穿制服手握权力的人也如此,他硕大的肚子把身上的白色制服衬衫顶了出来,下撇的嘴角或许是因为这些多余的重量,至少二十千克,可能将近三十千克,这是他一年三百六十五天无论走到哪里、夜晚睡在哪里都不得不负担的重量,其他人的嘴角就没下垂得这么厉害。他的眼睛很特别,起初散发着浅灰色的光,接着现出一抹绿色,仿佛有微光在深处闪耀——当海关官员把眼睛从证书上移开,阿里才明白,突然明白过来,同时为自己没有早些认出他而感到惭愧,你怎能忘记你的表弟,尤其是这位表弟,怎能忘记那双带着绿色光芒的浅灰色眼睛,怎能忘记,你能原谅这种健忘吗?海关官员的嘴微笑着张开,或是傻笑着。阿里喊道,真该死,是你吗,奥斯蒙迪尔?!

是我,兄弟,他的表弟奥斯蒙迪尔咧开嘴,笑着承认了自己的身份。他的一张脸全变了,既带着一种迷人又毫不掩饰的

---

[1] 罗贝托·波拉尼奥(1953—2003),智利知名作家;汉内斯·彼得松(1931—),冰岛知名诗人。

自信，又有一丝淡漠——这一种我和阿里，还有许多人几十年来一直所艳羡的表情，此刻在他的脸上明媚起来。搞什么鬼呀，阿里说。他不确定对方究竟是吓了一跳，还是纯粹的开心。都差不多，奥斯蒙迪尔附和说，我还以为你认不出我了。你是变得不太一样了，阿里充满歉意地说。奥斯蒙迪尔本能地拍拍肚子，手伸过鼓出的肚皮；三十多年的时光都包含在这个动作里。

奥斯蒙迪尔：我看你随身携带的竟然是外祖父的证书。

阿里：是的，它是爸爸最近寄给我的。我住在，确切地说，我以前住在哥本哈根。

奥斯蒙迪尔：我知道。不用说，我们都很关心你爸爸，可他还是像往常一样，只要有人对他表现出一点担心，他就会感到烦躁。你能回来真是太好了。我们在报纸上读到过，也听说了你的成功。全家人都很骄傲——为你骄傲！

阿里：成功——让我喘口气吧！

奥斯蒙迪尔：你上了报纸。

对，阿里说。他突然感到难过，他的表弟，我们昔日的领袖、榜样和英雄有时候会把成功和上报纸相提并论，这就是他衡量生活或成就的方式。一时间阿里心中充满了对生活难以言喻的悲伤，它正是这样对待我们，在三十年后的今天让他和奥斯蒙迪尔在这种情境下相遇。奥斯蒙迪尔的众多身份并未让他创造更多价值，我们始终认为他将用自己的方式征服世界，从没想过他最终会沦为一名凯夫拉维克机场的海关官员，并且至少超重十五千克。他低下头，这样奥斯蒙迪尔就看不见他眼中显而易见的失望。可我对他的生活又了解多少呢？阿里想，他或许很快乐，和大多数只会吹嘘的人相比,找到幸福并让它永驻,难道还算不得更大的胜利吗?难道不是唯一重要的胜利吗?他四下扫了一眼,看见那本杂志,他的焦虑又回来了,执着地感觉自己做了什么错事。他看着那个女孩。她年轻得简直不可原谅。她叫什么名字?在七岁、八岁或十岁的年纪,她梦想成为什么呢?可能是芭蕾舞女演员、公主、艺术家或店老板,但绝不是一个浑身赤裸、坐在冷冷的镜头前的女人,让那些陌生人,男孩和男人,年满十五岁就行,那些男孩和他们的曾祖父,对着她手淫。她的名字会是什么呢?她善良吗?害怕吗?衣衫褴褛吗?受过伤害吗?

奥斯蒙迪尔清清嗓子。声音不大,却像一声枪响,让阿里吃了一惊。另一位海关官员,年龄最多三十岁,清瘦又结实,一头黑发向后梳,使眼睛显得很不好看。奥斯蒙迪尔的额头发红,他尴尬地说,恐怕我们还得做一个更彻底的搜查。他的同事点点头,从胸膛里舒出一口气,仿佛正期待着一场对峙。

阿里:彻底?

奥斯蒙迪尔:恐怕是的。让自己的表哥走一趟程序,我也感觉很糟。

阿里:有多彻底?

奥斯蒙迪尔:你要么好好配合,要么滚回家,别再露面。

阿里:有多彻底?

这个嘛,奥斯蒙迪尔说,他突然把手放在大肚子上,似乎是想提醒自己,提醒阿里,一眨眼三十年过去了,物是人非,他们彼此都难以应对。你看,他正说着,又停了下来,他的同事走过来帮忙,看着阿里的眼睛,用平静而坚定的声音说,你得脱掉衣服。

脱衣服？脱掉我的衣服？

他们两人都点点头。

全脱掉？

奥斯蒙迪尔：很不幸，我们听到一些风声。

听到风声，阿里重复着他的话，声音开始哽咽。

一个很准确的消息，奥斯蒙迪尔说。

阿里：听到风声，怎么听到的，我是说，什么风声？

年轻的官员冷冷地抛出几个字：关于你还有很多事情是我们的眼睛看不见的。

阿里该如何否认自己的外表下还有很多内情？有时候他的生活很失败，他辜负了自己深爱的人，那些对他而言最重要的人，与此同时，他年轻时的梦想也破灭了，他辜负了母亲，辜负了她的记忆和他的祖母玛格丽特。奥斯蒙迪尔又该如何否认阿里心怀深重的内疚？——这三十年来他们没见过面，也没说过一个字。阿里出版了两本诗集和两部小说，仿佛是有意为了家族的两个分支摇旗呐喊，并试图通过文学创作改善和拓展这个世界，可他几乎还没开始，就已经放弃，替别人出版书籍的同时藏起自己的屈服。过去两年他几乎只专注于编辑"十大秘诀"这套书，关于快速解决问题，关于试图说服人们可以通过简单快捷的方式修复生活的书——难道这样的人就不能有所隐藏吗？

奥斯蒙迪尔说起履行义务，收到暗示，还有阿里不紧不慢地离开行李提取处，样子看起来很可疑，接着他又说起狗，现在没有可用的狗，或者就算有也没什么用处。阿里显得有些迟疑，他很麻木，没有任何感觉。他开始慢慢脱衣服，动作很机械，脱去夹克、轻便的套衫和深色牛仔裤，他的脆弱感越来越强，随着每件衣服的去除而增强。阿里脱衣服的时候，奥斯蒙迪尔看向别处，藏起他那双含着神秘的绿丝，或绿光的浅灰色眼睛。三十年前，四十年前，这些光芒让他的眼睛充满魔力，他几乎看见了那些别人看不见的世界，几乎能够随意摆脱日常生活的种种束缚，仿佛他头顶的天空比任何人的都要明朗；奥斯蒙迪尔的目光越过阿里，仿佛他正看着远处的一大片蓝色，而他的同事则两腿分开站着，双手放在背后，眼睛始终盯着阿里，这个把衣服脱得只剩内裤的人。他抓起松紧带说，开始吧，他朝门看了一眼，像是害怕门外的女人走进来，他看着眼前这位更年轻的男人，也许是想确认，自己是不是真的什么都脱光了。年轻人似乎都明白，他带着果断，冷冷地点头。阿里抓住松紧带，不由自主地想，有些人觉得权力和制服能引起性欲。他在一瞬间想起一部德国小说，故事从意大利说起，主角是个年轻男人，出于偶然或误会，半夜被抓上一辆警车，他坐在后座上，双手被铐在背后，穿着单薄的睡裤，对面坐着一位年轻貌美、脚踩皮靴的女警察，尽管他在奋力反抗，阴茎却硬起来，直到完全勃起，在单薄的睡衣下显而易见。阿里仍然握着松紧带，感到一股紧张的情绪顺着脊柱向下蔓延，假如他勃起了，哪怕只有一点那该怎么办？那一幕，年轻男子对着女警察，在他脑海中挥之不去，上帝啊，那该多么丢脸！他把内裤拉下来，感觉灵魂脱离了肉身，他直视前方，不敢往下看看阴茎是否硬了。奥斯蒙迪尔的同事看着他，就像看着杂志封面上的女孩，此刻她脸上的表情既充满情欲又带着一丝嘲讽，而阿里则浑身赤裸。什么都脱了,什么也都被剥夺了,他的人格,他的权利,他的胳膊尴尬地悬在身体两边,他不知道该拿它们怎么办,仿佛它们很陌生,属于别人。此刻他们都看着他,奥斯蒙迪尔和他年轻的同事,他们直视着他的脸,把目光死死定在那里,异常坚定,好像两个人在用尽全力不去看阿里的阴茎,盯着其他男人的阴茎实在可耻,好像你在宣称对它感兴趣似的。也许他们这么努力避免向下看,是因为难以想象的事情发生了,关于那部德国小说令人亢奋的记忆让些许温热的血流向他的阴茎,它硬了,膨胀了。阿里微微低头,向下看,又偏过头,像是在沉思,在悲伤,当他看到自己的阴茎并没有变硬和膨胀,反而像是害怕似的缩小了,他感到说不出的释怀。他突然产生了一种滑稽的念头,很想抱歉地说,它现在的确小得不像话。

他们在房间中央摆了一张桌子,让人想起凯夫拉维克的小学生们用的课桌,桌子上面还有一个小讲台,他们让阿里站上去,好像他正准备做演讲,或者认罪。年轻官员轻轻拍着讲台,他那严厉,甚至带着威胁的目光突然变得柔和。奥斯蒙迪尔清清嗓子,站在后面,和阿里一边,阿里回头看他时,突然畏缩起来,他看见奥斯蒙迪尔的右手套上了一次性手套,左手拿着一罐软膏。这是最好的,老伙计,奥斯蒙迪尔一边说,一边低头看着罐子,就像是在看怎么处理它,假如你趴在讲台上,接下来你就会感到更松弛。所以这是一个讲台,阿里完全赤裸地说道。

奥斯蒙迪尔:这是凯夫拉维克基瓦尼斯俱乐部的礼物。我们开会的时候经常用到它——省钱。我是说,在这里或者开会的时候我们都能用上它。

　　冰岛这个社会，挥霍的钱财够他妈的多了，年轻官员恶声恶气地说，好像在发脾气。

　　奥斯蒙迪尔用低沉的，甚至斥责的声音喊：塞瓦尔！

　　塞瓦尔：你就得这样说——该死的左派正在毁掉这个国家！

　　阿里和奥斯蒙迪尔都看着这位年轻官员，很显然他叫塞瓦尔。什么左派？阿里问，他想用手遮住生殖器，但也知道这样做会让自己感到不自在，于是他把手放在背后，却又意识到不这样做反而更好；这样看上去就像他正把自己的生殖器推到塞瓦尔面前。塞瓦尔看看阿里，又看看奥斯蒙迪尔，然后收回目光，好像在为他们看不清局势而感到遗憾。好吧，他说，过去几年是谁在管理这个国家？接着他用眼睛打量阿里的身体，阿里垂下胳膊，让胳膊轻轻晃动。在他们接手前就让我们经济破产的另有其人，那些宠儿，阿里身后的奥斯蒙迪尔说，他说得很起劲，声音有些刺耳，事实上，除了债务，我们已经没什么可以留给你的那些该死的左派糟蹋了！我的左派，塞瓦尔说，我的，他重复道，用鼻子哼了两声，与其说这些杂种是我的……还不如说我面前这位你的表哥身上的蛋蛋是我的呢，塞瓦尔指着阿里，好像他还能另有所指似的。这些左派只会争论，读诗，向我们没完没了地征税！

　　奥斯蒙迪尔：塞瓦尔……

　　塞瓦尔：可能只是为了多出版一些那该死的诗！

　　不知为何他又一次指着阿里，指着他的生殖器，仿佛它和诗集出版有关，但接着他停了一下，走上前一步，拍击着讲台。

　　奥斯蒙迪尔：该死的，塞瓦尔，我真应该拿双倍工资，听你胡扯八道！

塞瓦尔：这些事情总得有人指出，揭穿他们的真面目，否则一切都会完蛋；你站在哪一边？他毫不客气地问阿里。我，阿里犹豫不决地说，我只是……我只想先把衣服穿上。塞瓦尔严厉地瞪着他，好像在说，你可没那么容易就从这件事中逃脱，后来仿佛是奥斯蒙迪尔让他恢复了理智。他说，恐怕我们得完成这次搜查，无法绕开，我们收到确切的消息，就像塞瓦尔说的，尽管我相信你永远不会犯错，表哥，每个人都得履行职责，不管做那件事多么令人反感，你明白我们要做什么吧？阿里转过身看了看奥斯蒙迪尔，他感觉自己的生殖器变成了广告牌挂在自己身上。他想进一步问问他们收到的消息和他们的狗，他没听懂奥斯蒙迪尔的说法，他们的嗅觉是否无法替代……这样的检查；可他什么也没说，只是点点头。

奥斯蒙迪尔：照我说的去做，你最好趴在讲台上，它会帮你放松肌肉；你懂我在说什么。当你还没反应过来的时候我们就做完了，也不会再提这件事。奥斯蒙迪尔低头看看软膏罐。阿里朝讲台走了一步，向前俯身，自动打开双腿，塞瓦尔站在他面前，可能是为了安慰他，或者相反，为了防止阿里抵抗。他听见奥斯蒙迪尔在他身后摆弄东西，在做准备；出于本能，他向旁边看去，却突然被一种冰冷的恐惧攫住，害怕奥斯蒙迪尔拉下自己的裤子，可他不敢回头看，虽然他确实瞥见奥斯蒙迪尔的身影就在他身后。阿里的目光在疯狂搜寻某一种支柱，可什么也没找到，最终落在杂志上，女孩的脸上。她的嘴角带着痛苦与讽刺，当奥斯蒙迪尔粗大的手指慢慢滑入阿里的直肠，她仿佛想说，现在你尝到女人活在男人的世界里是什么滋味了。

间奏

黑色头发,绿色连衣裙,
从现在起,我可以去爱除你之外的其他男人

某个时刻，这种念头会突然让我们感到困扰：为什么我已经活过？为什么我还活着？假如我们从不发问，从不怀疑，漫不经心地消磨日日夜夜，或是匆匆忙忙把日子打发掉，那么我们什么都留不住，除了最新式的手机，最流行的歌曲，可能我们早晚都会碰壁，无路可走。可能我们的怀疑，我们的问题，会像炸弹一样在我们体内引爆，让生活彻底紊乱，让一切改变和扭曲，那些东西你向来难以觉察，充其量只是你日常生活中无聊的刺激，早餐桌上大声咀嚼的声音，一截挤在牙刷中间的牙膏，它们会在一瞬间变得势不可当，让你的手臂变成一声麻木的尖叫，把一切生活从桌子上扫除。

紧接着就是侯尔马维克酒店的两天两夜。

冰蓝色的胡纳湾在每一道峡湾和水湾里，鱼在深海里静静地游，它们的血很冷，它们几乎对生命一无所知。布兰迪尔驾着小渔船出海，柴油发动机低沉的声音伴随他驶向广阔的海湾，北风捎来永恒冬天的消息，不断刮擦着沿岸光秃秃的山坡。布兰迪尔把渔网线沉入大海，它比人类的生命更深邃，核心却更坚硬，他听着柴油发动机低声哼唱带着油腻气的歌曲，听着收音机或是一张海米尔男声合唱团的CD，呷着咖啡，吸着烟斗，再回到侯尔马维克的家，舍弗恩正在酒店等着他，带着她的片鱼刀、她的痛苦和她对男人的渴望,而他老婆亚历山德拉在合作社上班,她有乌黑的头发和动人的笑声,布兰迪尔耷拉着眼皮,抽着烟斗,特雷基德利湾的两个农民冒着危险在恶劣的天气里开了一百千米,只是为了买一个三明治、一点热食、一升牛奶和酒水区的两瓶啤酒,只是为了感受她的存在,看看她的模样,听听她亲口说出自己的名字。

阿里开着车向南走,并不是往家的方向开,在合作社停了下来;现在我们不用那个危险的字眼——"家",也许从未用过。他在合作社门口停了一会儿,那是个四四方方的盒子形的建筑,立在村口,样子很像一个仓库,这没什么可骄傲的,冰岛丑陋的建筑实在太多,仿佛我们还没意识到这些建筑也是风景的一部分,一座沉闷的建筑物会让我们的生存环境和我们的存在更加乏味。亚历山德拉坐在仓库里,阿里在货架上翻找的时候,她起身过两次,他明白了舍弗恩并没有夸大她的美丽和光芒,或是磁力;她就像音乐,阿里不由自主地想着,他正为两个苹果和一瓶酸奶饮料付钱。亚历山德拉向他微笑,那笑意一直蔓延到她黑发下的棕色眼睛里,他的心跳突然愚蠢地停了一下,好像自己突然变成了十几岁的少年,一个男孩,赤裸裸的,毫无防备,绝非一个生活在废墟中的四十多岁的中年男人,两天两夜前他崩溃了,一个神秘的原子弹炸烂了每一座大楼,他继续生活在废墟中,但辐射正在他的血液中扩散。也许她早上发了火,阿里边想边走向自己的车,天色越来越暗,第一片雪花开始飘落。也许她对人不公平,自私任性,只顾着自己美丽,喜欢听可怕的音乐,他自言自语,像在重复着一句咒语,仿佛要挣脱侯尔马维克,他在山坡上看见一座临海的小房子，正在出售或者出租。那些能够日夜俯瞰大海的人一定不会伤心到哪儿去。在这里定居的想法在他心头逗留了一阵，住在这里就像住在生命的边缘，他脚下被撕裂的大地可以自动愈合，他甚至能写一本关于约翰·西于尔永松的书，多年以前，他才二十几岁的时候，就梦想着写这本书。这当然是个疯狂的想法，却很有吸引力，每当亚历山德拉注视着他，这种想法就膨胀得厉害。

他发动汽车，开走，开进雪里，他咒骂着布兰迪尔，他拥有一艘渔船，拥有海上的生活，他娶了那样一个女人为妻，是多么有福，他也丝毫不担心抽烟斗会得癌症，烟斗带给他的只有平静和沉思，肯定不是癌症，自然也不是痛苦地死在医院里，他血管里的吗啡将剥夺他的尊严，只留给他痛苦。

他在雪里驱车前进，很快雪就落得密密麻麻，这让人愉快，风苏醒过来，更多的雪纷飞而来，整个世界，空气、大地和天空一片素洁，仿佛他已把车开入了天使深邃的思想里。他的起亚吉普车以每小时三十千米的速度缓慢行驶，他听着巴赫，把音量开得很大，双手放在方向盘上，身体向前靠，他开得这样慢，以至于一种希望在他心中点燃——他永远也无法抵达目的地，他会在天使的思想面前终结生命。他用舍弗恩的电脑查看了电子邮件，她盘起头发，穿着绿色连衣裙，样子不错，她身上的某种东西在说，呀，再多住几天吧，我会温柔地给你的伤口涂药，或许你也能帮我，我想我们的生活突然都离孤独太近，甚至被那个可怕的词重塑，我很难给你幸福或满足，连自由也给不了多少，只能给你一点眼前的陪伴，用我的怀抱让你遗忘，我能给你肩膀让你哭泣，我能用指尖给你的伤口抹药。她的每一个细节都在传达这些，给予这些，甚至有几秒钟他渴望松开她的红头发，脱去她的裙子，抚摩她美丽的屁股，这一切定然都清楚地写在他的眼里，因为她会意地笑了，因为她的眼神温暖起来了——可他却只问了问他是否能借用她的电脑。等待他的是十二封未读邮件。其中八封和工作有关，印刷商对两本书的出价，一份封面设计稿，一封他的一位作者的来信，此人的书在丹麦受到好评，信上说："这是链接，把它们挂在主页上，再同时发给报纸，不是很好吗？"一封某位文学经纪人催促他购买一本震惊世界的小说的信件；他已经用十二种语言发行了这本书，此书讲的是一个关于谋杀、精神病、酗酒、性和爱情的故事，一杯完美的鸡尾酒，一本能触动读者神经的书，唯一的问题是作者匿名，且将近六十岁，这样的老古董很难卖。

另外五封信来自那些重要的人。

格蕾塔：爸爸，你在哪里？你为什么要走？你什么时候回家？你不回家了吗？爸爸，我很害怕！

赫克拉：亲爱的爸爸，我不明白你为什么要走。你和妈妈是不是吵架了，我是说，你不开心吗？发生什么事了？妈妈什么都不告诉我们，但我明显看得出来她很不好受。我非常担心。昨天格蕾塔哭着睡着了。或许我也和她一样。你在哪里？为什么不打电话给我们？被蒙在鼓里的感觉太糟糕了。

斯图拉：爸爸，到底发生了什么事？！格蕾塔说你突然大吼大叫，把厨房餐桌上的东西都扫到了地上，然后冲出家门走了。我，我们大家，所有人以为你们很幸福，爸爸，这种信念几乎成了我生活的根基。我觉得好像一切都崩塌了。写这封信的时候我的指头都在发抖。到底怎么了，爸爸？你们背叛了对方吗，我是说，你们是不是出轨了？我不相信你们会这么做！还是别的原因？我的脑子里好像被人放了一台搅拌机，我没法清楚地思考。爸爸，回我电话！！！

波拉：我知道孩子们给你发了电子邮件，你应该给他们打电话。至少这是你能做的。我有很多话想说，却不知从何说起。我不知道，我什么都不清楚，除了感觉自己像是挨了一顿打。我想一切都不会再和从前一样了。你已经毁了一些很美好的东西。你——不，我没办法，我不能再多写了，因为我可能会说一些很难听的话。

十六个小时后，凌晨四点十三分，她发来另一封信。我没有上班，也无法入睡。吃了两片安眠药，但根本没用。现在我把一切都看明白了。上一封信里，我说我不想再写下去，害怕自己失去控制写下很多未经思考的话。你知道我不是这样的人。我又读了你电话上的留言。你是不是在难过的时候把它都忘了，还是故意抛在脑后，这样你才有胆量对我说出过去你不敢说的话？当我读到最后四条你发给卡特琳的信息，还有她的回复时，我们的世界崩塌了，我想不到还有什么话能表达得更清楚。其中任何一条信息都足以摧毁我们的世界。记住，我们曾经拥有的世界，我以为它一直都建立在信任、爱慕和坚持之上。我们。首先是我们两个人，然后是孩子们。可那个世界，被你摧毁了。关于那些信息我不想再多说，也不知道还能再说什么，可能最后我会忍不住呕吐，读完后我真的吐了。我躺在浴室的地板上，吐得就像快要死了一样。我以为自己命不久矣，我真这么觉得，觉得自己可能已经死了，是你杀了我，恭喜你。你肯定还记得信息里面说了什么，你的和她的。我想起有时候你会谈论她，我是说，你会特意提起她。我真的很想对你说很多可怕又丑陋的话，但我不会。我不想对你已经明目张胆做出的事表达自己的失意、痛苦和悲伤。你这么突然地逃离是因为我让你感到厌恶吗？"你嚼饭的时候用得着这么大声吗？"你这样问我，你很难看地皱着眉头。我让你厌恶吗？我真的这么不如她吗？还是你内心的怯懦占了上风——难道你打算用逃跑来拯救自己？

不，你不用回复我，不管怎样，我对你的回复不感兴趣。它们属于另一条生命，一条在我呕吐的时候死去的生命。从现在起，你从我身上再也得不到任何东西，除了冷酷。这是我的报复。你可以忘了电话的事。我已经拿锤子把它砸得粉碎了，一切血淋淋的话和背叛。我知道这样做很愚蠢，但也很有趣。今晚我睡不着；你能看出这些话都是我在夜里写的。当然，这张床上还有你的气味。我真的很爱你，爱得如此强烈，甚至有时反被它所伤。我围着房子来来回回地走，不知如何是好，是痛哭，是喊叫，是把眼睛挖掉，是继续活着，还是干脆一了百了？——但是后来，就像一个失败的玩笑一般，我拿起一本波兰诗人的诗集，那是去年你送我的生日礼物。你有没有意识到它是什么样的礼物，里面写着什么？有时候一切乃至最精微的细节皆是注定，它接受某种（我真想说一句"他妈的"！）肉眼看不见的力量的安排，某个人或某种东西知道接下来将会发生什么，并以此引导我们的行动。这种力量驱使你买给我这本书，在一切都崩塌，我不知所措的时候,驱使我拿起它。这本书里有一首短诗,叫《再见》,仿佛是为我而写的。你还记得这首诗吗?我写在这里,就当作我给你的临别赠言:

> 你的话
>
> 撕碎了天空
>
> 毁灭了森林
>
> 松鼠
>
> 和你的吻。
>
> 我体内有五千万个细胞
>
> 从现在起,它们的目的不同了
>
> 从现在起,它们的思想不同了
>
> 从现在起,它们会以出人意料的方式决裂——
>
> 从现在起,我可以去爱除你之外的其他男人。

有些人——事实上也包括阿里——认为,这首诗在各个方面都超越了其他的文学和艺术作品:它的深度、力量、苦涩、美,以及它让我们感到不安的能力;从本质上来看,它和音乐的密切关系更甚于和文字。在古文献里,诗歌有时被称为心或血的语言,乃至神灵失传的语言,可现在我们发现自己置身于一个异常光滑的陡坡上,或是踩在薄冰上。阿里刚刚涉足出版业的时候,常常提到那些古文献,甚至说诗歌是神灵的语言,但他不久就学会了避免这种想法,因为一些诗人很喜欢照字面意思理解这些观点,并任其在头脑里生根,处理起来就更加困难。他很快便得知诗歌和作者是两种迥异的事物，总体看来前者优于后者，有时差距很大；诗歌很重要，作者却不一定。阿里出版过很多诗集和六本翻译集，接着全世界都尖叫起来，成为一只胳膊，把桌上的一切都拂去，自然就赔钱了。在我看来这没什么，他常说，假如我赔钱是为了出版智慧与美，痛苦与爱。这些是出版商口中的美言，出版智慧与美也许真是一项崇高的事业，但没人能靠赔钱出书维持生计。没有什么比诗歌更重要，有，有的，也许是吧，然而在暴风雪中驱车，大雪纷飞，以每小时三十千米的速度驶入天使的思想和它们的梦境，那首该死的波兰诗歌在他的脑海中回荡，一度压倒了巴赫壮阔深沉的音乐，波拉的声音随之响起，尽管温柔，却有些沙哑，带着一种诱惑力，有点像大提琴，尽管同样的质感也让她的声音像锯一样刺耳。这一路从侯尔马维克向南，穿过石南树丛和在风雪中隐匿的村庄，她的声音在一遍又一遍地燃烧着，她在抗议，在低语，在朗诵这首诗和它的最后一句，"从现在起，我可以去爱除你之外的其他男人"，在慢慢锯开他的生命，直到他的生命一分为二，再将其切成四份，最后彻底粉碎他的生命，他连贯的存在，这把锯又迟钝又锋利，日夜不休，因为夜色渐深，天很黑，他撞上了布拉塔布雷卡坡下路边的雪堆，这里离农场只有几千米，年少时，他在那里度过夏天，回忆里全是阳光、芳香的草丛、青草和宁静的天空，他深深扎进雪堆，在那里睡着了，他把车里的毯子裹在身上，在寒冷里蜷成一团。他睡得很轻，时睡时醒，努力去想两周前他发给卡特琳的四条信息，还有她的回复，他想起信息发出时他的犹豫和兴奋，但不管多努力，他都想不起具体内容，这条信息发自某个工作日的后几天，在那个漫长的工作日结束后，他们一起去了酒吧，喝了很多啤酒，碰了几杯，他不记得是怎么开始的，突然他们开始接吻，这二十五年以来，四分之一世纪以来，除了波拉，他没吻过任何女人。卡特琳的舌头在他口中的感觉是那样奇怪，他记得当时他想起自由，想起飞行，想起她紧紧地、迫切地、热烈地、激情地向他压来，他也紧紧贴着她，他想起他们激动的、无所顾忌的双手是如何搜寻对方的，这时她的手机响了，是她丈夫彼得打来的，他发了几条短信问她，你在哪里？就是这通电话让他们停了下来。但这并没有阻止几天后阿里给她发短信，他就是不得不发，无法控制自己，她立刻回复了他，用同样的口气，并不直接，而是略带神秘，假如他没记错的话，那是愚蠢、鲁莽和骗人的信息，骗人的吻，骗人的手，难道一切对他来说仅仅是如此吗？难道他没有能力诚实地生活，无法忍受日常生活琐碎的烦恼吗？难道是星期二的乏味轻贱了他，让他屈从了吗？卡特琳很漂亮，是的，也很性感，是的，他允许自己梦见她，厚颜无耻的白日梦、幻想，可想是一回事，做是另一回事——他们之间的距离，不正意味着背叛吗？难道他不是必须背叛一切，背叛孩子、波拉、他们共同的生活和幸福，才能意识到这一点：波拉这个名字铭刻在他心上？

那个夜晚，群山在他的生命里崩塌了，山体滑坡，他被绝望、指责和孩子们的疑问掩埋，但黎明时分，他努力把自己从塌方的山底挖了出来，把自己从雪堆里拖了出来，一辆雪犁把他的吉普车拉出来，司机对他说了什么，可阿里只听见几个零星的词，他脑海中的锯，波拉的声音；那首波兰诗歌中的句子，"从现在起，我可以去爱除你之外的其他男人"，把司机的话撕得粉碎，他也许是在谈论路况。大雪不停地下，雪花漫天飞舞，阿里把车开走了，他看见雪犁司机在摇头，他又开进天使的思想，开进那些和幸福一样洁白的人的梦境，也许地狱才是洁白的，阿里自言自语道，他慢慢地向南开，在布拉塔布雷卡被困了两次，这段路他开了两个小时，路况好的时候只要十五分钟。那行诗仍像一把锯，割裂他的存在，割裂那些让他的心脏完好无损留在左胸的东西，割裂那些叫作静脉的东西，当他冲出华尔峡湾隧道时，不经意地加速，像是为了逃离那个声音，那首诗，他以每小时一百千米的速度冲出隧道，埃夏山没有下雪，几乎没有雪，雷克雅未克现出全貌，她的声音和那行诗已经把他心里的血管锯成碎片，这就是为什么阿里开进这座城市时，他的心自在地悬浮着，像失去行星的卫星——在孤独与徒劳中漫游。

凯夫拉维克

——现在——

死亡发生在去往柏林南部的一辆黑色奔驰车上，
奥斯蒙迪尔一个人的步态威胁着
数学方程式，接着空气
吐出白色海鸥

　　傍晚的凯夫拉维克在下雨。没有下雪，雨让今年的十二月更晦暗，阿里走进大厅，没有其他旅客，游客都走光了，他看见最后一辆巴士驶离机场。外面的大地显得很沉郁。
　　一点也不疼。奥斯蒙迪尔用指头蘸取了一大团软膏，左手放在阿里的左屁股上，接着把他粗长的手指插入阿里的直肠，轻柔而彻底地探查，像是在寻找他渴望的东西，被我们错过的东西，却一无所获，当他抽出手指的时候，出现了一点微小的、黏糊糊的声音。阿里沮丧地想——其实他快要哭了——但愿我在凯斯楚普上厕所的时候把屁股擦得很干净。阿里感觉肛门不疼，却特别痒，所以他溜进到达大厅10-11商店外的明信片货架中间，用力抓挠自己，同时看着那些五颜六色的明信片，上面印有冰岛自然界的珍珠和几匹马。然后他拿出手机，戴上眼镜查看手机短信，希望是女儿们发来的，嗨，欢迎回来，亲爱的爸爸，类似这样的话，还有甜言蜜语，你对于我很重要之类的。但这些信息不太可能来自她们，他并未告知她们自己突然回来了，他原本就必须向她们解释，告诉她们他的父亲、她们的祖父已经命在旦夕，但首先他想弄清楚父亲的病到底有多严重，情况是不是真的很不乐观，他不想让孩子们有不必要的担忧，因为他们对这样的事都很敏感，尤其是格蕾塔，假如她很在乎的人遭遇不顺，她就会消瘦，无法到校上课，他和波拉分开后的前几个月就是这样——阿里知道，他永远不会因为这个事实原谅自己。

是的，这些短信不是女儿们发来的，第一条是我发的，问他今晚能否碰面，一起喝免税店买来的酒——第二条是波拉发的。他盯着屏幕。他盯着她的名字，盯着左手边她的头像，她正倚着墙对他微笑，上一次她对他那样微笑几乎是三年前的事了，我的上帝，她真的对他那样微笑过，那些时光存在过，是他令她拥有那种微笑；他是怎样毁掉了自己的生活，怎样误解了一切？他是怎样想到他能离开她生活的，或者他根本就想这样做？真是个该死的白痴。因为他的日子很快把他绑在一根柱子上，用四把步枪对准他无情地扫射：悔恨、渴望、自我厌恶和绝望。他盯着她的头像、她的名字，和下面的话："你父亲告诉我……"

空间不够了。他必须按着屏幕看完剩下的话。这些是指向幸福、指向和解的话吗？还是来自那四把步枪冰雹一样的子弹？他的心脏还能承受多少子弹？他把拇指放在屏幕上，轻轻地按，可文字出现的时候，他又抬起头看明信片。所有的明信片上，天气都很好：平静，碧空。所以那才是冰岛：除了大自然的珍珠、平静的天气、蔚蓝的天空和温驯的马匹之外，什么都没有。

也许我们永远不会说出全部真相。有时候半个字也不说，我们总是缄口不言，让生活更易于操纵，避免不愉快。也许常常出于自欺，让自己显得更漂亮，也许常常出于懦弱。我们把沉默变成谎言，变成背叛。很少说出全部真相，也因为如此，永远不会拥有正直。难道是因为我们不敢面对自己，不敢面对我们创造的世界吗？难道人的生命仅由逃避和幻觉组成？阿里看着明信片和手中的电话，屏幕的光灭了，语言陷入黑暗——明信片展现的并非真实的冰岛，而是我们幻想中的冰岛；它们展现不出风，展现不出天气的喜怒无常、变幻莫测，展现不出潮湿，展现不出这些浑身湿透、在雨中滴着水的马儿，展现不出飑、雪橇和灰暗的天色，而且绝对展现不出凯夫拉维克。凯夫拉维克不是冰岛，不属于幻想的那一部分。这些明信片为我们展现的是幻觉，是我们不敢用双眼去正视的东西。

一点也不疼。奥斯蒙迪尔脱去手套，向他的同事塞瓦尔介绍阿里，塞瓦尔刚把讲台搬开，他看起来很生气或是紧张。我的表哥，以前是诗人，现在是出版商，奥斯蒙迪尔说，他咧开嘴略微笑了笑，阿里不清楚他是不是有意折磨塞瓦尔，这个刚刚骂过诗人和诗歌，并将其与搞破坏的左派相联系的人，他用的是"以前"这个词，含沙射影地指向阿里。无论怎样，他从奥斯蒙迪尔的话里捕捉到一丝批判，或者假定如此，他突然想起，就像一扇窗户在他记忆中打开，奥斯蒙迪尔的母亲埃琳曾给他寄过一封短信，那时奥斯蒙迪尔刚刚接受了一次关于阿里的访谈，他说阿里作为一个出版商，有志于出版文学价值高的诗歌，特别是翻译作品，世界文学——这将是他对冰岛、冰岛文化和冰岛人民的贡献；假如我们没有翻译像托马斯·曼的《魔山》，或者费尔南多·佩索阿的诗歌那样的作品,我们就算不得一个崇尚文学的国家。访谈最后记者问他,你自己的写作如何,你已经出版了两本诗集和两部小说,你所有的书风评都很好,其中一部小说被译成四种语言,你不认为自己也有影响力吗?不,他笑着回答,像人们对天真无邪的童梦报以的微笑……不,有好些作者比我优秀得多,他们都才华横溢。在这方面,我的影响程度和他们的相比远远没有那么大——我已经放弃写作了。

后来阿里收到埃琳·奥德斯多蒂寄来的短信。一封完全出人意料的信。这十年期间,阿里既没见过她,也从未和她交谈过,像他对待父亲家的其他成员一样。他父亲除外,每年他们父子会见三到四次面,两个人都对那些真正要紧的事绝口不提,只谈论一些肤浅的话题:天气、政治和足球。"我真的感到难过,"她写道,"当我读到你在访谈里对自己写作的评价的时候。你应该知道,我和家里大多数人一样,撇去你父亲不谈,也因为有一个在出版业工作的亲戚而感到骄傲,尤其是一个目标崇高、野心勃勃的亲戚——这会让我的母亲,你的祖母,非常开心。但她也会因为你对自己写作的评价感到痛惜。也许你不明白,对我们来说,看见自己人在这个特殊的领域打拼有多重要。它几乎让我们感觉每件事都有意义,尤其是困难,感觉一切都顺理成章,感觉——不,我不想;我不想再多说了。你一定对这样的事略知一二,所以你能理解我的痛苦,也会明白我为什么要写这封信给你。话虽如此,我还是要向你道歉——对于一个受过教育的人,一个如此优秀的作家,我必须得补充一句,原谅我的打扰,收到自己无知又年老的姑妈寄来的让人尴尬的信,可能是件烦心的事。我还记得我哥哥索聚尔很讨厌看见与表达的距离,还有感觉与写作的距离。当然,我不太可能记起来;有时候是听母亲说的,还有我妹妹安娜(我知道她对你在访谈里说过的话也感到遗憾,可她不愿打扰你。我总是一个喜欢打扰的人,或者一个向来学不会处事的人)。直到我看见自己的思想在变化,在我眼前变得笨拙不堪时,我才完全明白。或者说,嗯,有些放肆。但我希望你能明白我信中哪些内容重要。原谅我的胡言乱语,不过我年纪大了,但也许还算不得太老,足够我去怀疑,或者去理解,那一时刻总会到来,那时再想说什么都来不及了。现在向你问好还不晚,我的侄子。我们一定会继续买你出版的书,虽然我没法完全读懂。"

他当然无法把这封信背下来——事实上还差得远;只记得语气,也许还有几句话,不过他晚一点会在酒店房间里重读一遍。两个小时后,出租车司机把他送到凯夫拉维克的飞行酒店,他从一个厚厚的、塞满信件、剪报、照片、诗歌和韵文的黄色文件夹里抽出这封信,他一直随身携带着这个文件夹,用老克里斯蒂安的话说,将它像石头一样拖在身后,但多年来他都没打开过——似乎害怕这样去做。奥斯蒙迪尔口中的这个词,"以前",带有的斥责语气和他第一次读那封信时感受到的责备并不一样——他读完信,随即搁在一边,那封信像许多别的东西一样,被丢在一边,饱受压制,像一个古老的幽灵、一种指控和一个误解,不断被压制、被否认,不断——直到某些东西碎裂。直到它碎裂。直到他毁了——一切。他的日子很快把他绑在柱子上,四把步枪同时开火。以前是诗人,奥斯蒙迪尔这样说,塞瓦尔怀疑地看着他们，好像奥斯蒙迪尔和阿里正在联手对付他，好像刚刚发生的事，阿里浑身赤裸地趴在讲台上，表弟的手指插入他的直肠，压根儿就没发生过。你又开始写作了吗？奥斯蒙迪尔帮阿里收拾行李的时候问道，他假装没有注意到阿里把色情杂志塞进另外两本书下面，并发誓自己到了酒店就将它扔掉，或是趁散步的时候丢进垃圾桶。你又开始写作了吗？奥斯蒙迪尔问，他拿起手稿，读了读书名——《黑暗所知的太多：约翰·西于尔永松漂泊的日子》，他声音中的热情让阿里感到不适。不，阿里说，我一直想写写约翰，只在业余时间写；你妈妈还好吗？他匆匆问了一句，像往常一样把话题从自己身上移开，他问得很急，太急了，刚问出口就想起来，尽管话还在嘴里，可他还是晚了一步，没能及时打断这个残酷的问题，所以当他看见奥斯蒙迪尔的表情时，他在想，给他一拳反倒更体面。

你妈妈还好吗？——埃琳，她三年前就去世了，在柏林度假时被车撞了。车在路上全速行驶，埃琳的一只脚踩在路面上，撞车后被甩出三米多远。车开走了；司机可能喝醉了，喝高了，好像什么也没看见，他开着一辆崭新的黑色梅赛德斯-奔驰车回家，上床睡觉，早上醒来时根本不知道自己撞死了一位冰岛的老妇人，一位在东海岸、在北峡湾长大的女人，她的哥哥索聚尔，喜欢在清晨轻嗅她的头发，拥抱她娇小温暖的身体，喜欢挠她的痒，因为她的笑声"像银子，像快乐的阳光"。事故发生后没多久她就死了，被人依恋和哀悼，尽管"事故"也许不是一个恰当的词，它更像是一种袭击，一种处决。我看上去一定很可怕，她低声对丈夫说，他跪在她身边，他伏在她身上，她在哭，他也在哭，那个高大有力、坚毅的船长,他的脸像饱经风霜的悬崖,听见她这样说,他哭了,他看着她,接着她对这个世界再也没有任何话了。

他怎么可能忘记这个?!

他注意到奥斯蒙迪尔的表情,急促地说,一副惊恐的样子,他说得很诚恳,原谅我。

你离开得太久了,奥斯蒙迪尔只说了这一句话,把手稿递给阿里。

阿里看着明信片和手中的电话,波拉的留言在黑暗的屏幕后面等待,这是一部三星手机。他看着明信片想,它们为我们展示了我们的梦想。他悲哀地想,有时候我们的梦想只不过是幻觉、逃避和证明,证明我们不敢承认世界的真面目,不敢面对这个世界和身在其中的自己。他想,当我问及在凯夫拉维克逗留期间我和他是不是应该见一面的时候,奥斯蒙迪尔是不是在暗示我?——你觉得安全吗?他问,你觉得我们能承受吗?

他是不是想说:因为接下来我们可能需要谈论我们在逃避什么,需要面对三十年前的自己,并解释清楚今天的我们到底是谁——这样的解释不太可能让人感到舒服。实际上这种可能性很小。

你还好吗?

这个声音把阿里吓了一跳,他的手机掉到地上,后壳弹开,电池跳了出来,波拉的留言沉入了黑暗深处。10-11商店的一个收银员挪开明信片货架,阿里在那里一动不动地站了大概五分钟,谁会那样站在一堆向游客兜售的明信片中间,除非有什么不对劲，除非这个人病了，正面临一场危机，心脏病突发，在哭泣，觉得事有可疑，也许他是个变态狂，天知道，也许他正对着照片手淫，因为他知道店里有两个女人？

这个女人，一个年方二十的姑娘，小心地把一个货架从另外两个旁边挪开，她说，你好，有什么需要帮忙吗？却又立即纠正了自己的话，假如这个人是变态狂怎么办？假如他并不沮丧痛苦，而是一个变态狂，就像你在报纸上或者网上看到的那样，他站在那里，他的阴茎像个小恶魔一样被他握在手里，回答你，什么？是的，你当然能帮我！所以她急忙纠正了自己，问道，你还好吗？她一边挪开货架，一边说。另一个收银员，也是个年轻姑娘，在一边等着，手里拿着电话，时刻准备打电话呼救。谁知那个变态狂原来只是个中年男人，在记忆复杂的风景里迷了路。他捡起手机，重新装好，小声说对不起，那个姑娘也道了歉，吓了他一跳，可他还是纹丝不动地在那里站了很久，她们除了他的脚什么也看不见，所以不知道该怎么办；不，另一个姑娘说，你永远都不会知道的。阿里对着两个姑娘抱歉地笑了笑，她们的脸庞青春洋溢，其中一个人下唇戴着两个唇环，另一个头发是粉色的，两人都略显圆润，挪开一个明信片架不会让一个人的体重损失四十或五十千克的，这种负担对于这样年轻的人来说不在话下，她活着的每一天都要承担额外的五十千克重量，仿佛她永远，在她年轻生命的每一秒，都被判处了苦役。人们吃得太多，锻炼得太少，体重增加，恣意发胖，可怜的地球，不得不载着我们所有的人一起旋转，难道它不评论我们的文化，不说它正在堕落，不说我们生活在被死亡沾染的时代吗？阿里这样想，但他很快就因为这样的想法感到了羞愧,她们只是两个可爱的孩子,那个戴唇环的姑娘给他找来一个购物车,方便他在雨天的下午把提包放进去,他接着想,像是在为自己找借口,这是文化的错误,不是你的,你是时代的受害者。接着他走了出去。

出租车司机,一个大概和他同龄的女人,从车上下来,快速地把他沉重的箱子放进了后备厢,他几乎来不及感谢她的帮忙。他闻见她身上有一股好闻的淡淡香水味,对她说,凯夫拉维克,飞行酒店。离这儿不远,她愉快地回答。对我来说挺远的,他钻进汽车,自言自语,接着点开手机上波拉发来的短信,重新找回那些黑暗中的话语:"你爸爸告诉我你要来了。他们详细查过吗?对不起,我没法不提示他们,让他们了解你的问题不止眼前这些,他们完全有理由好好查一查你,是吗?他们有没有发现什么?他们有没有发现你对所有人都隐藏的东西,尤其是对你自己——他们发现你的不忠了吗?"

阿里把手机放进夹克口袋。系好安全带。

出租车还没来得及开走,司机的电话就响了;你介意我接个电话吗?她温柔地问,通过后视镜看着阿里,棕色的大眼睛。完全不介意,他说。她戴着耳机,双手放在方向盘上,交谈时完全不受干扰。她和电话那头的人通话,一个她关心的人;一次简短的通话,她说了两遍"我的爱",每一遍都饱含深情。

我的爱,棕色的大眼睛。阿里现在认出了她,一晃三十年过去了,他想,她对我问候的时候真像一个来自过去的信使,他已记不得她的名字,尽管还记得她的脸——他是怎么记起来的?她当然已经老了,时间穿过一切——人、动物、房子、篱笆桩子和岩石——以不同的速度；慢慢地穿过岩石，快速地穿过篱笆桩子和人，再更加缓慢地穿过一些生命，她就是其中之一。作为一个出租车司机，她是不是长得过于漂亮了？三十年前。那时候史密斯乐队、恐怖海峡、埃戈乐队和埃纳尔·马尔的诗集大行其道，勃列日涅夫刚刚去世，他的冷酷还在操控着人们，莱昂纳尔·里奇的《你好》是学校毕业舞会的慢舞歌曲。[1]我和阿里是她的高中同学。高中的前两年她毫不起眼，只是一个戴着大眼镜的勤勉认真的女孩，但是第三年的一个秋天，一切都不一样了，她出现在校园里，焕然一新，穿着短裙和绿色"V"领套头衫，挺着胸脯，一头蓬松的金色长发披在脑后，她自信地走着，就像一个赢得伟大胜利的人，她纤细的腰身带着一种迷人的柔软和神秘的韧性。我们就这样度过了那个秋天和那个冬天，她让许多事情都乱了套。整个冬天她的数学老师都难以集中精力，他是个三十多岁的已婚男人，简单的问题对他来说开始变得复杂，仿佛她的存在、她的短裙和她神秘的韧性让数学定律全部失去了效力。那年秋天，她当选了凯夫拉维克的"选美皇后"，之后获得了"冰岛小姐选美比赛"第三名。阿里仍然记得自己的惊讶，甚至愤怒，她怎么没能当选"冰岛小姐"的冠军，满世界奔走，去废除一切的数学定律，彻底扰乱科学，挑战语言极限呢——我和阿里经常为她写诗，结果那些诗都很乏味。他凝视着她的身影，她微笑着，她的牙齿洁白整齐，她温柔地笑着说，这可能是第四次了，

---

[1] 埃戈乐队是由歌手布比·莫滕思于1981年组建的一支冰岛乐队。埃纳尔·马尔·古德蒙森（1954— ）是冰岛著名作家。

我的爱。也许，阿里眺望窗外低洼的米涅斯荒原，一片平坦荒凉的土地，在雨中泛着褐色，这时他想，也许裁判们不愿意相信这样的美人来自凯夫拉维克，这个国家最黑暗的地方：这样他们就能重新评定一切。

他又看向她，情不自禁，我们也不应该阻止自己去观赏美丽的事物，很明显，生命太过短暂，反复无常，容不得我们移开目光。她说话的神情只有幸福的人才会拥有。难道是幸福让她这样美丽，充满魅力，从而减弱了时光的摧毁力？

阿里注意到，他们正在接近一个环岛，那里的出口通往四个方向，其中一个通往桑德盖尔济方向的荒野，他突然做出了一个无疑非常愚蠢的决定。你能稍微绕一下路吗？他问，我想顺道看看桑德盖尔济。她点点头，在镜子里冲他微笑，脸上带着明显的惊讶——有谁会想绕弯路去看桑德盖尔济呢，何况是在十二月，何况是在傍晚？雨像哀愁一样洒落，像一个无情的句子落在米涅斯荒原上，一片广阔无垠、平坦和几近荒芜的土地，上帝最后创造了它，在最后一刻，他几乎已经大功告成时，用尽一切办法，在感到乏味和疲惫的时刻创造了这片土地。这就是为什么上帝从不低头看看这里，这就是为什么这里的大地离天空最遥远。阿里知道她心里的想法，他一定是桑德盖尔济人，这是唯一的解释，她眉目间的细纹传达了这一切，有好几秒钟，它们看起来很好奇，试图确定她是否认出了阿里，一个和他年龄相近的、来自桑德盖尔济的男人，后来她把车开向通往桑德盖尔济方向的荒野，慢慢接近上帝的乏味，很明显她不记得他了。当然不会，我和阿里在她眼中就像无名小卒，隐形人，而她穿着迷你裙，对数学定律构成了威胁。她说，我的爱。

　　我真想再看一看桑德盖尔济吗？他想，他对自己的决定感到惊讶，还是单纯地拖延时间，为了晚一些到达酒店客房，一个人独处，不得不打电话给爸爸，不得不打开装满信件、诗歌片段、照片和剪报的文件夹？他知道自己会这样做，也必须这样做，阅读埃琳给他的信；我是否只想继续生活在犹豫之中，避免面对自己，面对生活，面对失败？亲爱的上帝，这就是为什么我要把自己沉浸在约翰的经历和诗歌中吗？并非为了实现年轻时的梦想，恰恰相反——难道这样我就不用面对了吗？一个用白色翅膀穿过黑暗的梦想。"他们有没有发现你对所有人都隐藏的东西，尤其是对你自己——他们发现你的不忠了吗？"

　　他眺望着灰暗的荒野，为自己的想法而悲伤，感到万念俱灰，他写的这本有关约翰的生活的书就快收笔了，这在困境中于他是一种安慰，一种源于自身信念的牢固的幸福感，他坚信自己将竭尽全力，用尽自己的每一个细胞、每一滴血，去完成一番事业，无论成败他都会坚持，可现在，忽然，也许是因为波拉的短信，因为奥斯蒙迪尔，因为荒野的残忍，因为雨落下的方式，不幸的是，一切变得显而易见，这本有关诗人经历的书无关他年轻时的梦想，恰恰相反：这只不过是又一次的背叛，又一次的逃避，逃避在达利尔西边山腰上许下的承诺，那时黑暗向雷鸟的白色翅膀笼罩过来，它们毫发无损地飞走了，用生命和飞行穿透黑暗。坐在出租车的后座上，驶向米涅斯荒原的更深处，驶向桑德盖尔济，与过去会合，他问自己，那么我究竟是怎样生活的，为什么活着？火焰在哪里？他想，奥斯蒙迪尔说得对，也许见面不是个好主意，像三十年前那样面对自己。他瞥了一眼后视镜，想看看她的眼睛，想朝幸福的方向看，看看是什么让一个五十多岁人还能一遍遍地说，我的爱，可她正专注地开车、打电话，正专注地说，我的爱，阿里注意到挂在镜子上的卡片，它在慢慢地旋转，一面写着上帝的启示，他今天爱你如同昨天，多么大胆的宣称，他想，卡片转到另一面，上面写着西南区地产中介的广告，好像这两件事之间有直接的联系，好像上帝和地产中介是同一枚硬币的两面，"西南区地产中介将为您找到一个家！"

他们的车开过荒野，向南一直开到桑德盖尔济。阿里让她在这座小镇，或者说村庄的雕像旁停车，总之"小镇"这个词对桑德盖尔济而言太大了。接着他下车走进雨中。

傍晚。他在眺望这些房子。他看见了大海，看见了它的浩瀚和雨对它的击打。他什么也没想，闭上眼睛，倾听雨敲击他的额头——就像天空在敲一扇门。他的记忆在内心回应，它们苏醒过来，带着如此高涨的热情向前拥挤，几乎成了一种愤怒，因此他的头脑不停地翻涌，这让他感到恶心，他不得不靠在雕像上，将额头抵在冰冷的铁皮上休息。后来这种眩晕不见了。阿里平复过来，平稳地呼吸；他清楚地想，只是很冷而已。糟糕的天气。十二月了，再加上下雨，气温只有七摄氏度，照亮黑暗的雪在哪里？从宇宙深处为我们带来星星的寒冷在哪里？

他回到车里，记忆在那里等他，填满了后座，几乎没给他留下任何空间。他盯着计价器想，我还得为它们付钱吗？接着他轻声说，好吧，我们现在去凯夫拉维克，她点点头，照做了，本应在全世界奔走的她，迫使科学界质疑数学方程式的她。她把车掉转方向，轻轻地加速，轻轻地，像是企图保护他，仿佛他是易碎的货物，她打开CD播放器问，你介意吗？他不介意，而且立刻听出了来自爱尔兰组合克兰纳德乐队那朦胧、略微阴暗却充满梦幻的曲调，这是另一位来自过去的信使。他们往回开，经过米涅斯荒原的时候，他回望了那片空旷、低平的荒野，它曾构成了我和阿里的日常生活，一九八〇年一月，我们坐着特拉班特车第一次去那里，车是德朗盖岛鱼类加工厂的，马力很弱，所以顶着强风穿越荒野非常困难。很快，这辆车就被换成一辆九座的丰田，那时正值鱼汛期，劳动力的需求比平时更大，一辆特拉班特可装不下。一周六天，我们在黎明时分从凯夫拉维克开车回桑德盖尔济，开车回家吃午饭，到家时已经快到傍晚了，常常又在晚饭后开回来。

　　阿里坐直身子，试着回忆德朗盖岛鱼类加工厂的烘干架过去立在什么地方，冬天的时候我们慢慢地在架子上放满鳕鱼的鱼头和鱼身。老克里斯蒂安一般都被分配去做烘干架上的工作；对这把年纪的人来说，在那里工作太冷了，有几次他去干活儿，那时天气还算将就，他却把所有的事弄得更糟，匆匆忙忙从水桶中抓起剖好的鱼或成堆的鱼头，想都不想就乱抓一气；所有东西统统缠在一起，我们用了很久才把它们重新解开。清晨，那些鱼头被穿吊起来，时辰尚早，天空似乎还未从夜色里解冻，我们头脑呆滞，身体还因头一晚的工作疲惫不堪，柴油叉车一直工作到上午九点半，那是我们工间喝咖啡的休息时间，叉车负责加工后的清理，堆起鱼头，取下咸鱼桶，桶里的寒冷空气随着柴油机烟变得越发浓重，油烟熏盖着上层码放整齐的咸鱼，它们像黑色思想一样在那儿躺着。我们把鱼头穿起来，根据大小，每根绳子上穿六到八个头，针从鳃下插进，再穿过眼睛，等这些活儿做完，有时我们还要处理手边等待加工的鳕鱼，假如鳕鱼数量很多的话，能在存放区的一边堆成一堆，看上去就像一大堆魔鬼的咒骂。我们给每一条鱼去鳞，两条两条地捆起来，我们打着哈欠，骂骂咧咧，说着脏话和荤段子，有人讲了一个故事，另一个人默默地抽烟，克里斯蒂安小声嘀咕着埃纳尔·本的诗句，希望它们赋予他和我们并肩的力量，希望它们是盾牌，能够去抵御时间的武器。后来我们开车去荒野，去烘干架置放点，这片荒野让上帝感到羞愧，可它拥有一种独特的美，它极少将它的美展示于人，并且小心地躲开我们，那时候我们坐在卡车车厢上，蜷缩在驾驶室后面，因为避不了风，车的速度让行车变得更加痛苦。马尼倚着方向盘，嚼着烟草，我们的车开出村子，天在下雨，冻雨，雪，纷飞的雪，潮湿，厉劲的北风中有一轮黄色的太阳，在霜打后的晴朗遥远的天空下，每个人都穿着"66°向北"的橙色工作服，没有其他颜色，只有一种式样、一种颜色，世界也许会变得简单一些，但我们的心不会，它们从不是只有一种颜色或只有一种简单的式样。厚厚的布料很快因为寒冷而变得僵硬而坚固，好像在和我们斗气，我们尽可能快速地将水桶倒空，把鱼挂在横梁上，每个人手里能拿多少鱼就拿多少，两个人把鱼从水桶里拖出来，咒骂着彼此纠缠着的鱼，特别是鱼头，它们如此糟糕地缠在一起，仿佛恶魔亲自出马追赶我们，把我们赶到荒野上，企图折磨我们。要是马尼嫌我们的手脚太慢，他就会按喇叭，而我们站在车厢旁边，把鱼挂上架子的顶梁，对着天气发怒，咒骂着寒冷、成堆的鱼头、鳕鱼，还有时间，它过得实在太慢，好像遗忘了我们，把我们丢给了永无止境的劳作，身边只有一大堆可怕的彼此缠绕在一起的东西，刺骨的风和把天空一分为二的寒冷。回去的路上，我们把两只桶竖着放置，坐在里面，享受着完美的保护，在里面休息、打瞌睡、说说笑笑，同时期盼着下周六晚上的到来，我们能在周日早上睡懒觉，还能坐在萨博敞篷车中，听着带劲的音乐穿过同一片荒野：恐怖海峡、深紫、齐柏林飞艇和平克·弗洛伊德。我们坐在水桶里，把剩余的碎片从卡车后面扔出去，这时海鸥突然出现，像天使一样洁白，像小恶魔一样贪婪，它们如此突然地现身，仿佛空气在一瞬间织出或吐出它们，如此这些碎片就不会在这片荒芜的土地上白白浪费。坚硬的荒野为我们囤积了美好时光，夏日柔和的天空下，青苔散发着芳香，蝇虫嗡嗡飞过，土地里种满了一排排土豆，岩高兰浆果颜色很深，红脚鹬是蓝天上一声尖锐的音符，我们取下鱼干，清空烘干架，一边唱歌一边处理；那时活着充满乐趣，当几千米外的美式战斗机轰然离地冲向天空时，有人说，真他妈的见鬼。

　　时间创造了距离，那些烘干架早已不在。八十年代末，我和阿里，还有马尼和另外两个工人一起拆除了它们，那时莱夫·埃里克松航站楼刚建成不久，那座优雅的建筑，一座现代化航站楼，国家的骄傲，由于它的建筑位置，烘干架附近突然成了一条主干道，每一个途经这条路的旅客都看得一清二楚。我和阿里暂时回到鱼类加工厂工作，没有继续大学的学业，阿里想攒些钱印刷他的第一本诗集，我也加入了，感觉前途未卜，不知今后何去何从。我们回到德朗盖岛鱼类加工厂，继续腌晒咸鱼和鳕鱼，并非有意地在仲冬时节干起了拆除烘干架的工作，冰岛总统办公室来电，要求（确切地说，是非常粗鲁地要求）马尼把它们拆除，然后挪到遥远的荒野上，绝不能让人在公路上看见它们。它们是眼中钉；要是昨天挪走最好，总统和国家正准备迎接贵宾，他们对冰岛投来的第一眼无须落在这些装满咸鱼的破烂架子上，对陌生的客人来说，这样的景象简直是侮辱。让他们往另一个方向看就行了，马尼在挂断电话前这样说。可他并没有离开电话，而是身子后仰，把假牙从下牙龈上拔了下来，在光秃秃的牙肉上撒些烟草，再把假牙装回去，这样等待就不那么无聊了；半个小时后，渔业部打来了电话。马尼拿起话筒，只是听着，没说话，也没有回答，接着挂断，十五分钟后，我们开车离开工厂，他和船长的儿子比约吉坐在驾驶室里，我、阿里和索尔拉屈尔盘坐在卡车车厢脆弱的棚子里，北风像刀一样吹过荒野，生命原本不必这样艰难。

  我们一忙就是三天。再加大半个晚上——就在贵宾们带着他们敏感的眼睛抵达机场的几个小时前，我们才把最后几根柱子拆除，最后一天我们马不停蹄地干，从早上八点半一直忙到第二天凌晨四点，借着卡车大灯的光；我们不得不艰难地穿过架子下面的雪堆，天太冷了，我们疲惫不堪，几乎想要给对方几拳。索尔拉屈尔骂得最厉害，措辞最高超，脾气最暴躁，他和大多数给马尼卖命的人一样，来自北部的斯特兰迪尔；他的动力似乎都源于焦躁的性情和粗俗的语言，在周末的打架斗殴和西南区各社区中心的舞会上，它们都能派上用场。才周一他就已经迫不及待地盼望着下一个周末了，他的脸上时不时会有抓痕，指关节也有瘀伤，假如他输了，就会满腹牢骚，但这很少发生，他体格强壮，出手敏捷，凶狠利落。三十七胜，三败。我们只花了三天半时间就拆除了三十年来放过数百吨鱼干的烘干架，而这一切全都因为一些该死的外国人，他们也许从未在盐海里撒过尿；没人乐意去看放满咸鱼的烘干架，事实上他们只要看这些架子就够了，我是说，如果他们真想了解冰岛人的话，这样那样的烘干架是冰岛经济的基础，支撑着雷克雅未克所有光彩照人的浑蛋，他们晃着自己的香臀，放着优雅的屁，拉着优雅的屎，妈的这个周末我怎么才能把雷克雅未克那些该死的傻子揍出屎来？那晚索尔拉屈尔厉声说道，手指在手套中感觉很麻木，完全没感觉，最好是一个有大学学位的蠢货来带头，我会把他撕成碎片，操翻他的马子，让她再也懒得看他，这些该死的娘儿们，他们所有人！

索尔拉屈尔，阿里坐在出租车后座上自言自语，我怎么能把他给忘了？

他们快到凯夫拉维克了。穿过镇外草丛中新建的公墓，它建在一片开阔之地，离城镇异常遥远，就像凯夫拉维克的居民正试图忘记死亡这码事。大多数十字架上都挂着圣诞彩灯，它们在雨中冒着隐约的光，像死亡在发出朦胧的信息。赫尔古维克的新工厂，西于尔永市长的骄傲，高耸在公墓之上，死者之上，几百米开外的地方，矗立着西南区的垃圾处理设施，可以想象，此设施的建造是为了强调，人类永恒的生命，人的意志，会像垃圾一样，在死后重获新生。

出租车驶过凯夫拉维克郊区，狭窄的连栋房屋排得很长，大部分房子维护不善，墙漆褪色，很多地方水泥开裂，窗帘又脏又破，这些房子就像精疲力竭的老人，正前往墓地参加自己的葬礼。车转进韦斯特加塔街。克兰纳德乐队还在歌唱。接着转进哈布那加塔街，突然，阿里对生命感到害怕。他害怕被他遗忘和压抑的一切，假如你把很多事情都忘了，那些人和事件，那么活着还有何意义？这不正意味着人的生命是一次性的？就像是为了强调遗忘是多么不应该，一张真人大小的索尔拉屈尔的照片出现在西南区房产中介的窗口前，尽管事过境迁，他体形变胖，要认出他还是很容易，他高傲地站着，双腿分开，面带微笑，下巴抬起并前伸，紧握拳头的样子仿佛已准备好迎接战斗。照片上的话——年度最佳经纪人——在他的头上形成一种光环，他的脚下是同样大小的一行字母：索尔拉屈尔为你而战！

阿里移开目光。

他的记忆正在等待他吗？难道命运、波拉或是奥斯蒙迪尔早已做出安排，所以他才无法逃避回忆？

记住，生命本是一场穿透黑暗的白色飞行。

车仍沿着哈布那加塔街前行，开得很慢，没法加快速度，一辆巨大的白色货车正在他们前面慢吞吞地开着，路过新影院，我们曾在这里看过《第三类接触》《疯狂的麦克斯》和几部丹麦情色电影，冬季每个月的第三个周四放映，场场爆满，电影画面经常在老放映机上跳动，无法聚焦，就像那个年纪更老的放映员，他来回摸索调试机器，对着年轻人的口哨和叫喊声打手势，聚焦画面，聚焦我们对性的感知。沿路再往前走一小段是一家商铺，我们去电影院之前在那里买糖果，价钱比电影院小卖部便宜得多，可现在它不见了，取而代之的是一家酒吧。从残破的霓虹标志上很难认出酒吧的名字，它忽明忽暗的光像在试图挣脱，最终达到了目的，名字的光芒射入短暂而黑暗的冬日，那个名字像棒球棒一样对着阿里一顿暴击，像一根粗壮的篱笆桩。他想，该死，他想，不，这太荒谬了，他听见出租车司机的声音，仿佛从一个遥不可及的地方传来，也许她留意到了他注视的地方，看到了他的反应，她说，像是满怀歉意，不错，这名字对酒吧来说很奇特，但酒吧老板比吉的妻子，在开业前几个月就去世了。酒吧本来应该叫"体育酒吧"或者类似的名字，但比吉突然改变了主意，想用妻子的名字给酒吧命名，却又不行，因为她叫佐尔法伊格，哪有叫"佐尔法伊格"的酒吧的呢？此外，她的母亲也恳求比吉别这样做，每个人都能看见哈布那加塔街的一家酒吧闪烁着女儿的名字，这简直难以想象，考虑到这里时不时会有一些酩酊大醉的酒徒，他最终才定下这个名字，它代表了他们初吻的年份和月份，挺浪漫的，你不觉得吗？飞行酒店到了，她说，回头看了看阿里，他在记忆的重负下一动不动——一个标志在后方几百米处闪烁，把它的名字送入黑暗的傍晚，把过去的岁月砸在世界脸上：

1976年1月

凯夫拉维克
——1976——

凯夫拉维克是美丽的祈祷
还是明亮的拥抱？

阿里在黑暗中走向凯夫拉维克。

他十二岁了，雷恰内斯布勒伊特公路太黑了，车的大灯几乎无法穿透黑暗——现在是一月。这是一年中最长的月份，比其他月份长两倍，其他十一个月份加起来也不比它的黑暗更浓重，它的夜更深邃。他们从雷克雅未克驱车前往凯夫拉维克，要开一个多小时，从萨法米利街的公寓楼——阿里从小到大生活的公寓楼，开到凯夫拉维克的单户住宅。他出生一周后就被带到那个公寓楼，在一个平安夜，带他去的女人已不在人世，她消失了，变成了他头顶的天空，变成了一种力量，推动行星的运转，让夏天到来，她会从面包房里取来糕点，还知道怎样用泡泡糖吹出大泡泡。"唯一一片没有失灵的天空/只是刚刚死去。"

他们花了一个多小时才远离她和阿里的父亲雅各布一起买的那间公寓。他正在开车，两手抓着方向盘，仿佛害怕黑暗会一把夺走他手中的东西。她的书籍、唱片、文学和古典音乐早就被封存在地下室，仿佛她的物品会妨碍雅各布和阿里的继母一起追求新生活。如今储藏室空了；阿里昨天去过，空荡荡的，什么都没有，她的书和唱片，还有冰箱、轮胎和工具全没了，只剩下光光的墙壁，灰扑扑的，刷得很粗糙，还有天花板上悬着的一个灯泡，一副刚被处决的样子。

这辆车，俄罗斯"莫斯科人"牌，正向着凯夫拉维克缓慢行驶，一月的黑暗如此深重，车速勉强达到每小时五十千米，整个旅程他父亲和继母一言不发，只是一动不动地盯着迎面而来的车灯。生命，不知何人说过，是一束光，擦过黑暗，然后消失。话虽如此，融入汽车后座的黑暗，与引擎的嗡鸣、轮胎低沉的杂音合为一体，这感觉很好，就像在隐身，似乎没人能触及你；我希望，他想，这趟旅程永远没有终点。可时间对人的梦想漠不关心；相反，它穿透一切，最终把生命变成死亡。如今连黑暗也救不了他。车是开得慢了点，但它的确在前进，在努力，阿里听见父亲轻轻叹气，像是感到释怀，"莫斯科人"驶入尼亚兹维克的一片光亮。他的继母看都不看一眼，她从来不施舍人东西，不过她瘦削结实的身体看上去的确放松了点。他们穿过尼亚兹维克，接着进入凯夫拉维克，沿着哈布那加塔街行驶，这条街是美国军方很多年前铺的，把一条坑洼不平的街道——人称"千湖之路"——改造成顺滑通畅的现代化大道。他们驶过斯库利百万冷冻厂，后来这座工厂连同主人的债务一起被烧毁，飞行酒店就建在这一片燃烧后的废墟之上。阿里——已长大成人，刚从哥本哈根回来——会在这家酒店住下。

***

他下了出租车,司机把两只箱子从后备厢取出,她的身体还保有那股神秘的韧性,他明白她仍旧可以威胁数学方程式,让科学手足无措。关上后备厢,她说,脸上带着难以捉摸的微笑,很难说是害羞、有所遮掩、神秘或是单纯的嘲弄,我记得你——你是诗人。

他们搬进一栋小型的三居室家庭住宅。一间主卧,一间给阿里住,还有一间留给一个永远不会出生的孩子,它慢慢成为一座纪念碑,纪念我们永远无法拥有的东西,成为一个墓穴,储藏着替代了幸福的悔恨。他们从首都搬到凯夫拉维克,来到世界的尽头,来到一个并不存在的地方,因为继母的家人——她的父母、哥哥和三个姐妹,已经在那里住了好几年,因为继母想找一份工作。她受不了萨法米利街的公寓楼,她的工作时间不规律,每次她去地下室,从冰箱里拿东西,都不得不面对阿里母亲的书和唱片,她再也忍受不了喝咖啡,忍受不了主妇们的蠢话和她们啜饮咖啡的噪声,忍受不了等待那些永远不会发生的事情。因为无所事事,她的手变得枯皱,任何不工作的人都会枯萎、死亡,她说。这就是为什么他们要搬去凯夫拉维克。他们搬走了公寓里所有的东西,清空储藏室,阿里询问母亲的书和唱片被如何处置了,却没得到任何回复。

他父亲并不反对搬家,对他来说住在哪里都一样,再者,他的两个妹妹都住在凯夫拉维克,埃琳嫁给了一位颇有胆识、受人尊重的船长,奥洛夫也没有就近嫁人——她丈夫在基地工作,为美国人做事。她和她丈夫都是凯夫拉维克五旬节派教会的优秀成员,他们视耶稣为真理,多年来他们如同盾牌,不断抵御着针对教会和其成员们的偏见。奥洛夫是五旬节派教会的杂志编辑,该杂志每年出版四次,是上帝坚定的战士,十五年来毫不动摇,只有那么四五次,她失足受了撒旦的引诱。每次总以同样的方式开始,一种邪恶的力量用黑暗包围她,唤起她痛苦的回忆,剥夺她的睡眠,哪怕祈祷也不能再带给她任何庇护与安慰。她就像在黑暗中受困,只有痛苦的记忆相随。她想方设法掩藏内心所受的折磨,不让教会里的自家兄弟姐妹察觉出来,她这样做了很长一段时间。突然有一天,也许她想出去散散步,呼吸新鲜空气,舒展一下筋骨,她并未意识到自己正站在国家酒类专卖店门口,她意外地走进商店,买了一些东西,并不清楚自己买了些什么——同样意外地,她回到家,拿出袋里的东西,白葡萄酒、伏尔加和杜松子酒。她直接对着瓶子喝了第一口,我的上帝啊,居然这样好喝,这样让人松弛和平静。她走进客厅,拉上窗帘,坐进最舒适的椅子,来点音乐,美国乡村音乐,多莉·帕顿、约翰·丹佛和佩茜·克莱恩,面前放着一个酒杯和一瓶酒,她燃起一支烟,她以前从不抽烟,甚至没有意识到她买了烟,既然烟在眼前,那就抽吧,生活就会好起来,黑暗就会消失,记忆也不再令人感到痛苦,酒精在她血管里穿流,就像低声的安慰。

酒说:看见了吗?我永远不会背叛你。我会耐心等待,就算你长久地拒绝我、诋毁我,我也不会气恼。我会耐心等待,在你回归的时候张开双臂迎接你。当一切让你失望,只有我安抚你,帮你遗忘,只有我纠正世界,给你最好的视角去看万物。当你拥有我的时候,还要世界做什么呢?

奥洛夫是第一个在这所小房子的空房间里住过的人,确切地说,她是第二天来住的。他们还没有完全安顿下来,把这里的一切摸清楚。可奥洛夫需要一个地方恢复元气,她一连喝了几天酒,最后把孩子送去姐姐埃琳家,然后锁上房门,拉上所有窗帘。不久,她丈夫从基地下班回家,发现门锁了,他没有钥匙。奥古斯特敲着门窗,一开始,他温柔地请求她开门,后来开始大喊,是我,亲爱的,让我进来!我就在这儿,亲爱的,坚定地等着,我和主一起,都被你锁在门外,让我们回到你的生活中,我们一起把邪恶的灵魂赶走!我们一起割掉他虚伪的毒舌!

奥洛夫没有回答,她突然出现在客厅窗口,向他愉快地挥手,他正跺着脚抵抗寒冷,让我把撒旦从你的体内赶出去,奥古斯特看见了她,他拼命地喊,别听他的谎言,跪下吧,像我这样,你看,他喊着,冒着寒冷在屋外的人行道上跪下,膝盖陷进雪中,他开始祷告,声音有力而令人信服,就像教堂钟声的回响,就像天堂的号角,邻居们的脸浮现在近旁的窗口,有些人咧嘴大笑,因为凯夫拉维克几乎没发生过什么新鲜事,这里只有工作,只有鱼、美国佬和风,这样的消遣会让人们感到新鲜,他们看着这个五旬节派教会的白痴大喊着跪在家门外,而他老婆却在屋里喝得烂醉——这是多么神圣的一对!后来雪下大了,落在奥古斯特身上,仿佛老天都想让他闭上嘴。

酒:别让他愚弄你,他唯一想做的就是离间我们,而你会接着受伤。他不理解你,你又会感到害怕,又会想起一切折磨你、迫害你的东西。你走到客厅的窗边,坚定而快乐地挥手,这一点做得好极了，让他感到一切都很妥善，也就不会再来打扰我们了。

奥洛夫在客房里住了一个星期，恢复身体，戒酒，控制情绪，鼓起勇气再一次面对世界。

你们能来凯夫拉维克真好，另一个姐妹埃琳——奥斯蒙迪尔的母亲——对阿里的继母说，很久以后，死亡才用一辆黑色的奔驰车在她南下去柏林的路上对她痛下杀手。她嫁给了船长埃里屈尔，一个高大强壮的男人。奥迪尔对这个女婿尤为满意，但有时他的所作所为就像奥古斯特不存在一样，仿佛他充其量只是一个误会，并且坚持认为是奥古斯特让他女儿变得不幸而忧郁；什么样的女人能开心得起来？他说，嫁给一个为美国佬工作的，逆来顺受，对有关上帝的事情喋喋不休的人？奥迪尔晚年偶尔会和埃琳与埃里屈尔同住，他劝埃里屈尔让那个坚信上帝的人和他一起出海做水手，多个人手，海上踏实的工作一定会让他投入真实的生活，把他从基地平凡琐碎的事物中拉离。埃里屈尔当然没对此太上心，却也没有抵触；你没法长久敷衍一个老人。但这件事对奥古斯特来说简直太容易了，他极度渴望去取悦奥洛夫的家人；总被他们轻视的感觉很难受，此外，他是土生土长的凯夫拉维克人，孩提时期就向往水手的生活，向往伟大的海上事业，谁知年纪轻轻就得到一份为美国人效力的好差事，对舒适安稳的工作置之不理当然很愚蠢，每个发薪日，你会因为自己的报酬，因为到手的每一个克朗感到信心百倍，这是在鱼类加工厂没有的体验，在那里做事的人常常遭遇挫折，每一次薪水会被拖延数周。什么样的人拿不到工钱？一个陷入麻烦的人。一个陷入麻烦的家庭。

这个人没有自由，不得不和有钱人拴在一起。

一个阴暗的二月天，埃里屈尔带着奥古斯特登上了船；大海沉重而粗暴，刚上船的时候，奥古斯特浑身所有的劲儿都拿来呕吐了。这个世界上没有什么事比晕船，比在大海深处晕船更糟糕，这感觉比死都难受；一个晕船的人迎接死亡，如同迎接一位神奇的朋友。奥古斯特坐在杂乱之中，或者说半躺着，大脑一片空白，丝毫不理会衣服上是否沾了呕吐物，那个极其讲究的男人，顾不上自己是不是在流口水，是不是在人前虚弱无力，他唯一能想到的就是赶紧抱着马桶呕吐。虽然身体不好受，他仍在不经意间察觉到船员们错得有多离谱，上帝有多遥不可及，他几乎感到主已遗弃了这艘船，仿佛这些年它一直在漂泊，没有主的赐福。船在麻木与苦难中一寸寸向下沉，晕船只不过是魔鬼狡诈的武器之一，专用于羞辱他，让他失去对上帝的信仰。他想，我是上帝的战士，才不会屈服！他反倒因为晕船而重获新生。船向着海的更深处驶去，黑暗的海浪如重重高山，船在摇晃、在颠簸，奥古斯特脚步蹒跚，他的双腿像软面包一样浸在水中，剧烈的起伏把他抛来甩去，有时他像一团垃圾一样被扔在某个船员的脚边，有时被甩进一堆鱼下脚料里，他呕吐着，晕船耗光了他的体力，可他却再次站直身躯，开始谈论上帝，谈论他光辉而雄壮的军队。他说，耶稣基督就是真理，并向船员们描述着那条通往天堂的闪耀之路。

埃里屈尔并没有认真去听自己的连襟滔滔不绝，他决定置之不理，同时也认为晕船会把他拖垮，但随着航行的深入，尽管埃里屈尔很不愿意承认，但他慢慢开始明白奥洛夫嫁给这个男人的原因，奥古斯特是一个太过懂礼，太过感伤，也太善于穿衣打扮的人,他在青春时期就已经开始为美国佬工作了。对于晕船的事,埃里屈尔一清二楚;他曾见过最壮硕的男人因为晕船倒地不起,仿佛他们就在死神的门外呕吐、啜泣,完全是一堆废物。此番他目睹了晕船的奥古斯特不知疲倦地挣扎,他看见他没有屈服,意外地看见了奥古斯特钢铁般的意志。

船员们被眼前这位圣徒,被他们称为奥古斯特的圣徒逗乐了,他口中不停地说着上帝和耶稣,仿佛他和他们之间十分熟络,仿佛他们每天清晨都会和他一起喝咖啡,因此才能源源不断地告诉奥古斯特有关永恒和天堂之光的最新消息。这是最让人愉快的消遣,在他为一次演说做总结之前,大家看着他尽力克服呕吐,等着见证到底哪个更强大,是上帝的旨意还是他的呕吐。不过,渔船还是被风浪拖延了行程;虽然他们在骇浪中行驶缓慢,但最终还是抵达了渔场,他们用铲子铲鱼,这也算是一种回报,后来大家感到越来越疲倦,因为奥古斯特一刻也不停歇,他无处不在,你一转身就能看见他,他一直在叽里咕噜地说着关于主和地狱之火的最新消息,假如大伙儿不改邪归正的话,很显然等待他们的将是后者,好像谁在铲鱼的时候还顾得上思考主、耶稣和魔鬼似的,你只会在圣诞弥撒或是快撒手人寰的时候想想这些,而当你的生命尚有盈余,在出海捕鱼手忙脚乱的时候,你根本没空去思考那些遥远而含糊的东西。啊,闭嘴吧,有人说。闭嘴,他开始反驳,是的,敌人希望我闭嘴,只要我闭嘴,哪怕只安静片刻,他就会允诺你们美好的东西,清净,他说,你值得拥有,他给你糖吃,一颗、两颗,还有第三颗,直到最后你发现自己若离开了糖,连一天都熬不过,他就赢了。你让我闭嘴,可你不知道他的伎俩，你不了解他是一个善于伪装自己的专家。

最后，局面变得讨厌至极。他们两次丢给他上好的鳕鱼，却不起作用。等他们转身的时候，士气变得更低落了；一些渔民需要拿手垫着坐下来，极力克制自己，他们真想把他塞进装满鱼下脚料的水桶里，把他从船上丢到海里去，只要能让他闭嘴。不过，有一个人能从奥古斯特喋喋不休的布道中听出主的声音，他是船上最年轻的水手，大约十八岁的年纪，虽然还有些青涩、脆弱，但他年轻的生命却饱受困苦；他的酒鬼父亲是个大老粗，他的女友不仅背叛了他，还羞辱他。一开始他和众人一样，对奥古斯特的劝诫付之一笑，但他最终还是感到了内心深处的骚动，那种骚动起初朦胧而犹豫，后来就像光明充满他的血管，歌声在他心中唱响，他紧紧抓住奥古斯特的话，那样热切，就像一个快要被翻滚的海水淹没的人，紧紧抓住抛向他的救生圈。他答应奥古斯特去参加下周的教堂集会，简直等不及了。当他们快接近凯夫拉维克的时候，浪潮渐近平息。奥古斯特走上桥，看见埃里屈尔双腿分开站在船舵边，看着城镇的方向，那儿的景色太美了；天空是铅灰色的，几乎发黑，他们出生的城镇亮起了灯火，灯火越来越近，像明媚的拥抱，奥古斯特的心中弥漫着喜悦。他低头去看埃里屈尔，意识到自己喜欢这个高大粗犷、经历如此丰富的男人，而他自己则出身贫寒，在穷困中长大，依靠着信念、决心和自制力一路奋斗至今。埃里屈尔，我们俩就像亲兄弟，奥古斯特说，他的声音发颤，因为饱含情感，因为热爱生命，因为热爱这座像灿烂的狂喜一般靠向他们的城镇。是的，我们站在这里，你和我，像兄弟一样，我们的城镇就像美丽的祷词一样迎接我们。

埃里屈尔向下看去，有一个船员正大步走向船的右舷，把船上的《圣经》抛上岸。接着，他久久凝望着凯夫拉维克，默默无语，奥古斯特也向同一个方向看去，不置一词；一对连襟就这样伸开腿并肩站在一起，这是美好的一刻。最后，埃里屈尔非常缓慢地说，仿佛事关紧要，因此奥古斯特必须一字不落地听他说，我一直不明白奥洛夫到底看上了你哪点，说实话，我从没拿你当回事，也从没喜欢过你。但现在我明白她的感受了。我在你身上看见了坚毅与力量，谁也无法将它们从你身上夺走。你是你自己的人。正因为如此，你才会得到尊重。但有一点你要清楚，我现在和从前一样不喜欢你。这次你和我们一起出海，我还从没见过哪个船员像他们今天这么烦躁——我想可怜的奥利[1]一定被你搅得心情烦乱，所以才会把你们的教堂会众说得如此不堪。你应该感到羞愧，因为你让这样年轻又单纯的人陷入困惑，这不光彩，也不能被原谅，让我告诉你，奥古斯特，假如奥洛夫没有嫁给你，我会毫不犹豫地把你扔进海里。

船靠向凯夫拉维克。凯夫拉维克是黑暗中明媚的拥抱。

---

[1] "奥利"是奥洛夫的昵称。

> 她是一根弦，颤动在
> 上帝和人类之间；喝了很多咖啡
> 约翰内斯·努达尔，中央银行行长，
> 上了电视

没过多久，他们就摸清了周围的环境，继母和雅各布把各自的家人叫在一起，喝晚间咖啡，继母干活儿的时候动作很轻快，一件事不做完，她是不会休息的。奥洛夫还住在客房里，她坐在沙发上，客人们陆续到来，他们面色苍白，心不在焉，显得很痛苦，跟着她一阵痛饮，继母的三个姐妹中有两个和她一起坐在沙发上，她们闻起来像鱼，都在哈弗恩冷冻厂工作，周末过后，阿里的继母也要去那里工作了，现在是周五的晚上。她们的父亲身材矮小结实，皮肤饱经沧桑，看起来就像一块泥炭，他和埃里屈尔一起站在窗边，旁边还有一脸倦容的奥古斯特。埃里屈尔和这块老泥炭似乎在沉默中相处得很好，而奥古斯特的双手在背后不断扭绞，他的心像受伤的鸟在胸膛里打着趔趄，他试着挑起话头，不时回头去看坐在沙发上的奥洛夫，害怕有一天自己会完全失去她，害怕有一天她将永远被吸入酒精的地狱，她的内心不够坚强。当他第一眼看见她，就深深爱上了她，那时她十八岁，穿着冷冻厂的工作服走在蒂亚纳加塔街上，是那样生气勃勃，这个勤劳的女人一身才华，却怀有十分脆弱的内心和尚未痊愈的伤痛。他和这两个沉默的男人相对而立，沉默似乎让他们显得更强大，可他却得死死捏住双手，以免因无法自持而流泪，那样自己就会出丑。他无法想象没有她的生活。没有她的生活根本不叫生活。他所了解的最美的事莫过于她着迷地凝视蓝天，或是站在五旬节派教会的会众面前，向上帝和容光焕发的耶稣基督做证。在这样的时刻，她总是能言善辩，发言掷地有声，她就像一根弦，颤动在上帝和人类之间。难怪撒旦永远等待着她，不知疲倦地设圈套。奥古斯特扭绞着双手，我总得说些什么，他想，我得开始说话，否则非得崩溃不可。他看着眼前这两个人，张开嘴说，好吧，伙计们，新的一年到了，前景并不乐观，是的，就业市场惨淡极了。建筑业到处都在裁员，鱼汛期还没开始，所以冷冻厂也没什么活儿干，况且那些拖网渔船都没在这里停留，以增加就业机会，它们全都载满渔获去往别的国家了。是的，伙计们，你们怎么看？中央银行行长约翰内斯·努达尔刚刚在电视上说过——我准备过来的时候刚好看了电视——不是说你们必须想好退路，而是你们总会在上帝选择创造你们的时候遇上别人，对不对，伙计们？他一边说，一边暗骂自己总把他们称为"伙计们"，用这个词形容这两个男人实在愚蠢，埃里屈尔什么也没说，帽檐下的他紧闭着嘴，老人则冷静地把手插进口袋，眼睛仍然盯着奥古斯特，掏出旧烟斗，两只鼻孔轮流吸着鼻烟，他的一只眼眨也不眨，冷冰冰的。不管怎样，奥古斯特接着说，约翰内斯在电视上说了，经济状况确实很糟糕，涨工资是不可能的，对大众也撂了挑子；他说局势已经没有回旋的余地，这是我们第一次需要并肩站在一起，共同面对眼前的困难，顶住压力。我们要万众一心，而不是一盘散沙，他这样说当然讨人喜欢，非常成熟，他是个聪明人。可是伙计们，他没有说的是他和其他行长两个月前就涨了工资，金额相当于一个工人半个月的薪水，这些好心的绅士甚至连家门都不出——这事你们怎么说，伙计们？《冰岛晨报》奏着同样的调调，为独立党发声，也为这个国家金融命脉的操控者发声，强调工人必须做出认真负责的行为，要求加薪的做法极不负责，简直不可饶恕，因为通货膨胀会失控，那是他们用来压制民众的丑陋怪物。就是这样，你们对此怎么说，伙计们？

该死，又是这个词。

我一直忘了你不是保守党，埃里屈尔说；基地的人知道那儿有一个共产党在为他们做事吗？

我为美国佬做事，有工作保障，所以保守党不能用狡猾的伎俩暗地里把我怎么样。很明显，假如没有美国佬，我们的生活质量会更低；否认这一点绝对是假话与谎言，事实上他们不时地带动经济发展，在我们胃口太大、眼高手低的时候救助我们，我们的做事风格一直如此——假如军队不在了，还有谁会援助我们？

埃里屈尔：你是个奇怪的共产党。我永远都不会理解你给他们卖命的原因。

奥古斯特：我不是共产党。我只是一个人。你们有什么看法，伙计们？难道我们要一直对那些金融家卑躬屈膝吗？难道不是我们一直肩负重担，他们才能揣着鼓鼓的钱袋回家吗？

埃里屈尔：我想只要切给我一片面包就行——只要我有自己

的船和鱼,我就能应付。我很难想象那些先生有足够的能耐夺走我的船和鱼!

奥古斯特:他们远比我们想象中更强大。

我们的处境不妙,继母的父亲说,他的声音沙哑而严肃,似乎发自胸腔而非口腔。他向窗外看去,外面在下雪,他再没什么可说的了。

客厅里大家的话也少了,仿佛屋外的雪和漆黑的夜正向每一个人倾吐沉默,但他们喝了很多咖啡,几个世纪以来,正是咖啡让冰岛人得以忍受沉默和稀少的人群。最后,谦和又坦率的埃琳让几个姐妹的母亲,还有阿里的继母一起聊聊斯特兰迪尔,阿里的继母和她丈夫一样矮小苗条,简直就是一条直线,身量甚至宽不过自己的脊柱,她们就来自斯特兰迪尔,还一起谈论了群山和大片荒野后的峡湾,话到此处,三个姐妹活跃起来;我最想念的,其中一个坐在沙发上说,就是能吃到可口的海豹肉,没有什么食物的味道能胜过现抓的小海豹,众人听她这样说,突然大笑起来,好像她刚从嘴里吐出一块石头来——笑声传到阿里的卧室,他正坐在地板上,背靠暖气,眼睛盯着装满书的可调节书架,上面的书大多关于泰山和伊妮德·布莱顿[1],他的表哥表妹分别坐在床和两把椅子上,他在他们中间显得腼腆;他们几乎互不相识。他从箱子里取出的第一样东西就是这些书,文字的世界一直是他多年以来的避难所,是他欢乐的源泉,可如今在表哥表妹的陪伴下,他产生了一种不适感,这些书突然显得幼稚,这让

---

[1] 伊妮德·布莱顿(1897—1968),英国儿童文学作家,所作《我是淘气女生》系列深受欢迎。

他十分难过,就像失去一个朋友,就像世界的光芒开始暗淡。他靠着暖气坐直,外面在下雪。他预料自己在即将到来的周一开学日会挨揍。他自然感到焦虑,虽说暴力总会过去,但羞辱感更可怕——比如,他害怕别人扯下自己的裤子,然后是内裤,接着嘲笑他鸡鸡很小,甚至把尿撒在他身上,等回到家他会因为刺鼻的臭味而受到责骂。阿里宁愿他们全都离开房间,他想独自和书待在一起,消失在其中一本书里,永不复返。他什么也没说。不说话是件好事,人在沉默中通常是安全的。他尽量用单音节词回答表哥表妹的话,从而掩盖自己的口吃,回到雷克雅未克以后,他几乎不再受此困扰,可当他坐上"莫斯科人"的后座,向凯夫拉维克进发的时候,口吃的毛病又复发了。他精准地选择措辞,这让他的语速很慢,就像他很睿智一样,他试着找一些无关紧要的词,但口吃十分鬼祟,不知不觉就溜进了毫无戒心的话里。表哥表妹们好奇地看着他,看着他费劲地说出简单的话,他恨自己脸红,他的脸直发烫,背上冒着汗,他想,星期一去上学究竟会怎样呢?他背对温热的暖气坐着,对生命毫不期待。

一个长夜。

看似永远没有尽头,仿佛黑暗已将它挟为人质,但最终总要结束。他们准备离开,大人们因为久坐喝咖啡,身体有些僵硬,奥洛夫走在后面,她还不能面对立刻就要回家的现实,还没准备好应对日常生活。奥古斯特和女儿们一起向车走过去,他低下头,木讷地赤手扫去车顶和车窗上的雪,打开车门的时候,他的双手直抖;抖得太厉害,钥匙掉到了地上。他弯腰捡起钥匙,但不管怎么努力,他都没法把钥匙插进锁孔里,事实上他不明白为什么要锁车,他低头看着自己的手,它们不住地颤抖,好像不再属于他一样。他放弃了,把手臂靠在这辆美国车的车顶上,额头抵着车窗,一动不动地站着。爸爸,小女儿说,她的声音听起来很害怕,她也开始发抖,好冷,一月的严寒覆盖了整个世界。马上就好,我的姑娘们,奥古斯特低声说,我可能只是咖啡喝多了。天又开始下雪,很平静,大大的雪片自黑暗中飘落而下,仿佛天空在做梦,奥古斯特的手臂很快就白了,他像一个被上帝抛弃或遗忘在凡间的天使,在最黑暗的地方,小女儿开始静静地抽泣。别哭,鲁纳,姐姐轻声对她说,别在这儿哭,可她也开始哭起来。这时埃里屈尔大步走出来,他没穿大衣,只披着西装,虽然外面很冷。埃里屈尔拍了拍姐姐的肩膀,快速地用手轻抚妹妹的脸蛋,妹妹不由自主地想,上帝啊,他的手是多么大,多么温暖。船下水之后,埃里屈尔说,他没有特意去看谁,就像在对雪说话,唯一能做的就是站在一起。这远比晕船严重得多,奥古斯特说,他的声音太微弱,几乎听不见。你必须给她时间,哥们儿,埃里屈尔说,也必须给一切时间,这位船长拍拍奥古斯特的背,或许不算友好,但他确实拍了拍奥古斯特的背,他的手,说,那边,那边。接着他拿起车钥匙,打开门,发动引擎,并为奥古斯特拉着车门,说,我还是觉得你应该找一份体面的工作。他伸开腿站在那里,站在马路中央,目送他们开车离去,奥古斯特在后视镜里看着他,他像一种无法被吹走的东西,即使世界来回颠倒,他也能牢牢地站立。

与此同时,在房子里,奥斯蒙迪尔,埃琳和埃里屈尔那十四岁、面相老成的长子,居然把阿里拉到一边说,明早八点准备好出门,要穿得暖和一些,天非常冷,别告诉别人。

告诉别人什么?

别告诉别人我明早过来,你和我一起。

我们要做什么,为什么这么早?

你最好什么都不知道,奥斯蒙迪尔回答他,他把手放在阿里的肩上,直视着他,阿里第一次注意到深埋在奥斯蒙迪尔眼中的绿色光芒,它们这样深邃,几乎看不见,仿佛它们一直在冬眠,只在合适的时候闪烁,它们让他的眼睛呈现出一种迷人而不可抗拒的颜色。为了取悦他,阿里情愿做任何事。我会准备好的,他说,他把身子站得笔直,像是要接受奖牌似的,我会准备好的,他说,丝毫没有口吃的迹象,奥斯蒙迪尔微微一笑,拍拍阿里的肩膀,而阿里却在渴望和焦虑之间挣扎。他渴望和奥斯蒙迪尔一起行动,又因为这种想法而感到焦虑——或许暴力事件根本等不到周一去到学校,而是明早就会发生。夜幕降临,伴随着一整袋一月的黑暗和天幕中如同遥远记忆一般闪烁的星星,伴随着它出于公正或偏私而给予的梦。一月的夜晚来临,这样深邃,这样昏暗,无论谁在夜里醒来,向外看,都会深信在黑暗和星星的世界里,太阳将永不升起。

在凯夫拉维克锋利的刀
有什么用——美国佬的船,还有……

你真不该让人久等。

早上七点五十分,我和阿里站在房门外,片刻之后,奥斯蒙迪尔现身了,他走在弯弯曲曲的路上,他的样子就像拥有全世界,就像一切事物都在效仿他,他的面容、步态与性格让人想起他的舅舅索聚尔,和他走在一起的感觉简直棒极了。清晨光线还很黑暗,但云层散开时几乎露出了一轮满月,月光照亮了雪地和沉睡的房屋,大海在其间时隐时现,像一个黑色帝国。我们的一个表哥住在这里,奥斯蒙迪尔说,我们正经过一栋两层高的小木屋。他是个厉害的人,奥斯蒙迪尔说,曾在乐队里演奏过,是个贝斯手,他认识赫尔约马尔乐队的人,你们俩听说过赫尔约马尔吧,还有鲁尼·尤尔和居尼·索扎尔[1]?奥斯蒙迪尔问道,他的语气让我们别无选择,我们只能点头说是,同时在记忆中寻找那些名字,被凯夫拉维克的男孩们视若珍宝的名字。我们的表哥,奥斯蒙迪尔说,和奥古斯特一样在基地上班,虽说这肯定不是一份真正的工作;爸爸说,短短几年时间,这种工作就会让最爷们儿的男人变成窝囊废,因为这些美国佬吸干了我们西南区人的骨髓,不过这个表哥一直表现不错,他真是了不起,记得把这些东西装在口袋里,他说,我们快走到社区电影院了,这是凯夫拉维克两家影院的其中一家,它里面就像缩小版的雷克雅未克的大学电影院,他给了我们一人一把用来切割纸板的刀,它们切东西好用极了,他补充说,每当他的头发遮住眼睛,他就会把头向后甩,他是这样卓尔不凡,竟然愿意和我们交谈,这真是奇迹。不过,我们仍旧没法完全感觉舒服,身在清晨的黑暗之中,这黑暗

---

[1] 赫尔约马尔乐队(又被称作"雷神之锤"),著名的冰岛摇滚乐队,来自凯夫拉维克,在1963—1969年十分活跃。赫尔约马尔乐队的贝斯手是鲁纳尔·尤利乌松(鲁尼·尤尔,1945—2008),吉他手是居纳尔·索扎尔松(居尼·索扎尔)。

不断被月亮幻化成半明半暗的光,加深了阴影,仿佛一种恶意盘踞在四周。阿里看着我,嗯,我说,刀是不错,不过,嗯,咱们拿刀做什么?我是说,咱们要去哪里?奥斯蒙迪尔什么也没说,只是一味地往前走,我们焦急地跟在后面,我们俩都比奥斯蒙迪尔矮一头,他在街角停下来,挥舞着右手,仿佛要做一个重大宣言,或者甚至要把世界拱手送给我们。哈布那加塔街,他说。这时我们听见了大海就在我们脚下。哈布那加塔街,我们在口中重复。新影院,奥斯蒙迪尔说,他再次挥挥手,哈布那加塔街向着山坡延伸,你可以每周四在那里看丹麦情色电影,我到现在也没办法溜进去看,它们应该很不错。我的一个朋友去年秋天,九月,偷偷溜进去看了,那些片子什么都演了,我是说,"一切",他的阴茎一直勃起,直到圣诞节才恢复正常。

我们在黑暗中行走,大海在我们左边咆哮,月亮不时向外窥探,改变了一切,我们口袋里装着锋利的刀,一部丹麦情色电影近在咫尺,和我们在一起的不是别人,正是奥斯蒙迪尔,他倒是可以拥有整个世界,此刻阿里觉得自己能接受把家搬到这里,在世界背后,在熔岩和几近荒芜的土地背后。我们昂首挺胸地走着,心里想着那个词——"勃起"。以前从未听说过,却隐隐觉得它有意义,觉得自己值得拥有它,或是体验,或者想象它究竟是什么感觉。最起码,我们确信了解它是一件重要的事,这就意味着周末过后我们必须去图书馆寻找答案,最好周一就首先解决这件事,去字典里查查,思考我们是不是可以,然后怎样才能亲自体验一下勃起的感觉,总之要搞明白这到底是怎么回事。可现在不是思考这些词语或者研究原理的时候,奥斯蒙迪尔停下脚步，他转过身，我们才明白，现在是时候了，现在我们就快知道在这样一个寒冷黑暗，伴着若有似无的月光的清晨走出家门的原因。我们正站在凯夫拉维克的邮局门外，心跳得很快，右边一半是焦虑，左边一半是渴望——在凯夫拉维克锋利的刀有什么用？

昨天下午，接近傍晚时分，一艘美国佬的船驶入港口。它停泊在长长的码头边，载满了一船给国防部队做补给的货物，它显眼的尺寸让凯夫拉维克舰队大大小小的船只显得单调乏味。奥斯蒙迪尔抄近路把我们带到一个隐秘之地，我们能在那里监视港口，那是凯夫拉维克的中心，挤满了渔船，几乎没有出海的船只，鱼汛期尚未开始，我们暗中监视那艘美国佬的船，它当然是一艘冰岛船，只是代表美国军队航行出海的时候，被取名为"美国佬船"罢了。奥斯蒙迪尔指着它庞大的身躯，里面的货舱塞满了货物，以供给美国军队和基地所有的居民，将近六千人，包括大约一千名儿童和青少年，对于那些受困于荒野的人来说，周遭是那样贫瘠而凄凉，就像他们在接受惩罚，一艘巨轮当然有用——因为，只是提醒你一下，这个地区被高高的栅栏围起，顶端覆以三层由锡、单调和乏味编织而成的带刺的铁丝网。看，奥斯蒙迪尔说，他用手指向最重要的东西，那是我们在这个特别的清晨，口袋里揣着锋利的刀前来此地的原因，他指着几十辆沿码头次第排开的卡车，车队从船体一直远伸到港口，等待货物从船舱里拖上来。卡车的引擎发动着，排气管里冒出的烟被风吹散，我们站在山里的隐蔽之处，那些尾气不断往我们鼻孔里钻，一些卡车司机在车里等着，另一些三五成群各自找地方躲着，在寒冷里跺着脚，等着装货。奥斯蒙迪尔一挥手臂，看着手表对时，时间如同饰物被他戴在手腕上。再等一刻钟，等他们开始动手，他说，咱们去见见其他人。

请记住：这是凯夫拉维克拥有四个基本方向的年代，不是三个——不是风、海洋和永恒，而是风、海洋、永恒……还有美国军队。军队在冰岛驻扎了二十五年，还不包括战争年代，因为战后有一个五年时期，从一九四六到一九五一年，在这期间冰岛没有任何军事力量，尼亚兹维克的牧场上没有美国人，没有盈利，没有工作，没有雨中的枪响，没有在房屋上空飞来飞去的战斗机——当时一切都倒退了一步。但在这二十五年间，有六七千美国人需要食物、糖果、家庭用品、袜子、帽子、玩具、杂志和报纸，他们还需要一寸家园，在这儿有房屋万间，为了在世界的尽头过活，为了身心健康地回家，最重要的是，摆脱一片贫瘠的荒野，在这里最危险的敌人是乏味，这就是为什么美国佬的大船会定期停靠在凯夫拉维克港长长的码头边，许多年都如此。长期以来，船的抵达对凯夫拉维克居民来说是一件盛事；就像来自遥远星系的宇宙飞船，满载货物降落于此。在五六十年代，年轻人常常成群结队地拥上码头，兜里装满处理渔获赚来的钱，他们从船员那里购买音乐，每分钟三十三转或四十五转的唱片，这些音乐在冰岛其他地方买不到，甚至包括雷克雅未克，也许再过一年事情就会有所变化，那时你的青春期已经过半，生活到了爆发点，你会变成焰火。因此人们急不可耐地等待船只抵达凯夫拉维克；它们远渡重洋，载满能让我们的生活变得富足的一切东西。这些水手从美国本土购买唱片,再转手倒卖给凯夫拉维克码头的青少年,茫然不知自己已成为新时代的拓荒者。

但那些日子逝去了,美国佬的船已不是来自音乐星球的宇宙飞船,不会再漂洋过海拯救凯夫拉维克年轻人的命运,如今你能在蒂亚纳加塔街和哈布那加塔街街角的赫尔约马林德唱片店买到最新唱片,店主曾是赫尔约马尔乐队的主唱,奥斯蒙迪尔说,那会儿我们正要离开港口,去和一大群少年接头;他们大约有二十个人,尽管借着清晨昏暗的光线很难判断准确,他们的情绪看似都很激动,这更加深了我和阿里内心的恐惧与焦灼。我们走到近处,看见其中一个人躺在路面上,其他人都在发笑,还有两三个人在大声叫喊,刺耳的尖叫声让清晨显得糟糕透顶;躺在一个强健的少年脚边的并不是男孩,而是一个女孩,一定是的,因为有人大叫着,把她那该死的裤子扒下来,戈,其他人也跟着叫,扒啊,他妈的,伙计,让我们看看她的屄!

显然,男人比女人更容易接受某些观念。大约二十个男孩围住一个少年,他用一只脚踩住来回扭动的女孩,众人开始踩着节奏,用力在沥青路面上踩脚,压低声音齐声呼喊着,屄——屄——屄!如此强烈的热情,如此整齐的节奏,连地狱的屋顶都在回响。我和阿里站在人圈外,听着有节奏的踩踏声,起起伏伏的喊叫声,我们再也看不见那个女孩,看不见那个名叫戈的少年,因为愤怒得几近落泪,我们同意跟随奥斯蒙迪尔来到这里,而没去选择躺在床上看关于泰山的书,泰山会把这些孩子推开,把戈像空袋子一样甩开,拯救这女孩。我们真想逃跑,就此消失,可我们不敢,我们不能,有什么东西在牵制我们,但愿是我们想帮助她的欲望,虽然我们连指头都没抬一下,但愿不是对接下来会发生的事的好奇心,但愿不是喊叫和跺脚产生的催眠力,但愿不是残忍的催眠力,但愿不是,然而人类是令人质疑的生物,历史曾记载了大批令人作呕的事件,许多正人君子随心所欲,行事卑鄙,他们攻击无辜的人,他们温文尔雅的微笑因为对暴行的强烈欲望而异化为讥笑。恶魔正潜伏在我们内心,我们温暖的血液孕育着极度的野蛮,唯有美才能拯救世界。

奥斯蒙迪尔看看手表,似乎在喃喃自语,接着挤进人群,一副坚决又恼火的样子,他们为他让路,站到一边,开出一条通往那个叫戈的少年和躺在他强足之下的女孩的道路;她沉默不语,却没有放弃,只是知道自己正和一种强大的力量做斗争。她大声喊叫过,我要把你们全杀了,你们这些该死的白痴,杀了你们,之后她就静静地躺在那里,一动不动。我要把你们全杀了,大概是指那二十个男孩,那是大屠杀,他们不可能把这种威胁当真,太荒谬了,他们笑着看她躺在那里,躺在一根柱子边,孱弱而悲苦。戈,那个霸王。戈,那个在众人跺脚大呼那个词的时候低头去看她的人,他被催促着去扒她的衣服,好让他们看看禁区的样子,那正是他们中的一些人开始琢磨并梦寐以求的东西,正是会让他们失去理智的东西,他看着她一动不动地躺着,又抬起头轻蔑地看着众人。接着奥斯蒙迪尔看了看手表,扰乱催眠状态,喋喋不休的节奏瓦解了,叫喊声与践踏声消解为你一言我一语的、混乱无序的声音,好像每个人都能听见自己的声音,充满不安全感,或许是羞愧感,这感觉很难受,就像你突然被人群隔离。奥斯蒙迪尔的声音有些恼怒地划破了空气：别他妈的瞎说了，第一辆卡车五分钟后就要走了！这个叫戈的人平静地看着他，接着漫不经心地把他的脚从女孩身上挪开，女孩立刻从地上爬起来——她个子很小，留着一头黑色短发；燧石色的大眼睛像一声尖叫。那么，到了该站队的时候了，戈说，他啐了一口。

戈。

格维兹门迪尔·奥斯卡松。十五岁，领袖，船长，凯夫拉维克本土最具天赋的守门员，在大师联赛中为球队做过两次守门员，交过一个女友，抽过烟，醉过酒，好像他无所不能，他进过放映厅，看过很多次丹麦情色电影，没有人比他悄悄潜入基地的次数更多，他知道很多士兵的名字，会说美国话，在基地打过篮球，那些围着他转的人会自然而然地变得更漂亮、更好、更强壮。戈——他自己从英语中得来的绰号："叫我行动"。行动。就像：预备，开始，行动。"行动！"——外加一个感叹号。

戈看着那个女孩，直视她愤怒的眼睛，直视那声尖叫，他咧开嘴笑了，张嘴想说话，但奥斯蒙迪尔打断了他，他在宣布，用一种几乎冰冷的口气，这女孩属于我的队，所以她受我保护。戈耸耸肩，戈啐了一口，戈做了手势让几个男孩跟着他，戈说，行，他离开了，却又转身说，她若挡了我的道，我就他妈的把她的裤子扯了。

（在括号内）

没人知道哪些事件值得讲给别人听，哪些事件会出现，散发光芒，或是逐渐模糊、过时，热烈或者宁静。事件的规模大小总是相对而言的，总是千变万化的。

我和阿里也许上不了生活的头版，一个星期六的清晨，在哈布那加塔街和瓦斯内斯韦居尔街的交叉路口，当他站在飞行酒店房间的窗边，向外看着同一个交叉路口时，那个黑暗的清晨时光在他脑海中异常鲜明，床上放着一个打开的手提箱，阿里取出三个孩子的照片，放在桌子上。那个装有信件、诗歌和几张照片的黄色文件夹被摊开放在客房的小冰箱上。快四十年了，他又站在窗前，望着那个交叉路口，我们各有各的位置：我、阿里、奥斯蒙迪尔、那个女孩和那些男孩。根据阿里的回忆，很快天就下起雪来。他用前额抵着窗玻璃。美国军队早已在荒野上消失，凯夫拉维克的居民完全丧失了捕鱼限额，他们不再是渔民，港口空荡荡的，像一个框住虚无的圆括号。不久前，奥斯蒙迪尔把自己的食指插进阿里的直肠。

那些能够预见未来，并将己之所见告知于人的人，总被视作疯子。

……行动开始

那个星期六的清晨，天在下雪，雪落下来，覆盖着紧张，让人发痒的紧张，令人难以承受的紧张。我和阿里咽咽口水，舔着嘴唇，蹲在离街角不远的一堵水泥墙后，听着第一辆货车从港口转进瓦斯内斯韦居尔街，费力地喷着气，变速器发出噪声，车板承受着重负，全是货物，为那六千个美国人准备的，他们离我们只有几千米远,住在贫瘠的荒野上,被高高的栅栏围起来,栅栏顶端覆盖着三层带刺铁丝网,三层乏味,仅仅几千米的距离,就已足够遥远。奥斯蒙迪尔和那个名叫西加的女孩脸上满是兴奋与专注。西加,她对我、阿里和奥斯蒙迪尔冷冰冰地说话,我们躲进一个无人的庭院,跪在篱笆后面,院子里有一棵缠满了圣诞彩灯的干枯的杉树,它像极了绝望。西加,她说。我和阿里嘴里咕哝着自己的名字,奥斯蒙迪尔只是点点头,像是在确认叫西加这个名字没有问题。马路对面有三个男孩,他们藏在一辆棕色的美国雪佛兰车后面,另外三个躲在隔壁院子里,他们和奥斯蒙迪尔一伙,其余人跟着戈,他把他们分散在哈布那加塔街上,他自己则在法赫萨布勒伊特街和哈布那加塔街交叉口的不远处,在这个地点前往基地的车辆都会加速,因此司机们都感到很安全,这里是最难跳上货车的地方,不像我们所在的街角,货车大幅减速,几乎和停下来没有区别,但戈不想事情来得太容易,他在等,直到一辆货车开过交叉路口后开始提速,司机换了二挡,于是他跑起来,跳上车板,姿势很优雅,就像只有他会跳跃似的,他像一只大猫,带着威严一跃而起,那样敏捷、有力而适时,戈次次都能跳上车,在任何地方都没失过手,没在这里,没在门柱之间,他能阻截每一次射门,仿佛没什么能逃过他,仿佛他能抓住这辈子他想抓住的一切,然而他却没能跳出多年后将他劫掠的厄运。

  我们听见第一辆货车开进瓦斯内斯韦居尔街,变速器发出摩擦的噪声,汽车引擎在落雪的沉寂和宁静中喘息,接着货车突然开始发动,带着全部重量向前冲,西加小声骂了一句,缓解自己的紧张情绪,显而易见,她很懂得骂人,最后,奥斯蒙迪尔准确地向我和阿里说明了我们该做什么。我们要按他的信号行事，万事必须服从规则，遵守纪律，目的是爬上车板，这可不是没有风险的，他压低音量坦白地说，特别是路况像现在这样结冰打滑；这种状况对某些人来说已经很糟糕了。另外，有些司机已经摸清了我们的底，会想尽一切办法阻止我们，比如故意让轮子打转，曲折前行，陡然改变车速，或者把头伸出车窗喊话威胁，这种情况还能应付，但有些司机会突然踩一脚刹车，暴跳如雷地冲下车，假如那样的话，最好快逃，就像校长在身后追你那样，若是被这些家伙抓到可就惨了。最重要的是，要抓紧车的侧板或者后挡板，如果没有侧板，就抓紧车尾，否则一个突然的颠簸就会让你失手，路面这么滑，你们会直接滑到轮子下面被碾成糨糊，这事以前发生过，有的男孩就这么翘了辫子。这可不是儿戏。别担心，只要想着怎么爬上车板，抓牢，让自己稳住，然后把刀拿出来，千万别提前拿，假如刀丢了，就是爬上了车也没用。拿出刀，随便找个箱子划一个大口，能从里面拿多少东西就拿多少。你们没时间挑箱子，或者停下来再开另一个——只把你划开的箱子拿空就好，哪怕里面装的全是尿布也无所谓，因为我们能卖掉所有的美国佬的货。另外四个人会沿路一边跑，一边接你们扔下来的东西，能搞定吧？

我们点头笑笑，说，能搞定。尽管搞不定，事实上根本没法搞定，可我们却点头了。接着清晨的第一辆货车开来了，蓝色的引擎盖向外凸起，货车没开车灯，像是在伪装自己，接着发出一声悲鸣，开过转角；咱们的目标是下一辆车，奥斯蒙迪尔小声说，这辆是戈的。

雪不下了，引擎音消失在远处，我们趴在墙上偷看，几个阴影突然开始快跑，一些像从土里蹦出来，另一些从车底钻出来，一群男孩在微光里，在昏暗中变成阴影；货车接近法赫萨布勒伊特街和哈布那加塔街的交叉路口时，不知不觉开始减速，司机没有及时发现那些影子，至少等他们快摸到车才有所察觉，只听司机一踩油门，催动引擎，货车就像一头突然失控的巨兽，发出令人胆寒的怒吼，那些阴影爬上车板，不久货物便从车上倾泻而下，有些被人接住，有些落在地上被人拾起；马上就该我们了，奥斯蒙迪尔说，他拿出自己的刀，试了试刀刃。

我和阿里跳上了第四辆货车，货车跟在另一辆后面，猜想着奥斯蒙迪尔和另一个男孩从割开的箱子里拿走了什么，看明白了该怎样动手，内心却十分焦虑，害怕司机的反应，害怕落得和奥斯蒙迪尔同样的命运，不得不面对货车司机严厉的警告，他放慢车速，把头从驾驶舱伸出来，冲我们吼叫，他不太愤怒，反而看起来很悲伤，仿佛我们的所作所为对他而言是一种侮辱，仿佛我们让他感到失望，你们该为自己感到羞耻，孩子们，这简直是一种侮辱，难道你们就没有一点自尊心吗？难道你们不知道美国佬在茶余饭后如何评价我们，称我们为野蛮人、爱斯基摩人和寄生虫吗？难道你们真要下决心证实他们所言不虚吗？你们知不知道我载着一堆被割烂的箱子开进基地是什么感觉，他们都在摇头，简直是丢人现眼，你们一点也不自重；做冰岛人还有什么意义？他最后向我们吼道，或者说似乎在吼，仿佛我们能回答他一样，我们想他应该会放过我们，他的态度突然有些缓和，他不再冲我们吼叫，而是坐回驾驶室。不久，他又伸出头，直直地看着奥斯蒙迪尔,他正在疯狂地清空一个离他两米远的箱子;听着,孩子,你是从北峡湾来的埃琳的儿子吧,玛格丽特的外孙,我认得那张脸,你和索聚尔简直一模一样,难道你看不出自己正在侮辱自己的家族吗——警察怎能允许这种事发生?!后来他再没说话。缩回头,重重地关上门,开始踩油门。这该死的杂种毁了我的乐趣,奥斯蒙迪尔走回来的时候,口中骂骂咧咧,你俩负责下一辆车,他对我和阿里说,并向西加做了个手势,让她闭嘴,她的话正像一阵风刮来,问道,那我呢?

我和阿里很幸运能负责那辆车。司机转进哈布那加塔街的时候非常谨慎,仿佛他运送的是极易碎裂的物品,我们追着货车跑,腿因为兴奋和紧张直发颤,接近车身时我们定了定神,血液在血管里沸腾,我们跳起来抓住车的侧板,翻身上车,抽出刀,阿里从后视镜中看见了司机的眼睛,于是他将手放进口袋开始犹豫,他僵硬起来,感到胸口猛地一紧,可司机只是笑笑,或者说咧开嘴笑,往嘴里塞了一根烟,点着,摇下车窗,把手肘伸了出去,他沿着哈布那加塔街开得很慢,表现得似乎没看见我们,没看见我们怎么在箱子上划口子,贪婪地把手伸进去,抓住里面的物品,有东西发出了窸窣声,我们拉出来一看,原来是一袋M&M's巧克力,这可是只能在国外或者免税店才买得到的宝贝,我们兴奋地打着嗝,把箱口开得更大,一袋袋地往外扔,把它们全掏出来扔出车外,下面的男孩一边接货一边激动得直叫。接着西加也上了车,和我们一起,她本该沿着马路跑的。假如我错过这个,那真是浑蛋,她说。她闪电般地划开一个箱子,撕开,再把窸窣作响的袋子往马路上扔。

后来我们就完事了。

我们偷了将近十辆货车。

已经快上午十点了，凯夫拉维克的天空明亮起来，一种犹豫而脆弱的光，在黑暗的领域里充满歉意。有人外出走动，还有一辆警车，这当然意味着是时候停手了。一些司机在咒骂我们，试图甩掉我们，对着我们大声责骂，其中一名司机把车停在哈布那加塔街上，跳下车，想抓住正在路上收捡货品的西加，不过她还是跑掉了，跳跃的身影在庭院间闪现，嘴里咯咯地笑着，动作迅速而敏捷；当司机追不动转身往回走，喘着气咒骂时，车板上至少有六个男孩，他们划破了无数个箱子，把里面的东西撒在路上，使那里看起来就像刚刚发生了一场爆炸：罐头食品、午餐肉、饼干、冷冻鸡肉和泰迪熊。这名司机，一个身材矮小健壮的男人，走向自己的车，对那六个男孩一言不发，他笨重地爬进驾驶室，沿着哈布那加塔街慢慢开，向基地开去，在它前面还有不少货车，很多车上载的都是破烂的箱子。这辆车爬上斜坡，穿过格赖瑙丝闸口，一个冰岛警察和一个美国宪兵在站岗，他们看着货车如同受伤的巨兽一般缓缓驶过，宪兵站在外面，双腿分开，一脸严肃，警察站在门口，靠在门柱上抽烟，脸上的表情难以捉摸。

我们扛着战利品，有些人不得不跑两趟，把这一大批赃物送入独立党总部的院子，一个距离哈布那加塔街几个街区的地方。这个距离很安全，院子是封闭的；戈就在那里分赃。

很久以后，西加会在系列文章《谁是冰岛的主人？》里讲述这一事件，文章写于她在《每周新闻》担任编辑期间，它是一份周报，会被分发给西南区的家家户户，读者们都是从头读到尾。这些文章让她失去了工作，在她发表第三篇，也就是最后一篇的第二天，她就被炒了鱿鱼。再过几个月，经济就会崩溃，在谈论一些别的话题的同时，她也深入探讨了冰岛人如何以各种可能的方式巧妙地利用军事基地的优势，直接的也好，间接的也罢。在最后一篇文章的末尾，她谈及凯夫拉维克的一种习俗，当地的青少年喜欢抢劫载满美国佬的船只运来的货物的大货车，有时他们会趁货车停在称重站的时候跳上车，有时像我们曾经做过的那样，在哈布那加塔街对车辆进行伏击。"常常如此，"她这样写道，"我们把这些赃物带到独立党总部院子里一个安全的地方，进行瓜分——用毫不友好的方式。可以肯定地说，我们当然意识不到，选择这个特定地点具有某种惨痛的象征，不幸的是，这个政党大院，无论是在直接方面还是间接方面，都比其他任何处所都更漠视公正与诚实，自我们脱离丹麦的统治独立以来，党派成员就合伙瓜分了冰岛的财富。"

　　但这个星期六清晨，西加的脑海里压根儿没有这些尖锐的思想。他们抢来的一切都在这里，都被瓜分了，每个人都用"毫不友好"的方式分得了一份——戈比其他人"平等"得多，他的团伙拿走了最好卖的东西。记不记得，有人说，那声音中混着悔恨和欲望，那次我们找到了色情杂志？记得，另一个人叹了口气，十六本《好色客》，真该死，哥们儿！

　　后来大家都回家了。

　　带着他们的战利品。他们的宝藏。

　　有人偷偷把它藏在自己的卧室，或者车库安全的角落，其他人则根本不需要隐藏，他们和家人一起愉快地享用这些罕见的美国货——火腿片、罐装食物和饼干。我和阿里得到一袋M&M's巧克力、几袋饼干，还有一盒某种含糖的谷物早餐。这些东西冰岛没有卖的，连雷克雅未克也没有。感觉就像那个星期六清晨我们去环游世界了。这就是凯夫拉维克的生活，回家的路上阿里这样说，虽然阿里常常没有办法用那个大而麻烦的词"家"来表示他住的小屋；我们走过凯夫拉维克市立公园，那里的树木长年累月对抗着风和随之而来的盐粒，生长十分缓慢，一棵三十年的老杉树只有十二岁男孩的肩膀那么高。是啊，我附和着他，这里的生活的确如此。

北峡湾
——过去——

世界已被谱写好

——这首诗只诞生了一小时而已

假如没有我弟弟特里格维,这一切就不会发生,玛格丽特说,几周之前,她站在海滩上,收到了奥迪尔的情诗——两只紧握的拳头。此刻他们正在他的渔棚里,赤身躺在一堆渔网线上,凝视着天花板,抽着烟。他进入她时,玛格丽特感到渔网线把自己的背部擦得生疼,仿佛他想把自己的生命深深地嵌入她的生命中。绳子上的盐,他们的腥味,他移动的手,海上的艰辛,起航时他内心深处的自由,海天交融的景象,这一切都在渔网线里。快结束的时候,他就要炸裂的时候,狂野的快乐让他的表情变得扭曲,他看起来心门大敞,仿佛她能洞穿他的核心,他重重地压向她,仿佛要把所有的线压进她的后背,让一切融为一体:大海、自由和她。后来他们躺着喘气,浑身都被汗水浸透了,他伸手扯来一片帆,盖住他们的身体,仿佛他们是两条咸鱼。接着他们抽烟,她提起特里格维,说假如没有他,他们就不会在这里,她完全可能还在加拿大。奥迪尔抽着烟,感到自己的心跳得很慢,感到曾被撕裂的世界如何片片飞回,重新整合,回到正轨,万物各归其位。是啊,他说,特里格维,是的,可能就是这样,是的,可能的确如此,但他书读得太多,这是事实。她轻笑,你为何这样说?特别是诗歌,它们往往会侵蚀他的注意力,假如因此他才喜欢直言不讳,在人前说一些不该说的话,表达不该表达的感情,谈论无关别人的事的话,我并不惊讶,很多人不喜欢这种谈话。她又笑了,你,她说,你。可她没法继续,他用一个吻把她打住,他嘴唇的味道尝起来很好,很温暖,此刻又加上了一丝烟草味,这样好闻,她咬着他。

没有特里格维,这一切就不会发生,他们不会汗津津地躺在这里,心满意足地、幸福地赤裸着身躯,像船帆下的两条咸鱼。后来,很久以后,当想要改变,从头再来,阻止失望与死亡已为时过晚时,她偶尔会想,她给弟弟的信里至少这样提过两次,你是一切的罪魁祸首。假如没有你,没有你的信,没有你写的那些文字,甚至那些欲言又止的话;因为无以言表的东西会更快地潜入我们的内心,让变化更迅速地发生,而那些说出与写出的话反倒更容易抵抗,让它们噤声就好。我们能让言语噤声,却不能让暗示噤声。我在加拿大时,在你寄给我的所有来信中,奥迪尔就像藏在字里行间的暗号;我正是在信中感受到他的力量和伟大——是你让我在对他的渴望中疯狂!假如没有那些信,我或许会在加拿大定居,永远不再回来,那个国家比我们这座奇怪的岛温柔多了。那里也有追求我的男人,这你是知道的——有人承诺会给我幸福,其中一个许诺要为我摘来日月星辰和带来上帝的恩宠,只要我答应他。没有什么鸡毛蒜皮的事!他长得十分英俊,有着轮廓分明的下颌;我记得很清楚。最后,他进入政界,成了

151

一名宪兵,或是州长,我记不清了。至少是个政治家。那些给过我很多承诺,甚至承诺过我天空的人,十有八九不是成了诗人,就是成了政治家。前者深信语言能改变世界,后者深知语言能轻易带给他们权力和名望。他们生来就没有诗人的天真,因而并非真的相信语言能让他们直上青云。对他们而言,最重要的就是操纵语言,并由此得到他们苦心寻觅的东西。有时候我会想,住在他的大宅里是不是会感到幸福?他的房子一定很大。难道一个人住在大房子里就能幸福吗,这样一个人会比生活寒酸的人更幸福吗?哦,我不知道,没有人真的了解这些。别误解我,亲爱的弟弟,我并没有对自己的生活感到悔恨,是的,忧伤,每个人都会因为忧伤而悔恨,但我有过耀眼的时刻,它们会一直伴我到老。从各方面考虑,你当然是对的,你在字里行间对你的朋友奥迪尔遮遮掩掩,也正是这样,才能不可思议地把我带回来。

一个人应该在故事的何处止步,一个人究竟该讲多少故事,被我们忽视、默默抛却的生活发生了什么,我们要不要以某种形式处死它们?我们不可能道出一切,这个世界缺乏耐心,但假如没有特里格维,我们正在讲述的,已经讲述的,将要讲述的,关乎生与死、喜与哀的一切都不会发生,假如没有他,我们会在静默中沉底,会成为静默,成为虚无,甚至别妄想能成为死亡,因为虚无是永不到来的事物,它甚至没法去死。可时间——它只向前挪了一小步,已经十一月了,只过了一年而已,索聚尔出生了。家里最大的孩子。他会长得像诗一样美,像野人一样强健。现在是深夜,大约凌晨一点,暴风雪持续了四天,山风呼啸着，穿过一场巨大、狂暴、稠密的暴雪，席卷一切，向四面抽打，根本不可能出门，除非一个人迷了路，被雪埋葬，变成玩具被屋外咆哮的风摆弄，风撕咬着大海，它像某种力量，来自上帝或什么，不怀好意，这当然是一派胡言，没有任何异常，也没有背后的恶念，一切只不过是冰岛四周的低压系统而已。人们待在室内，这是我们在风暴天气里常做的事，生命对我们很珍贵，也许并不那么意义非凡，却是我们唯一拥有的。几个农民和雇工除外，他们不得不爬到羊圈去喂羊，爬着去的原因是为了避免被风吹跑，就此消失不见——等风暴减弱、平息后，他们已无影无踪，被雪埋葬——他们慢慢地爬动，摇摇晃晃，依靠自己的体力、耐力、运气和主的慈爱，心中期盼主就在风暴的高处。也许上帝的目光无法穿过这场雪看见大地，一些雪落下，一些雪借着无情的风狂舞，让人盲目，一个雇工在风雪中迷了路，他才二十岁，就这样走失，失去生命，风雪带走了他，可他并不是故事的一部分，没有多余的空间留给他，就此把他留在沉默里。留在雪里。凌晨一点左右，暴风雪渐渐平息，他们俩都在沉默中醒来，特里格维和奥迪尔，醒在各自的房间，他们不能就这样被困在室内，所以走出去，他们需要在积雪中开出一条道，爬出雪堆，他们俩同时露出头来，看见彼此像两个奇形怪状的雪团；那些村舍要么被雪掩住大半，要么被全部掩埋。盛怒已经消退，咆哮的风，那野蛮又透明的巨人，那无形又凶猛的力量，一下变得无影无踪，只留下一个失魂落魄的世界，这让人难以置信。平静和星星，还有一轮满月！那是月亮，它一直藏在风暴、雪与潮湿背后，在白云之上，在太空里安然无恙，它耐心等待合适的时机，就在此刻，向着宁静的乡村倾泻着光。披上苍白的、尸体似的月光的雪山是沉默的威胁，是宁静的美人。这一对好朋友肩并肩站立，没有相互问候，只是迎着对方走过去，点了点头。群星在漆黑的夜空中闪烁，白色的月光在厚厚的积雪上发亮，将其变成一个珠宝箱，大海很黑，这种平静让风暴后的安宁愈加深沉——没有空间留给语言，没有必要，它们太笨拙，也太多余。两个人就那样站着，奥迪尔和特里格维。站了好一会儿。只是看着，体会着一切。直到最后，特里格维开了口，轻轻地，甚至谨慎地说，仿佛他正面对着某种极易碎裂的事物：上帝写下伟大的诗。他看起来还有话要说，这也的确符合他的作风，把世界化成语言的欲望始终在他内心深处嚎叫，可他最终什么也没说。世界已被谱写好，这首诗只诞生了一个小时而已，现在是时候闭上嘴，开始朗诵了。他闭上了嘴。

上帝写下伟大的诗。

他也不是全然不对，奥迪尔想，他一直没有忘记，被囚禁在深雪中，直到无情的风暴过后，从雪里爬出来的那一刻，感受着静止的空气、星星和月光；那种宁静穿透他，穿透他的心，接着是特里格维的话——难道这就是奥迪尔始终铭记那一刻，从未遗忘的原因？像一种安慰，一种证明，证明这个世界可以很美好，无论怎样，难道我们真有必要这样迫切地依赖语言吗？

安静，特里格维最后说。

是的，奥迪尔说。

特里格维：安静。

奥迪尔：是的，是的。

特里格维：我想我能听见永恒。

奥迪尔：听见什么？

特里格维：永恒——试着去听，屏住呼吸，闭上眼去听，看，像这样，永恒就会到来，像没有开头的满足。

别再说煞风景的话了，奥迪尔说，他看看四周。

可我听见了，也想让你听听，一个活生生的人绝不能错失这样神奇的时刻。永恒像一架巨大而安静的教堂风琴。

你真不应该读这么多诗，有时候看起来就像有人往你脑子里灌屎一样。

难道你听不出这种安静有多深沉吗？还有……

是的，是的，但……

……假如你听得再仔细一点……

……在格雷蒂尔和海伦娜住的地方才更深沉，奥迪尔说，他朝那对老夫妻的家的方向抬了抬下巴，或是朝着房子原本的方位抬了抬下巴，那是村庄后方地势稍高的地方，只不过那里现在没有半点房屋的痕迹，只有雪，无尽的雪。真是见鬼，特里格维说。

他们取来雪铲。

忙活了半个小时，他们向后铲出一条通向房子的路，世界守规矩的时候，走过去只要五分钟，可现在有些地方积雪厚得惊人，除此之外，气温降得很快，零下六摄氏度或零下七摄氏度，也许零下八摄氏度，上层的雪已经冻硬，形成一层三厘米厚的冰壳，他们走一步停一步，行动越发困难和沉重，在地狱行走的感觉也不过如此，接近房子的时候，特里格维嘴里嘟囔着，这里当然没有房子，只有雪，那已复归平静的白色愤怒，它完全静止，纹丝不动，迎着月光，让万物显现出美。他们看着四周，看向大山，远处壁立的尼帕山，正向着天空和群星延伸。他们看向悬崖，它像一个傲慢的额头，向山外突伸。他们开始挖雪。

很快挖到了房子，他们用铲刃敲打屋顶，告诉里面的人他们的存在，我们来了，正在挖，别担心，他们向门口挖，挖出一条很好的通道。同时，特里格维嘴里喋喋不休，这多少让人感到疲惫，但奥迪尔了解自己的朋友，不会因为他的话烦恼。大多数人都在同某种弱点做斗争；一个人吝啬，另一个嗜酒，第三个贪慕虚荣，这肯定是原罪之一；一个人对性想得太多，另一个无法控制脾气，而特里格维的话太多，那是他的罪过。你必须去接受，忍受，奥迪尔正是这样做的，因为特里格维身上还有许多好品质，让你无法想象身边没有他会是什么样；他是个乐观主义者，非常公正，无法忍受不公，是一个真正的社会主义者，没有几个人能像他一样勤劳，不知疲倦地工作，他很能干，适应性强，和他共事简直是一桩乐事，一切向来都很顺利，没有任何障碍，所以忍受潜伏在他声带里的可怕罪过是有道理的。冰岛语，特里格维说——有一次奥迪尔没忍住，批评特里格维的唠叨实在让他心烦，每个人都有权沉默——冰岛语有七十多万个单词，特里格维开始滔滔不绝，但奥迪尔打断了他，生生打断了他想说的话：你今天真打算把这些词全都用上吗？奥迪尔不得不承认，尽管只是对自己承认，绝对不会让特里格维听见，最好也不让玛格丽特听见，他们俩极少分开，以至于有时他和她说话就像在和特里格维说话，反之亦然；他的确对自己承认了，尽管不太情愿，特里格维容易语出惊人，甚至以一种让你措手不及的方式，也许这会让你开始用不同的眼光看待周围的事物，诸如上帝写下伟大的诗这样的事。这一招只不过是让他急促的语流变成一种低沉的嗡鸣，一种背景杂音，因为没人会因为船只引擎的嗡鸣、苍蝇的嗡叫和风的呜咽而感到烦恼。现在他们终于挖到了门口，门开了，那里站着一对老夫妻，格雷蒂尔和海伦娜，特里格维暂时闭上了嘴，所以没有必要再为此担心。

这对老夫妻站在门口，你们俩是真正的光明，是全人类的骄傲，海伦娜说，并一一亲吻了他们的额头，仿佛在祝福他们。被深埋在雪里无处可去并不是什么好玩的事，房子变成了棺材，棺材盖上方除了可怕的沉寂之外什么都没有。没有任何帮助，这对老人向上爬出来，我们也许老了，不中用了，她说，但我们还有腿，它多少还是听话的。他们来到地面上，感受新鲜的空气和月光，让自己安心，这个世界还好好的，没有被吹走。他们四个人都看向峡湾，那里异常平静，海上本应还有风暴，海风吹得急促，也许月光安抚了大海，使它复归平静，月光在海面上闪耀，把它变成一首歌，变成某种事物被高高举起，向着天空升腾。现在才是你该咒骂人老的时候，格雷蒂尔说，因为你现在不再适合出海了，能在这么好的月色下和你一起出海可真不赖。格雷蒂尔搂着海伦娜，她给他一个几乎不露牙齿的微笑；他把手伸进外套里面，拿出一个瓶子，喝一口吧，伙计们，为你们还记得一片沉寂中有我们这样两个老家伙痛饮一番，愿仁慈的神灵保佑你们。他们大口地喝着，让人惊讶的是，酒居然是这么一种好东西，尤其在它意外出现的时候，就像现在，在你醒来之后，也就是说，在你能够清醒地面对一切之后。走吧,咱们出海去,奥迪尔说。是的,趁着月光出海正是时候,特里格维说。你在海上航行,月亮一动不动地挂在天上,老夫妻听奥迪尔这样说道。两个年轻人走了,踏着令人厌烦的雪轻快地走了,他们迫不及待地出海,最好能赶在大家都醒来之前,时间还很宽松,现在刚过凌晨两点。只是看看大海却哪儿也不去是不可能的,这种事只会让你痛苦。他们两次回头,对着老人招手。好孩子,她说。她把丈夫搂进自己怀里,两把老骨头,两条老命,紧紧相依。你还记得吗,他说,那个时候我们和他们一样年轻?是啊,我记得,亲爱的!可我们突然就老了,什么时候发生的?有时候就好像时间趁你睡着时爬到你身上一样,我们什么时候不再年轻了?对我来说,你的内心永远都是那个调皮的男孩,她说。他笑了。他们看着两个年轻人的身影慢慢在远处消失,她的目光比他看得更长远,她的视力更好。

我想和他们一样,特里格维说。他们第二次回头招手的时候,那对老夫妻还站在原地,女人个子较高,容貌算不上美,却很清秀,脸粗糙而丰满,胳膊粗壮,蓝色的眼睛炯炯有神,男人则清瘦得多,看起来一点也不强壮,岁月把他越削越薄,假如生活就这样延续下去,他终将变成一把斧刃或铲刃。

你想变老,变驼,变得无助,只能靠别人把你从雪里挖出来吗?

不,我只想在年老之后,还能在月光和星光下,感受对妻子的深爱,我只想拥她入怀,不再醉心于其他,只想再和她一起生活一千年,依然爱她的眼和唇,那就是我想要的生活,在月光下,虽然老了,却很幸福。

总有一天,奥迪尔说,我不得不把你剁碎,做成鱼饵。我不惊讶,特里格维回答他。后来他们开船出海了。或者说,他们开船驶入了月光。世界多得我们数不过来,却没有一个是正确的。

愿你得到幸福;
考虑到生活的多面

时间不懂谨慎或圆滑的道理;它每向前一步,你就会老去一点,像山峰和草地。再向前一步,他们就双双死去,格雷蒂尔和海伦娜,他们的生命将不再属于这些书页,公平从哪里来,为什么不能再多一些?夫妻俩都在初夏时分离世,在六月,"那时挖坟会更容易",他们的死亡时间相距不过一周,他先走,走的时候样子不太体面,而她看上去并无大碍,埋葬了自己的丈夫,那个和她相伴六十载的爱人,带着尊严,在葬礼完毕后回家,清扫房间,把每样东西擦拭干净,拿起大大小小的物件,用手指或手掌盘弄,就像在追忆它们的历史和有关它们的生命。她慢慢地做这些事情,甚至偶尔坐下,淌几滴眼泪,虽说哭泣和虚度时光差不多一样无益。她花了四天时间做卫生,房子从没这样干净过,最后她泡了个澡,动作非常慢,慢得就像她在追忆自己身体的历史,是的,那时候她也哭了,岁月竟让我变成这么一个爱哭鬼,她想,接着擤了擤鼻子、擦干脸。最后,她给她的两个孩子写了两封短信,他们一个住在加拿大,另一个在雷克雅未克。第一封信只有十行,另一封十二行,因为不慎,信里有一堆拼错的词,字迹显得匆忙、潦草,这让她感到羞愧,这些年来一直是格雷蒂尔负责通信的事,"可现在他走了,所以没法再写信给你们。我清扫了所有的角落,还泡了澡,把一切收拾得干净利落,现在我就要去找他了。这将是我最长的旅途,不过我只需要躺下,闭着眼等待。活着多么美好。亲吻你们。愿我的好运保佑你们,就像它一直保佑着格雷蒂尔和我"。

再向前一步,他们就双双消失在深雪里,奥迪尔和特里格维这对郎舅兄弟再也无法把他们挖出来,不管他们苦干多久,铲子有多锋利。他们的生命中从未有过非凡的经历,只是与鱼群和羊群为伴,知道周围的山和几条溪流的名字,能由鸟的行为判断出气温是否会骤降,除此之外,他们几乎没有什么贡献,轻易就会被人遗忘,可他们仍旧获得了大多数人梦寐以求的东西,按照自己的意愿在一起幸福地生活了整整六十年,我们该怎样衡量一个人的伟大?

仅仅两步,奥迪尔和玛格丽特已有了两个孩子。

他在山坡上为他们盖了一座房子,位置不是很高,因此,雪崩——白色死亡——绝对殃及不了他们,但还是高到足以饱览峡湾、海湾和大海的风景。力所能及的时候,她也帮忙一起盖,在她尚有闲暇,不需要看管孩子的时候。年幼一点的孩子,胡尔达,有时会肚子疼,她还要不时盯着索聚尔——胡尔达的哥哥。他性格活泼,鬼点子多——对一个顽皮的孩子来说,这世上潜伏着的危险太多——可要她眼睁睁地看着奥迪尔盖房子,自己却毫无贡献,这简直太难了,她的胳膊确实因为不安定而疼痛,所以她经常现身,手里拿着工具,因此落了一个对孩子冷淡和漠不关心的名声，每当女人试图从分配给她们的狭小空间里走出来的时候，就会成为众矢之的。但是别着急，时间刚刚向前迈了一步，它绝不会停滞不前，慢条斯理、小心翼翼地面对我们的幸福与青春，房子盖好了，他们搬进来，接着他们的第三个孩子出生了。是个女孩，名叫奥洛夫，很久以后，她会在凯夫拉维克生活，得到一个黑暗的结局，尽管有时候她是一根弦，颤动在上帝与人类之间。你有了孩子，你的生活接着被割裂，一切就这样发生，不是之前就是之后，你被迫和从前的生活告别，你的爱及其神秘莫测的力量被分散，它不再独属于一个人。一切都变了，看上去面目全非，有人可以忍耐，有人多少可以迁就，还有人完全无法接受，可是长久以来，玛格丽特和奥迪尔什么都没觉察到，他们过于关注孩子，他们的童年和他们的无助，在那些岁月里，世界既剧烈地收缩，又无限地膨胀。一切都围绕着孩子们。历史上的重大事件并不是金字塔的建造、拿破仑的胜利和大英帝国的扩张，而是第一次张嘴说话，第一次尝试站立，或许没有什么比看着一个生命成长更伟大。在索聚尔身上，奥迪尔找到一个朋友。有一天我们会一起出海，他说，他领着儿子，一边在房间里走，一边用胳膊模仿海浪的起伏，想让孩子去习惯。后来大女儿胡尔达出生了，接着是小女儿奥洛夫。奥迪尔会为了她们毫不犹豫地跳进大海；她们是他的公主，他喜欢装成一匹马，让她们骑上来，带着她们蹦跳，把她们带去雷克雅未克和国外，给她们买漂亮的裙子穿，她们一定会让东峡湾山区的人们惊叹得说不出话。有一次，奥迪尔出海回来，为索聚尔带回一个美丽的海螺壳。假如你把海螺放在耳边，就能听见大海，听见它的呼吸，猜透它的思想。当然,关于呼吸和思想,奥迪尔一个字也没说,这些话后来出自特里格维之口,这是一种来自舅甥之间的紧密联系,奥迪尔只是把海螺递给索聚尔,说,你听,这个六岁的男孩把海螺贴近耳朵。听见大海了吗?爸爸问。听见了!这意味着你是一个水手,奥迪尔说得很笃定,玛格丽特望着一脸骄傲的索聚尔,不得不移开视线,藏起笑意。女孩们得到了贝壳,它们很漂亮,能变成许多东西,像一个摊开的手掌。

一个摊开的手掌,拿破仑的胜利,第一次试着站立——出于某些原因,随着时间的流逝,玛格丽特开始隐隐对生活感到沮丧。可她什么也不缺,孩子们都很健康,奥迪尔也是个努力的工人,日子越过越红火,她偶尔也能摆脱烦琐的家务,像别人一样在外面工作,去加工渔获;为什么她会有这样的感觉,仿佛日子过得不幸福?孩子明明很健康,她却会难过,什么样的妈妈才会这样?他们在斯莱普尼尔——那艘船上共度一夜之后,她轻声地告诉奥迪尔,毫无羞怯,我已经迫不及待想去感受生命了,世界对他们敞开胸怀,献出它的珍宝,他们两人都因生命而颤抖。七年过去了,她仍然爱着奥迪尔,可日常生活变成了现在这样,以至于我们时不时需要提醒自己什么最重要,免得将之忽略,或许这就是为什么她有时候会去码头,看着斯莱普尼尔驶来,在一群水手中凝视着奥迪尔。每到这种时候,她才看见并记起他的美,他的力量和他强大的自信,能在充满危险的生命中邂逅如此坚定的力量实在美妙至极。

"愿它赐予你幸福,如同它赐予我们。"

幸福会是运气吗，会像中彩票一样吗？或是反过来问，幸福只会临幸那些为它卖命的人吗，以他们的勤奋和看待世界的方式？生命，玛格丽特在日记中这样写道，不过是一只麻木的野兽，假如幸福等同于运气的话。婚后的头几年，她会定期写日记，一开始总会先描写天气，不是因为用显而易见的事情开头更好，而是因为一千多年来，冰岛人的生活方式对天气的依赖过多，因为它决定了出海的奥迪尔能否安然无恙地返回。写过天气之后，她会接着写前一天的日常，正是这些细枝末节撑起了世界的穹顶："索聚尔编了一个小故事，关于一座山渴望成为大海的故事，他还要我写下来……昨天胡尔达特别好奇：为什么我们看不见上帝？他和牧师住在一起吗？为什么你身上有这些东西，爸爸却没有？她一边问，一边碰碰我的乳房……为什么你要帮爷爷擦屁股，他不会自己来吗？"

爷爷从没学过擦屁股吗？——她是指约恩，奥迪尔的父亲。胡尔达三岁那年，他们把他接到家里，岁月并没有对他格外照顾，他的健康过早衰退，接着中风，黑暗流入他的大脑，熄灭了很多盏灯，他几乎什么都看不见，完全变成另一个人。他像一块旧抹布似的躺在前屋的卧室里，偶尔大声又单调地呻吟，像是因为厌倦，也或许是因为疼痛，一次持续数小时，这种呻吟能穿透墙壁和玛格丽特的神经。大约在这个时候，奥洛夫出生了，对玛格丽特来说，有些日子变成了沉重的石块，她几乎无法举起。冬季尤其艰难，从二月到四月，奥迪尔像大多数北峡湾的渔民一样，向南航行到霍尔纳峡湾，他们从那里出海，一连离开数周，把她抛下，家里只有三个孩子和约恩。但这又怎样，数百年来，女人都不得不扛起家庭的重担，凭什么她就可以例外？不过，这几周的确十分艰辛。这几个月。有的晚上，她睡不着觉，疲惫不堪，听着山间轰隆隆的声音，某个地方雪崩的声音，根本无法确定是否会有雪崩在她头顶降临，冲下山坡，或者就在她的内心降临。她清醒地躺在床上，听着约恩的呻吟。在她尚能应对的时候，在他足够清醒的时候，她会读书给他听——在他能够意识到自己的身体状况，头脑不糊涂，没有深陷在痛苦、屈辱和遗忘中的时候。她读冰岛民间故事，有关冰岛历史文化的书，约恩·特勒伊斯蒂的《格雷蒂尔传奇》[1]，他听着，枯槁的脸上眼睛大得出奇，大而黑暗，仿佛黑夜栖息在此，没有希望、没有星光的黑夜。有时候他试图拍她，打她，趁着她帮他清洗、喂饭的时候，不仅如此，还对她骂脏话，可她总能轻易地躲过这些难听的话，以及他四处摸索的手。一天夜里，玛格丽特刚刚为他做完护理，把一岁多的小女儿奥洛夫放上床，还在给她喂奶，不敢断掉，她听见前屋卧室传来奇怪的声音，走过去发现老人正蜷缩着身体，绝望地呜咽着，因为他死不成。他试着在夜里掐死自己，命令干枯的双手套住自己的脖子，用力掐紧，不到断气之时绝不松手，别担心，他对着自己的手说，就像他正对着另外两个人说话一样，你们很快也会死去，并得到安息，像我一样。

但生活总有许多面，多得我们数不清，或理解不了。也有

---

[1] 约恩·特勒伊斯蒂（格维兹门迪尔·马格努松的笔名，1873—1918），二十世纪初期广受欢迎的冰岛作家，以他的四卷组诗 *Heiðarbýlið*（《山屋》）闻名。《格雷蒂尔传奇》（冰岛语：*Grettis saga Ásmundarssónar*）是一个发生在中世纪冰岛的传奇故事，讲述亡命之徒格雷蒂尔·奥斯蒙达松的生活和冒险经历。

这样的日子，甚至一连几天，他的头脑很清醒，儿孙绕膝让他心怀感恩，他说玛格丽特是他的光明，当孩子们在他卧室里玩耍的时候，他总是开怀大笑。索聚尔格外讨他喜欢，他们相互吸引，因此孙子总待在爷爷的房间，安静地摆弄特里格维用木头和骨头雕成的各种奇形怪状的小人，美好的时刻就这样诞生，使他们之间有了联系，把老人十九世纪的根脉和孩子二十世纪的根脉连在一起。日子越来越明亮，春天近在眼前，太阳在天上越升越高，这上帝之眼，将生命之光播洒在我们身上，抹去冬季的黑暗。但是紧接着，生活新的一面出现了：一道闪光，一个打击，我们并不理解。已经四月了，阳光让世界更敞亮，玛格丽特躺在床上一边给奥洛夫喂奶，一边打盹，突然一阵哭声划破寂静，将之彻底粉碎，那是一种充满痛苦和极度恐惧的哭声。玛格丽特来不及思考，把奥洛夫打横放在床上，靠着墙，用枕头护住，然后冲进前屋卧室，几乎没时间遮上胀满奶的乳房。老约恩不知怎的竟从床上坐起来，用胳膊搂着孙子，渴望与他接触，抓紧珍贵的，抓紧年轻的、远离死亡的东西，他拥抱他，带着亲昵，但紧接着有什么东西向我们击来，一种我们无法理解的东西。索聚尔还想继续玩，可约恩的胳膊越搂越紧，拒绝放手。他不想放手，或忘了放手，或没有意识到自己需要放手，或是绝不想放手，独自面对衰老、屈辱和时间，如此沉重的时间。一开始，索聚尔只是轻轻地想要挣脱，你和爷爷在一起的时候，无论做什么都要轻手轻脚，他太过敏感、孱弱；他是如此一个单薄的人，被时间缚住手脚，会轻易破裂，所以索聚尔的动作才格外温柔，可这双干枯的胳膊却把他捆得太紧，带着意想不到的力量。索聚尔能看见他紧绷的皮肤下的骨头，看见他手上的关节和指骨，他很害怕，当爷爷将他搂得更紧时，他吓得要命；玛格丽特进房的时候，他正在扭动和踢打，而约恩正用他那硕大而黑暗的眼睛呆呆地凝视着前方，仿佛他并不在场，或者只是试着回想他为何要紧紧搂着这个小男孩，试着回想是谁在他怀里扭动，为什么他没牙的嘴成了他脸上一个豁开的洞，像一个黑暗的洞穴。妈妈，索聚尔哽咽地说。她走进房间。妈妈，他恳求道，并向她伸出手，玛格丽特不得不极力控制自己不去攻击面前这位老人。没事，没事，她说，她努力稳住声音去安抚索聚尔，可在她开始帮儿子松绑的时候，她惊异于老人骨瘦如柴的手臂竟有如此巨大的力量。玛格丽特要求约恩放开孩子，可他完全没有反应，面色也没有变，只有两只大大的黑眼睛，通往黑暗的张开的嘴，以及难闻的气味。要让孩子解脱实在太困难——老人的胳膊根本一动不动——所以她变得手足无措，感到害怕、绝望，她开始用蛮力解救索聚尔，粗暴地拉开他，带他奔向厨房。

不用害怕你爷爷，玛格丽特说，她在厨房里坐下，把索聚尔放在自己的膝盖上，轻抚他金色的小脑袋，试着缓解他的恐惧，你爷爷只是病了……他年纪大了，而且……那不是我爷爷，索聚尔说，在他抽泣的时候，这句话听起来尤其清晰和刺耳；那是一种要把我带走的东西。我以后再也不会到那里去了。

不幸的是，他说到做到，这令约恩失望不已。然而约恩似乎并不记得这件事，并开始遗忘很多事情，此后一连几天，他都在找索聚尔，问他是否会过来，在他房间的地板上玩，这很令人愉快，可索聚尔从没来过，为了不让老人伤心，玛格丽特只得编造各种借口和解释。今后我都要一个人吗？约恩问，他一次次呼唤自己的孙子，却只是白费力气，他痛苦地哭泣，老人们都是那样哭的，因为生命正在远去，光明正在消退，他的许多朋友都已不在人世，要不然就是精力和健康都在衰退，直到什么也不剩下，除了回忆与眼泪，数不清的眼泪，足以用桶称量，仿佛它们能修补一切，带回逝去的一切，一桶桶眼泪，只有死亡能擦干。

这正是死亡的效果。还不到一周，约恩就发出一声尖叫，打破沉默，像是因为喜悦或恐惧，他口中唤着玛格丽特，她叹了口气，当时正在洗衣服，便用围裙擦擦手，再走进他的房间，她一进门约恩就断了气。仿佛他在等着她，用最后一点虚弱的力量挡住死亡，因为在孤独中死去实在可怕了；当她走进房间时，他呼出最后一口气，就此在黑暗中消失。她站在他身边，手被水泡得发肿，她别过双手放在后腰上，她已有了七个月的身孕，疲劳到连悲伤的力气都没有。只是松了一口气。她靠在门框上，看见他死去，隐入一个难以理解的世界，它正等待着我们每一个人，她想，控制不了的，哦，终于解脱了。今后我能时不时地在这个房间里打盹了。

这些日子难道不是最艰苦的吗？

家里只有三个年幼的孩子和一个体弱多病的老人，仲冬时节，奥迪尔一走就是几个星期，南下去霍尔纳峡湾；二月，三月，终于到了四月。第四个孩子出生了，比预产期提前了一个多月。一些人总是这样匆忙；事情紧急，别挡道，让一让，我今天就要拥有生命。约恩的尸体还停放在前屋卧室，距离葬礼还有一两天时间，这取决于奥迪尔何时返回，他们都期盼着他，他父亲去世的时候，因为喜悦或恐惧而大叫的时候，他还远在海上，在遥远的海上捕捞鱼和自由。一两天时间。地面还在上冻的时候，操办丧事当然非常不便，地上的积雪很多，挖坟，在大地深处的黑暗中寻一个处所安放遗体成了一桩苦差事。意想不到的是，玛格丽特的羊水破了，她正跪在地上刷洗地板，为丧葬准备饭菜，为孩子缝补衣服，因此不至于太丢面子。她的羊水破了。当时胡尔达在家，她才五岁，使出吃奶的力气四处奔跑，寻求帮助，事发紧急，关乎生死，邻居家的女人们比医生早到一步，她们全都经历过这种场合，生死攸关，其实医生什么都不用做，她们已经做好一切准备。玛格丽特生下一个男婴，他安静地降生在这个世界上，十分平静。他是个安静的孩子，玛格丽特想，她大汗淋漓，精疲力竭，却很开心。其他三个孩子都是哭着喊着落地的，仿佛生命是一种磨难，可这个小家伙没发出一点声音，他也许会成为一个哲学家，总在思考，因此没时间制造噪声，她打算在洗礼时给他取名为约恩。她现在可以半搂着他，或是让他躺在自己的胸脯上，他就躺在那里，如此安宁而美丽，他的小脸异常纯洁，纯洁得仿佛不属于人世，仿佛他是在子宫里长大和死亡，不需要用他的蓝眼睛对这个世界投以凝视，不需要张开小嘴喊一声妈妈——他死了吗？因为她对老约恩的死感到释怀，所以这是她必须付出的代价，必须接受的惩罚吗？

凯夫拉维克

——现在——

对于这个世界
我们究竟了解什么——几首
真正的流行歌曲正在播放着

凯夫拉维克十二月的夜晚。

我把手提箱交给我和阿里的远房表哥，他和两只猫一起住在一栋双层小木屋里，在凯夫拉维克最老的小区——他曾经试过养一只仓鼠，却被猫吃了，后来又买回一只活泼的长尾鹦鹉，也被猫害死了，活活吓死的。我把手提箱放在我住的房间的小桌上，接着表哥对我说，这两只猫显然忍受不了鹦鹉的歌声，他心不在焉地用手摸着那个舍不得扔掉的鸟笼；猫儿们站在门口，它们的黄眼睛一直盯着我，心里暗恨着一个事实，想除掉我，可这比除掉仓鼠和那只该死的鸟麻烦多了。它们是我的好伙伴，表哥说，仿佛在为两只猫的行为和它们黄眼睛中的冷酷开脱。他的冰箱塞满了各种各样的食物，包括三组六听装的啤酒，他让我随意拿取，后来我们坐在客厅里喝咖啡，佐以从面包店买回的大理石蛋糕；他问起阿里和波拉，我一直搞不明白他们为什么分开，他沮丧地叹了一口气说道。他的客厅十分舒适；角落安放着一台庄重的老式座钟。这种又大又旧的钟表现在已经不常见了，真让人遗憾；指针走得很轻，我甚至感到自己再也没有奔忙的必要。两个庞大的书架上堆满了宗谱和历史文献，这增添了房间的宁静，但走动时需要小心，留意别撞了脑袋；十八架巨大的飞机模型用细铁丝悬起，几乎离地两米高，就在表哥的头顶上，用它们无声的飞行填满整个空间——包括美军战斗机从首次设计到今天所有的机型。关于阿里的生活，我有所回避；我该怎么说，又该怎么解释呢？我反过来问表哥这些飞机模型，他内心的火花点燃了。他忘了其他的一切，咖啡凉了，在他玫瑰色的杯子里变成了冰冷的黑暗，他满怀激情，甚至是满怀爱意地谈论着每架飞机的英勇事迹，它们参加过的战役，以及它们得以闪光的机会。这是他的措辞，"得以闪光的机会"，因此它们在军中，在那些发现飞机模型之美的人的心目中变得出名并成为传奇。我看着窗外的暮色，它已落向这个位于世界偏僻一隅的奇特小镇上，这个地方远离我们了解的一切事物，尽管它高处的荒野上正在兴建一个国际机场，停机坪下古老的牧场自然受到了限制。夜晚降临，它用画笔把窗玻璃涂得漆黑，高高的路灯亮起，它们紧紧挨在一起，像是害怕黑暗，想要彻底结束它。我和表哥道过晚安，他独自留在小小的客厅，留在客厅的中央，陪伴他的只有玫瑰色杯子里的冷咖啡、座钟里的时间，以及他头顶上默默飞行着的十八架战斗机和轰炸机。

* * *

我穿过他家的院子，这是通往哈布那加塔街的捷径，我向右转，朝旅馆的方向走去。这是十二月一个漆黑的夜晚，但头顶的路灯却很耀眼。光线太强，以至于凯夫拉维克或许没有任何黑暗之地，除了一两户人家的后院，还有住着两只猫的一栋破旧的双层木屋。我走到新影院，天色突然变得暗沉，起风了，下起一阵冰雹。我沿着哈布那加塔街奔跑，经过"1976年1月"酒吧，再跑三百米就是飞行酒店了。酒店外的四面旗帜分别代表冰岛、挪威、美国和欧盟，它们向着同一个方向飘动，拼命逃跑，冰雹仿佛是来自天堂的惩罚，倾泻而下，猛烈而微小的拳头击打着我和停车场的汽车。最后几米我全力奔跑。

  酒店看起来空荡荡的，我几乎一打开门，冰雹就停了。只有沉寂向我打招呼，我意识到自己饿了，我还没吃饭——除了表哥家的一块大理石蛋糕——上一顿饭还是在港口上狼吞虎咽而下的"限额欺诈"汉堡，当时海鸥在空中犹豫地盘旋着，天色有些浑浊。凯夫拉维克的天空很少有明媚的时候，除了一些风平浪静的日子，但这种时候十分罕见，那时的清晨安静得就像有人死去了似的；其他时候，风似乎总能卷带着点什么，让天空肮脏不堪，能见度大大降低：干土、灰尘、海上的泡沫、失望和失业。在酒店里能清楚地听见旗帜在猎猎作响，但除此之外，寂静十分深沉，我甚至能听见长长的、向外凸出的接待台上方八国时钟的指针轻轻跳动的声音，东京、悉尼、纽约、伦敦、开罗、莫斯科、新加坡和凯夫拉维克的时钟正在一秒一秒地跳动着。每一只钟都按照各自的时间走动，清楚地看着穿门而入的人，像是在提醒人们每一秒世界上都会有事发生，我们却毫无知觉，提醒我们自己如此无足轻重，所作所为如此无关紧要。

我的心跳得比平时更快；我感到有些不自在，寂静和时钟的嘀嗒声让我焦虑，记住时间，倾听它在你头顶跳动并不那么容易，那就像倾听死神的脚步声从远处传来。也许我们不该过多地思考时间，它让我们如此不安，让我们的脚步变得沉重，提醒我们生命的流逝快得远非我们所能理解，有时候不到一瞬。你很年轻，可又不年轻：将近三十三年前，我和阿里一起，就正是站在这个地方，或者说离它很近的地方，接着我们又站在斯库利百万的冷冻室外，刚刚关上奥斯蒙迪尔和居尼尔迪尔身后那扇沉重的门，我们直挺挺地站着，就像哨兵，就像生命和我们各种冲动的仪仗队。

三十三年了。

我深吸一口气，像是在闻鱼和鱼类加工的气味，闻一段旧时光的气味，闻一座大约三十年前被烧成灰烬的建筑的气味。那时候限额制刚出台几周，凯夫拉维克就被剥夺了捕鱼的权利；建筑随着主人的债务，随着人们的生计一起化为灰烬。这座钣金包层的木质建筑几十年来一直是凯夫拉维克规模宏大的冷冻厂之一。我深吸一口气，闻了闻工厂和冬季的气味，那个天寒地冻的冬季，我和阿里的工作很辛苦，我们整天泡在鱼下脚料、男人的咒骂声和女人的下流话里。表哥告诉我酒店经理不是别人，正是西加，西里聚尔·埃吉尔斯多蒂尔，我和阿里的老朋友，但这并未缓和我内心的骚动，我们第一次遇见西加，是在一九七六年一月的一个清晨，当时她躺在马路上，戈用脚死死踩住她。从那以后，我们再也没有见过她，直到二十世纪八十年代末，当时我们已在德朗盖岛鱼类加工厂上了几周班，拆除烘干架以赚取我们印

173

刷一本诗集所需的费用。我们已经二十五年没见过她了,不过偶尔也听说过她的事,除此之外,还曾起劲地在《每周新闻》上阅读她充满激情、偶尔夹带粗话的文章,这些文字在她的系列文章《谁是冰岛的主人?》中达到顶峰。这个系列让她失去了工作,此后我们再没听说过关于她的任何消息。她最后竟跑到凯夫拉维克做了一家四星级酒店的经理——那只野猫!谁又能预料呢,难道她看起来必须身量苗条、充满活力、焦躁不安,并且带有一些我们永远无法确认的东西吗?

沉浸在回忆和往事中的人容易忘记自己身在何处——此刻在酒店接待处的并不是只有我一人。感觉有些异样,我从回忆中抽身,抬起头,目光对上一位酒店员工,他站在向外凸出的桌台后,或许已经站了一会儿了,他很沉默,是个大个子,身高将近两米,肩膀很宽,仿佛他的降生是为了负担一些极其沉重的东西:水泥袋、我们的失望和世界的重量。当我向他询问的时候,他那张强硬而毫无表情的脸几乎变得敌意十足,这个大个子盯着我,也许是我问得有些急躁,把他吓了一跳,你把西加藏哪儿了?我是说西里聚尔,你们的酒店经理——我是她的老朋友!

男人把他的大手放在接待台上,像是为了展示他的力量。她不在这里,他说,他的声音像一台强力的柴油发动机发出的轰鸣,一辆大型的SUV。接着他把我带进餐厅。我看见阿里坐在一张靠窗的桌边,面向哈布那加塔街,面前摆着一本书,他读完几行,抬头看了看窗外,仿佛正在对比书里的文字和外面的世界。

* * *

他在阅读但丁的《神曲》，这三本书描述的是但丁穿越地狱，再经历炼狱，最终抵达天堂的旅程。阿里正身处地狱，我说，在文学领域很难再有什么比它更深刻的了。我在桌旁坐下，呷了一口阿里给我点的啤酒，一瓶黑卡尔迪，我喝了两大口，感觉啤酒在腹中慢慢流动开来，接着到来的微醺感十分美妙——生活也没那么糟糕，我说。是的，阿里表示认同，他合上书，合上但丁，合上地狱，合上诗歌，有时候诗歌似乎没有边界，因此能够永远地、更长久地、更深刻地、更高尚地传承下去，以便寻找我们并不了解却依旧渴望的东西。

餐厅里没几个人，除了我们之外只有四个人。一对步入中年的美国夫妻，两个人的身材都很肥胖。还有两个看不出年龄的男人；他们是挪威人，阿里说，两个人看上去都睡眼惺忪，像是厌倦了生存，厌倦了身为挪威人，那个地方坐拥丰富的石油资源，是世界上唯一一个没有债务的国家，厌倦了财产、富足与安全。

阿里：他们是西于尔永市长邀请来的客人，再过几天就是市长的六十大寿，他要办一个聚会——这些都是他在田纳西大学行政和市场营销专业的老同学。

挪威人，我说，他们很有意思。你会有这样的印象，他们都是谨慎、虔诚、诚实和健康的人，因为他们经常滑雪，此外，他们还颁发诺贝尔和平奖——好像和平就住在挪威似的。然而，有史以来最著名的挪威艺术家却是一位半疯的画家，他那些令人过目不忘的画充满了黑暗、不安和情欲的张力，是的，充满一切一般来说不会和挪威人扯上关系的东西。

阿里：我是从机场坐出租车来的，尽管不是直奔酒店，因为我就像一个白痴，让司机先开到桑德盖尔济，这条路绕得有趣极了，你永远也猜不到司机是谁，随你猜一整晚！不过，在开往酒店的途中，我看见了挪威国旗，就问了几句，挪威国旗，我说，我问司机挪威游客是不是真的是来凯夫拉维克挥霍钱财的。然后，她，一个女出租车司机，告诉了我一个博客，这个博客显然已经成为凯夫拉维克的热门话题，一些人对它很狂热，另一些人则希望它关闭。她说，博客最新更新的内容是一篇关于挪威游客的文章；我刚刚读完，她说。回到酒店房间之后，我也读了，文章说挪威人不仅仅是作为生日聚会的客人和老同学来到这里，同时，或许最重要的，也是作为西于尔永试图引进的美国公司的员工，随之而来的还有就业领域的希望。在我看来，这些挪威人既是形象顾问，又是营销专家。

形象顾问和营销专家，我自言自语，这难道不是魔鬼与天使的结合吗？

在但丁的地狱里给他们找个住处也许不是什么难事，阿里笑着说，用手拍拍书，后来我认出了这本书：这是阿里的舅祖父，特里格维，将近一个世纪以前从一位旅行中的推销员手里买回的丹麦语旧译本，他读过多遍，接着传给阿里的伯伯索聚尔，他们两个人在空白处做了许多笔记，对文本的回应，生活的反思，其中一些评论就如同那本书的内文一样，那首七百年前的诗歌，深深触动了阿里。我忍不住要说：他读的不是新译本，而是在时间和思维方式上更接近我们的丹麦语旧译本，因为大多数译本似乎都比原文老化得更快；这是文学的奥秘之一，尽管译本有其自身的重要性和品质，但似乎与之联系更为紧密的是它们存在的时代，而并非原著。我没法开口问他为何不挑一个新译本阅读，因为服务员正拿着菜单来到我们这桌，让我惊讶的是，服务员正是带我进餐厅的人，那个在接待处一脸严肃地盯着我，当我问起西加，就把一双大手放上桌面，像是在对我展示自己的力量，甚至意图威胁我，或者干脆让我闭嘴的人。此刻他完全变了个人似的，脸上挂着温暖的笑容，原本咆哮的声音变得令人愉快。他一边微笑，一边麻利而友好地给我们递来菜单，尽管他专业又礼貌的态度几乎无法削弱从他身体里满溢而出的巨大力量。他怎么没在别处，用健壮的手臂和宽厚的肩膀去拯救世界呢？等他走开我低声说道。我们点了烤鲽鱼配朝鲜蓟作为开胃小吃，主菜是羊肉，正如菜单上写的那样，"来自北部的荒野，那里的山呼吸着天空"。

阿里：我想你肯定是好莱坞电影看多了，满脑子都是英雄用他们的勇气和肌肉拯救世界。体力的时代已经过去了。狡猾比长矛跑得更远。我真正想说的是，西于尔永费了很多工夫想把这家美国公司引入凯夫拉维克；如果公司在这里开设店铺，那将会是一场真正的政变。不过，这是个微妙的问题，一项难以达成的协议，因为这家公司专门处理美国的工业废品，并且有意购买赫尔古维克的废品处理设施。对凯夫拉维克来说，这是一笔大买卖，能在一夜之间解决所有的问题。这难道不是太合适了吗？这五十年来，我们从美国人和他们的军队那里得到了不少好处，如今还能从他们的废品中获利。

在我看来，这都是很不着边际的事，我一边说，一边摇头，没人想要处理工业废品，更别说其他国家的废品了！而且一家美国公司为什么要雇用挪威人呢？

阿里：这一点显而易见：因为大家都信任挪威人。他们，如你所说，都是一丝不苟的人。他们颁发诺贝尔和平奖，住在世界上最富有的国家，但性格却很谦逊、不张扬。你几乎没法把不好的名头强加在他们身上。不过这当然是不着边际的事，你说得很对！经济利益才是人类社会背后的驱动力，这就是简单的解决方法看似遥不可及，甚至幼稚的原因。我们正在用自己的生活方式摧毁地球，这一事实每天都摆在我们面前，可我们却无所作为，不去改变，好像我们根本不在乎我们的后人一样。我们无所作为，无疑是因为我们的自我感觉太好：那些生活优裕的人并没有兴趣努力改变世界。那些想要操控我们生活的人很清楚这一点——那些看不见的，大工业和连锁零售企业的所有者，或是任何可能的人。他们的目的就是维持现状。或者，假如你愿意，也可以说成是维持荒谬的法则。

荒谬的法则，阿里重复道，似乎他接下来要说的就是荒谬和不着边际的一面，他开始说起和奥斯蒙迪尔的重逢，说起那根为了验证谎话而插入他直肠里的手指。我不知道更该相信哪一种说法，究竟是他口中那个大腹便便，已不再高大、强壮、光彩照人、出类拔萃，甚至和这些一点边都不沾的中年海关官员奥斯蒙迪尔，还是阿里不得不脱得精光，俯身趴在凯夫拉维克一张小学课桌的小讲台上，以供他的表弟，同一个奥斯蒙迪尔，把食指插入他的直肠？我唯一能说的，以一种相当沮丧的口吻，仿佛世界的荒谬已经消除了我的怨气,就是:我原以为他们的追求是不同的。阿里微笑着,脸上全是昔日我所熟知的那种表情,一种难以言喻的表情,像是在说,对于这个世界,我们究竟了解什么?

是的,我们究竟了解什么?

尽管如此,事情还是有光明的一面,以助世界变得更好:这里的食物绝对上乘,服务员推荐的阿根廷红酒使菜的味道更加可口;当大个子问我们是否满意的时候,我们赞不绝口,他笑得很开心,像个大孩子。我们没有恭维的理由;菜肴的品质的确让我和阿里印象深刻——主要是因为有手艺如此高超的厨师,如此优质的餐厅,应该隐藏在凯夫拉维克;没有人会将这片黑暗之地和烹饪艺术联系在一起,自本国成立以来,这一小片土地上的冰岛人挨饿最多,苦难最深重。如此优质的菜品令我们感到惊讶,并没有多少人来到这片不幸之地寻找答案,寻找某种可以信赖的事物,除了我和阿里。那对美国夫妇正用勺子互喂对方吃布丁——丈夫穿着百慕大短裤,他粗壮的小腿肚上血管肿胀,它们像小溪一样蜿蜒而下,马上就要淹没河岸——而两个挪威人看起来憔悴而佝偻,像两把大刀。在其他任何地方,报纸上都会刊载有关这家餐厅的文章;在其他任何地方,你都需要提前预订。显然没人会想到在凯夫拉维克还有这样一流的餐厅,连本地人都不会光顾,他们也许更喜欢镇上无数售卖汉堡和热狗的快餐车。酒店的厨师很难媲美约恩尼汉堡的人气。

我和阿里喝完瓶里的酒,又点了威士忌;我们的选择堪称典范,夜幕降临在小镇上,居民们的生活节奏因黑暗而变得缓慢,至少大街上来来往往的汽车开得更慢了,几乎算得上是小心翼翼，仿佛有什么东西就要被打碎：夜晚，路灯的光芒，生活。我们向窗外望去，看着酒店对面那排斜斜地排列着的房子。这是格洛津餐馆以前的地址，我说。阿里说，是的，就是那里。

格洛津——余烬——过去一直是西南区的唯一的餐馆，总是人满为患，自从雷克雅未克的一家报纸，《冰岛晨报》或《每日时报》，也可能是《周末邮报》对它进行报道后，它拥有了很大的名气；尽管记者的兴趣主要在于悬挂在其中一张餐桌上方的四名美国宇航员的大幅签名照。二十世纪八十年代初，这些宇航员来到冰岛，为一次最终未能成行的月球探险进行集训；我和阿里在去德朗盖岛鱼类加工厂上班的路上，曾撞见过他们两次，他们在米涅斯荒原之间漫无目的地徘徊，仿佛正在无望中寻找某种极其珍贵的东西，寻找从这个世界上遗失的东西。偏僻的荒野和它的孤独本是为了帮助宇航员们做好心理准备，以适应月球上的景观，适应孤身一人站在月球表面，站在不祥的寂静中俯视地球——我们的蓝色居所——时感到的不安与痛苦，那就像难以忍受的孤独渗入他们密不透风的宇航服。

出于某种原因，宇航员们更喜欢去格洛津吃饭，而并非基地中的军官俱乐部，尽管后者的食物更好吃，可供选择的酒类也丰富得多。格洛津给客人供应有鸡肉和薯条、羊肉配焦糖土豆、炸鳕鱼配洋葱薯条，还有三种品质低劣的红酒。当然没有啤酒；冰岛允许售卖啤酒是几年后的事了，但那时市面上的伏特加却很多；这些宇航员们每晚能干掉一两瓶。这张长约七十厘米、高约八十厘米的大幅人像照在餐桌上方挂了很多年，照片里的他们看起来全都醉醺醺的。当地人都希望能坐在这张照片下面，坐在著名宇航员坐过的位子上就餐,他们更接近天堂,那是普通人一生都梦寐以求想要抵达的地方。太空英雄,群星的朋友。照片里的他们看起来心情不错,像是在笑,不仅如此,其中两个人似乎还在摄影师按下快门的瞬间大叫着什么。他们非常开心,其中一名宇航员在照片底部潦草地写了一句话:

格洛津很棒,堪称一绝——
它应该被搬上月球!

美国夫妇站了起来,两个人不知是因为喝得太多还是体重太重,走起路来一摇一晃的,妻子像少女一样咯咯地笑着,丈夫把粗壮的胳膊搭在大个子服务员的肩上,似乎有意让这对肩膀暂时帮忙分摊一下自己的体重,好得到片刻喘息,或是想确认这对肩膀能够承受多少重量,是否可能承受整个世界的重量,他接着说,声音很大,足以让大家听得一清二楚,他知道这座小镇,曾在这里当过兵,驻扎在基地的某一处,就在那片该死的、上帝都不情愿认领的荒野上,别说上帝了,连魔鬼也不愿意,他又补充了这一句,接下来有好一会儿,他没再开口,仿佛在充分领悟自己的话,后来他接着说,胳膊仍然搭在服务员肩上,真该死,二十世纪七十年代,我是一名该死的宪兵,他突然大喊一声,从一九七五年到一九七八年,去他妈的!我和阿里迅速交换了眼神,我们都记起,同样在那个时候,一九七六年一月那个星期六的清晨,也许就是他在格赖璐丝闸口站岗,他一脸严肃,看着货车如同受伤的巨兽一般缓缓驶过。有趣极了,服务员说,真是有趣极了，他使劲盯着那个美国人，仿佛正努力想象那位年轻瘦削的士兵就住在他庞大的身躯里。

阿里：时间带我们前往陌生的方向——大多数都出人意料。

夜色愈加深重。

挪威人已经回房间了，其中一个手里拿着黑色公文包。他拿包的样子仿佛正把我们的命运握在手中；那些统治世界的人不再东奔西跑，到处喊叫，他们避开报纸头版，隐身在幕后，我们几乎察觉不到他们的存在，他们会变成空气，形影模糊，假如我们联合起来对付他们的话。

服务员清理了挪威人的餐桌，每个动作都显示出他健壮的体格，他无法将之隐藏，阿里看着他。阿里的眼神很遥远，似有无限悲伤，和刚才一点也不像，是的，刚才他的眼神自然也流露出一丝悲伤和懊悔，但仍是喜悦的，这双眼睛能够轻而易举地变成两只活泼的小狗。我想念那些小狗。

其中一个挪威人又返回餐厅，对服务员说了几句话，服务员点点头，走进厨房，挪威人站在桌间，长长的胳膊悬在身体两边，他低着头。他看起来好像被孤独和憔悴打上了烙印，让人不快，就像一把长刀——突然，他让我意外地想起我们的恐惧。不一会儿，服务员就回来了，手里拿着一瓶威士忌，拉弗格，一种苏格兰威士忌，带着一股浓重的烟熏味。他递给挪威人，后者向他道了谢。我看着他离开，正想说说和刀与恐惧有关的话题，但这时阿里开始朗读《神曲》，他用丹麦语小声读了几行，好像它们能帮他更好地理解这个世界似的。接着他合上书，若有所思地说，仿佛被自己的话吓了一跳，是的，也许贪婪是最恶劣的罪行；它是人类的黑洞。它吞噬一切，只留下悲苦与空虚，绝望与无聊。

你是在描述自由主义的世界吗？我问道，顺便喝光了杯里的威士忌。还是仅仅因为难以忍受？

我只是在思考那个博客最近更新的文章——等你的时候，我在手机上读过了，文章说贪婪是人类的黑洞。想要统治世界的人首先必须让我们相信我们总是有更多需求，让我们相信今天的我们比昨天值得拥有更多。权力的秘诀和它巨大的影响力，就是让我们变得贪得无厌，变成瘾君子。

一切会在黑暗中结束吗？

至少是一次唯物主义的胜利，没想到阿里竟然这样说，而且一副高兴的样子。他看着窗外的汽车在哈布那加塔街上穿行不断，看着那些家用轿车和SUV。一辆巨大的白色货车慢慢驶过，大小几乎相当于我们在斯库利百万工作时用的卡车，司机摇下车窗，伸出赤裸的胳膊肘，他把音乐声开得很大，我们在酒店里都听得很清楚，立刻听出了这首歌——布里姆克洛乐队的一首苦乐参半的歌曲《我永远不会忘记你》，出自他们一九七九年热卖的专辑《真正的流行歌曲》。[1]比约格温·哈尔多松那醇厚柔软的声音充满了大货车，在哈布那加塔街上回荡，溜进窗缝，进入我们的耳朵："请握住我的手/无论我去向何方。"

---

[1] 布里姆克洛，冰岛流行、乡村和西部音乐乐队，成立于1972年。主唱是比约格温·哈尔多松，又名博或博哈尔，1951年出生于哈夫纳夫约杜尔，在其整个职业生涯中，他一直是冰岛音乐界的杰出人物。《真正的流行歌曲》（冰岛语：*Sannar dægurvísur*）；《我永远不会忘记你》（冰岛语：*Ég mun aldrei gleyma þér*；作词：约恩·西于尔兹松，作曲：马丁·罗宾斯）。

动听的老歌。

这首歌像昔日的时光一样击中我们,像箭一样穿透我们,箭头沾满悔恨、毒药和指责。又是一批旧时的货物,仿佛有人特意运来这辆播放着这首歌的卡车,只是为了分散我们的思绪,让我们安静下来,让我们的回忆开始转动,盼着它们能让我们忘记现在,忘记人类的黑洞,忘记我们的过失,忘记并让我们停手,别再追究令人疑惑和头疼的问题。真正的流行歌曲:"请握住我的手/无论我去向何方/因为我永远不会忘记你。"

北峡湾

——过去——

把我送上月球!
但是首先,完成数学作业;
东峡湾的一个女人变成了
一具活木乃伊。

　　玛格丽特站在屋外,倚着墙,望着大海,望着山上的颜色。自老人过世,小儿子一落地就夭折,已有两年时间。两个女儿都在屋里,一起在地板上叽叽喳喳地玩贝壳、羊骨和娃娃;听着她们嬉闹的感觉真好,日子很平静,平静得甚至能让索聚尔得到允许和父亲一起出海,父子俩和特里格维一起走到船上。有时候我会让你来驾驶斯莱普尼尔,出发前特里格维在厨房里对索聚尔这样说,因为每次你爸爸都会喝咖啡,除了咖啡他什么都想不起来,这个时候我需要你来把握方向!
　　玛格丽特照例出门看看天空,确认天气是否有变化的可能,并没有确切的迹象表明天气会变,可现在已是十月末,宁静安详的天气可能会在顷刻之间变得极为凶险。索聚尔远在海上的事实很难让人接受,他才九岁,可海却宽阔得让人害怕。索聚尔兴奋极了,几乎忘了和她告别,她不得不抱住他,不断亲吻他的脸颊。妈妈,他不耐烦地说着,想要挣脱她的怀抱。他的眼睛看着这两个男人，奥迪尔和特里格维，他们两腿分开站在那里，等待着，像某种不可战胜的东西，像他渴望成为的样子。她像一个傻瓜，久久地抱着他，她知道，她感觉得到，仿佛自己就要失去他。仿佛他们要把她的儿子从她身边带走，也带走他的脆弱，他的梦想，所以她才久久地抱着他。

两年过去了，小男孩一直躺在地下，可他永远也不会知道这一点。他的小脸是那样纯洁，他从不曾奔跑过，从不曾闻过气味，从不曾感受过夏天是多么温和柔软，冬天是多么坚硬冷酷。他和他的祖父一起被深埋在地下，一个活得太久，一个根本不曾活过。

儿子出生几个小时后，奥迪尔才赶回家，他本是回来安葬父亲，没想到还要和自己的幼子告别，那个孩子甚至连生存的机会都没有。他赶到的时候，玛格丽特正躺在床上，她不能起身，不能进食，不能说话，不能思考，不能痛哭，只能怨恨这个世界。后来奥迪尔来了，他或许话不多，也不善言辞，却说出了一句动听的话：我们会一起渡过难关，接着把她抱在怀里。这也许是他曾做过或说过的最美好的事了，正因为如此，她才落下眼泪。

在户外逗留许久后，她进了屋，宁静的天空为她的心注入些许沉静，女孩们不再闲聊，她们拿来索聚尔的海螺，正坐在一起听，神情专注。玛格丽特微笑着，轻手轻脚地走过去，以免扰了她们，你能听见大海吗？小妹妹奥洛夫问她的姐姐；听不见，胡尔达回答。我也没听见，奥洛夫说，她的声音听起来失望极了，玛格丽特不由得转过身来看看她。也许只有男孩才能听见大海吧,胡尔达说,所以爸爸给了索聚尔一只海螺,却没给我们。

奥洛夫:爸爸总是出海。

胡尔达:是啊。

奥洛夫:索聚尔很快也会出海。

胡尔达:是的,很快。等他个子再高一点。

奥洛夫:我们不去吗?

胡尔达:是的。

奥洛夫:不管我们长得多高?

胡尔达:别说傻话。我们是女孩。

奥洛夫:所以我们不能经常和爸爸还有索聚尔在一起。

胡尔达:是的。

奥洛夫:真不公平!我不喜欢这样!

我们是女孩,胡尔达又说了一遍,她用一种大人的口气接着说,将来你是要嫁人的,他会照顾你。

可我想自己照顾自己。

我知道。我也是。

我也想得到一只海螺,能听见大海的声音。

你会得到贝壳的,胡尔达说,她的声音重新恢复了稚嫩。奥洛夫开始哭了,她抽着鼻子说,我也想要爸爸给的海螺,我想要一个和索聚尔的一样的爸爸。

胡尔达:可他的爸爸就是你的爸爸——我们共同的爸爸。

不是,奥洛夫大声喊道,她跳起来,把海螺扔到一边,从房间里跑出去。

* * *

玛格丽特知道她应该追出去,安慰奥洛夫,让她平静下来,抚慰那个毫无征兆的、突然在她内心绽开的伤口,可她无法行动,就那样无力地站在厨房里,瘫痪了一般。

时间爬得很慢。我们越来越老,生命渐渐把我们遗弃,不为我们所拥有,一切不复存在。生命只有一次,我们只有一次幸福的机会,怎样才能尽力去拥有它?

幸福的瞬间。

她在日记里这样写过:我必须训练自己更多更久地享受它们,在我疲乏的时候让它们成为我的供养,如此我就不会有这么多抱怨了。

幸福的瞬间。

玛格丽特给索聚尔辅导冰岛语作业:描写北峡湾不下雨的一天。丹麦语作业:把下列句子译成丹麦语:从前有一位老妇人,她只有一个女儿。数学题:$4\frac{1}{2}$ m等于9克朗30奥拉。$7\frac{1}{2}$ m等于多少?

索聚尔是个勤奋的学生,满腔热情,有时候他表现得仿佛想去学习和了解世上所有的事物,他不断去问父亲有关捕鱼的问题,把新闻头条译成丹麦语,考试成绩一直是班里的第一名。两年的时间里,他每天起床先写一首诗,关于一天的计划,晚上再写一首,描述这一天是怎样度过的。玛格丽特为他感到骄傲极了,她必须更卖力地工作,对此保持低调。

她不得不卖力地工作,也因为她要抑制疲惫、沮丧和潜伏在她内心的不肯消散的黑暗,不让它们改变她的言行,扰乱她的心情。扰乱幸福的瞬间——他们又有了一个孩子,居纳尔·特里格维,一个漂亮的男孩,眼睛很明亮,天赐的宝贝,她有时候会这样唱:"天赐的宝贝,幸福的小鸟/快来依偎着我吧。"该怎么说呢,也有困难的时候。天气很恶劣,社会前景很黯淡,为了反对经济利益霸权,工人们进行着艰苦的斗争,她和奥迪尔也参加了抗议大会。奥迪尔身为船长和一艘高产捕鱼船的船主,受到了热烈欢迎。她无法常常参会,一个体面的女人不会扔下孩子去参加政治会议,后来不知因为什么,居纳尔的情绪开始不稳定,总是半夜醒来,接着奥洛夫也生病了,一连几天躺在床上发高烧,半夜哭闹,玛格丽特一直在照顾他们。照顾奥洛夫。照顾居纳尔。她照顾他们,日夜陪伴,一周又一周。正如我们所做的那样,我们照顾自己的孩子,保护他们,这是我们的目的,也是我们活着的原因。

外面的世界退潮了,村子里的生活、人们的挣扎、她的家庭紧紧抓住她,仿佛再也不许她去参与外界的事情。还有什么比我们的孩子更珍贵,难道他们不正是世间万物的意义、美丽和源泉吗?

然而持续的疲劳似乎并不尊重诸如"意义"与"爱"这样美丽的词语——有时候美丽的词语对她毫无帮助——它们反而像精美的包装纸,慢慢地在她身上安营扎寨,包裹着她,捆绑着她,越绑越紧,慢慢将她变成一具活木乃伊。活木乃伊,她写道。我应该让报纸知道这件事,当然应该!甚至雷克雅未克会有人这样发布新闻:"北峡湾的活木乃伊!"也许我会被送到国外著名的博物馆,这样我就能顺道环游世界了。哦,要是有人能把我送上月球就好了,我能在那里安安静静地睡觉。要想让这种事发生,我要付出巨大的代价!

* * *

把我送上月球。有很长时间,几周,甚至几个月,疲乏的感觉从未离开过她。包裹她,囚禁她,把她变成木乃伊,她梦想自己被送上月球,只为了能睡一觉,歇一歇,她的疲乏变成了她血液中的沙粒,日子不断拉扯她的神经,使之变成一根颤动的弦,每个小时都在弹拨同一首平淡无奇的歌,关于疲乏、失眠和麻木。没有睡眠和休息,我们就会垮掉,疲乏扭曲了我们的生存,把微不足道的日常生活变成从地狱运来的货物。

> (括号——略微提及我和阿里的
> 外祖母,她像月亮一样美丽,
> 她的头发就像黎明,
> 她的双乳就像獐鹿的幼崽)

我们的外祖父曾是一名水手,但后来做了粉刷匠,开始在雷克雅未克,后来去了挪威的斯塔万格镇。阿里写过一本与此有关的书。他是一个踏实肯干的男人,尽管外祖母的美貌一度险些让他成为诗人:他在东部的鲱鱼厂工作时,曾给她写过一封长信,那时他离家整整七周,对妻子和两个女儿的思念几乎难以忍受。每次闭上眼睛,他就会想象她们的模样,她们在梦里对他微笑,他能听见她们的笑声，能看见她们租住的地下室。她的头发像晨曦一样。他写给她一封长信，远在东边的海上，在汹涌的浪涛之间，他必须站稳身体才能下笔，一封长信，满溢着激情，他甚至写给她一首诗，为她的头发（就像晨曦）、双乳、微笑和耳朵而写，这是他六十七年的人生中写下的第一首，也是唯一一首诗。他一上岸就把它寄了出去，他为这首诗感到骄傲，却又有些害羞。他什么也不知道，什么也不怀疑，什么也不理解。

他不知道美丽如月亮、神秘如八月夜晚的她，既无法承受责任，也不能忍受极度疲劳，两个人的生命就这样交织在一起，成了一张魔鬼的脸，在她睡梦中纠缠着她，在她醒来时恭候着她；她屈服了，爆发了，崩溃了，沿着楼梯跑出了雷克雅未克老西区的地下室，丢下她三个月大的啼哭着的女儿，她躺在小床上放声大哭。她丢下大女儿，阿里的母亲，当时她只有十八个月大，正在感冒咳嗽，鼻涕不停地淌，拒绝进食，还打翻了母亲手中的勺子，母亲尖叫着，不停地跺脚，她们尖叫，号哭，三个人一起，最小的孩子因为疲劳和腹痛，大女儿因为身体不适和对母亲行为的惧怕，我和阿里的外祖母也在尖叫，因为世界上原本最美好的东西，最重要的意义，美丽与天真的源泉，应是自己的孩子，可孩子却把她的生活变成了地狱里的监牢。生活当然不该如此，充满没完没了的挣扎和长期的疲乏与失眠，可丈夫却远在海上，一无所知，童话消失了，蒸发了，她尖叫着，因为惧怕内心恐怖的幻象，惧怕耳边有人低声对她说要她去伤害自己的孩子，把她们打得闭上嘴，她对着已经变成荆棘的生活尖叫——她尖叫着，飞快地爬上楼梯逃掉，逃到街上，逃入酒精带来的自由，投降带来的自由。她再也不会回头。外祖父的信第二天寄到了。他们给他打电话,他匆匆赶回雷克雅未克南部的家,他走近地下室,看见的第一样东西就是这封未拆的信,和信封上那首愚蠢的诗——她从未读过。

九月还是八月?
无所谓了,最紧要的是
别在冰面上
滑倒,因此摔了
这个水鸟一样叽喳不停的小男孩

玛格丽特从来不会丢下她的孩子、她的家、她的责任和疲乏,更何况,她能逃到哪里去呢?内斯村和雷克雅未克的大街相比起来根本不值一提,后者有无数房屋、俱乐部和咖啡馆。而内斯村只有几条街道,剩下的都是木屋、渔棚、鱼、海和高处那些像生活一样陡峭的山峰,没有藏身之处,没有通往另一种存在的入口。

居纳尔是个性格温厚的孩子,头几个月里,他一直睡得很安稳,后来似乎有什么东西惊扰了他,他总在半夜醒来,哭上六七次,他哭得仿佛活着很痛苦,仿佛他想回到原来的地方,仿佛在请求母亲送他回去一样。时间过得很慢,像一只受伤的野兽,被碾碎的蠕虫,将大脑失去知觉,把它变成冰冻的苔原,居纳尔的哭声在那里回荡,听起来真像尖叫的小鸟,过了很久,他才平静下来,再次睡去。在最难熬的几个月里,每当奥迪尔不用在鱼汛期南下去霍尔纳峡湾出海的时候,他就睡在前屋卧室;假如睡眠不足，他就不会开船，他要对船员们负责，既要保证他们的人身安全，又要保证生产力，即有丰富的渔获，他对他们的家庭和村庄负有责任，鱼对我们来说意味着一切，是我们的阿尔法和奥米伽，假如没有鱼，年青一代人的经济、冰岛这个主权国家将会崩溃，之后我们很可能会忘记我们曾经脱离丹麦，完全获得了独立。奥迪尔必须坚守自己的职责，因此居纳尔一醒来，玛格丽特就马上起床，尽力安抚，帮他止哭，免得他闯入奥迪尔的睡眠，把他吵醒。

居纳尔五个月了，六个月了，七个月了，八个月了，每个月不过四周多，每周七天，每天二十四个小时，这段时间很长，是一条必须走完的路，一条似乎没有尽头的路。可是当居纳尔平静而欢快，像海鸟一样叽叽喳喳，当一切美好得如同伊甸园的缩影时，情况反而更糟，她什么都容忍不了，感觉头颅仿佛被劈成了两半。日子一天天来临又流逝，她不得不努力让自己不要尖叫，不去摧毁什么，奥迪尔想要碰她，可她却退缩了，僵硬了，她关起自己的身体，几个月的时间里，她只顺从了一次、两次、三次，他不会留下她一个人，像一只固执的苍蝇，再试一次，她打开自己，让他进入，打开自己的身体，她只想得到平静，尽快摆脱他。她一动不动地躺着，双腿分张，眼睛盯着天花板，盯着木头房梁，她奋力抵抗着浓重的睡意，可他就这样压在她身上，带着全身的重量，她根本无法入睡。他在她耳边喘息着，对她说话，可她什么也听不清，假如奥迪尔淹死了，她想，也许我能多睡一会儿。这种想法如此令人宽心，她在一瞬间想得出了神，奥迪尔只得重复一遍他刚刚说过的话。嗯，她懒洋洋地说，你不去清洗一下吗？他说了三遍还是四遍，语气很惊讶，或许还带着震惊，就像一种不愉快的感觉突然向他袭来，后来她才意识到他已经从她身上下来了，和她躺在一起，她的双腿仍然张着，她把衣服拉上来盖好，把手往下探，手指放在两腿中间，沾满了他黏黏的精液。

居纳尔哭了起来。他哭啊，哭啊，他醒了，一直醒着，哭得伤心欲绝，他怎会有这么多眼泪，人的头骨究竟能承受多少重压？

一天，她终于有了解决办法！

他一直在哭，但最终平静下来，又睡着了，然而哭声仍在她脑海中回荡，这样清晰，她不得不弯腰说服自己，孩子睡着了，安详而平静——就这样，她想出了解决办法！其中一个女儿有话对她说，可她却只是挥挥手，把她支开，堵住她的嘴，事实上，她感到自己失控了，快要爆炸了，她的头骨再也无法承受任何重量，她的血管在膨胀，眼珠向外凸。解决办法很明显——显而易见，事实上，她简直目瞪口呆，居然没有早一点发现。她冷静下来，小心翼翼地弯腰抱起居纳尔，又停下思考是否该带上特里格维送给孩子的布娃娃，想想还是算了，接着她走出去，非常小心，她很快就注意到路很滑，可还是有些吃惊，她忘了现在是什么季节，忘了季节之间的区分，她一边试着回想，一边缓慢地走下山坡，步履极其谨慎，以免摔了孩子。她在想现在究竟是九月还是四月，最终放弃了，无所谓了，最紧要的是别在冰面上滑倒。她盼望着自己很快能睡一觉。居纳尔不哭了，似乎知道等待他的是什么，并怀抱着期待，像她一样。她终于来到岸边，没有摔倒，这才想起自己忘了穿鞋，她打着赤脚，而且连外套也没

· 195 ·

穿；难以置信，假如人们有所耳闻，会说些什么呢？不过还好，她并不感到寒冷。所以现在也许是四月，是的，也许，她模糊地想起鱼汛期到了，奥迪尔已经南下去霍尔纳峡湾出海了，是的，已经四月了，夏天就要到了，太好了，她想，低头看了看居纳尔，他也看着她，但这一眼没有任何意义，她也没有什么感觉。夫妻之间的那根线明显被剪断了，这就是一切该有的样子，两个人都能停下来歇口气，这无疑是个很好的安排，他在海上，波涛摇晃着他，止住他的眼泪，而她则睡在自己床上。她笑了，忍不住笑出来，后来有什么东西碰了碰她的手肘，左边的手肘，一个声音喊道，妈妈。那里只有她一个人，一定是在叫她，所以她转身去看，九岁的索聚尔站在那里，眼中带着一丝困惑，身上也几乎没穿衣服。看看你，这么冷的天气，怎么穿得这么少？她说，因为太累，她连生气的劲儿也没了，她接着又问，你还好吗？因为他一直这样古怪地看着她，他是不是病了？咱们回家吧，妈妈，他说。接着云层仿佛裂开了一道缝，仿佛一种理解，一种觉知，在她的内心涌动。她低头看着居纳尔，看着海浪拍打着她的脚，沾湿她的睡衣下摆，那通常撩到她膝盖上面的下摆，她感到刺骨的寒冷，于是哭了起来。悄无声息。她跟着索聚尔回到家，瘫倒在床上，她几乎没留意到他把她冰凉的脚掌贴在了自己的肚皮上，那么小的肚皮，真不可思议，他怎能适应这样彻骨的寒冷，她想说些什么，也许问一问居纳尔的情况，问问他在哪里，但是在那一刻，一个庞大的东西进入房间，对她弯下腰，一种庞大又柔软的东西，是睡眠，她感到睡意蒙眬。我马上就睡着了，她开心地想，感觉自己睡得那样快、那样沉，她甚至不确定自己是否还会醒来。

> *夜晚就是夜晚，你看见的世界*
> *应该是我所看见的，应该按照我的意志存在*

　　毫无疑问，每个人都有必要走出常规，做一些不负责任的事情，不负责任地生存；粗心大意能够缓解疲劳，纠正生活的磁差：一个从不走歪路的人，会慢慢听不见自己的想法。

　　奥迪尔和特里格维乘着一艘小汽船出海了，船是特里格维的，他有空时就会驾驶着它在海边捕鱼，也因此赚了些钱。他们不需要走得太远，最好能看见村子，岸边成排的房舍像巨大的海鸟，无法飞翔。

　　最好再有点酒。

　　一切曾一度变得更简单，你听得见自己的想法，感到更轻快。奥迪尔望着陆地，那里已经变成一片深重而黑暗的阴影；现在是十一月，午夜时分，万籁俱寂，星星和月亮都隐匿了，没有什么能驱散笼罩在这片土地上的黑暗。他望着已经化作黑暗、成为黑暗的陆地说，你很年轻，接着就不再年轻了。你知不知道，一个多月前，玛格丽特赤脚走到岸边，只穿着一件睡衣，怀里抱着居纳尔，冒着霜雪蹚进大海，海水淹到了她的臀部？

　　特里格维：是的，我知道。

　　奥迪尔：她这是在搞什么？天气这么冷，孩子会生大病的，是的，她也会生病。我问她要一个解释，她告诉我她实在太累了，需要一些新鲜空气！那根本不是解释，是胡说八道。谁不累呢？

特里格维：你……

奥迪尔：你知道别人都在谈论她。

特里格维：人们都喜欢在背后谈论。

奥迪尔：妈的，你知道我在说什么。

特里格维：你应该多抱抱她，她和母亲很像，她是个……特别的人。我想她对生活的期待比我们的更多，所以情绪才容易波动——我不知道。况且小约恩的离开对她的打击很大，也许比我们想象中的打击还要大。是的，你应该多抱抱她。

好像我没试过一样，奥迪尔说，他凝视着黑暗，因为有时我们更容易去看什么都看不见的方向。他们什么也没说，只是喝酒，喝了很多，两个人都看着黑暗。我也不太确定，特里格维最后这样说道。是的，奥迪尔答道，我也不明白。

特里格维：我不确定我们是不是真的尽力理解过别人——我们真的倾尽全力了吗？而事实上，难道我们不是背道而驰，一辈子不断地努力，目的就是让别人像我们一样地去看世界吗？这难道不是我们的厄运？

奥迪尔：我不知道。我只知道正常的母亲不会冒着寒冷、衣衫不整地跑出家门，怀里抱着一个婴儿，蹚进海里。我只是不理解，也不确定你能不能理解。另外，我知道我们都喝多了，所以该做点什么，我们应该去鬼混，唱歌，摔跤，讲故事，看看漂亮姑娘，跟她们讲讲黄段子。你知道的，让大脑清醒点。

特里格维：正常的。什么是正常的，你能告诉我吗？你不可有别的神，《圣经》是这么说的。或者换句话说，除我之外，你不可通过他人的眼睛看世界。你看见的世界应该是我所看见的，应该按照我的意志存在。

奥迪尔：你书读得太多了，显而易见的事情在你脑海中反倒变得复杂。我不需要解释什么叫正常。那种东西你在吸食母亲奶水的时候就知道了，我不清楚，总之它是一种伴随你成长的东西。你依赖它。它能让一切各得其所，并且保证我们不失去对事情的掌控。当然，你可以表达任何你想表达的，可以左右为难，可以迷惑不解，但是不管你怎么说，都无法改变事实，我知道什么是正常，什么是不正常。

特里格维：正常，这正是我想说的：你看见的世界将按照我的意志存在。难道我们不都是这么做吗？我该怎么形容……这种侵犯……这种狭隘？我们真的努力理解过别人吗？我们试过吗？愿意去理解那些与众不同的人吗？比如说，在某些方面引人注目的人——因为谴责别人或许比试着理解他们简单得多。谈论让我们的生活变得更容易，这种行为或者思想本身就不正常，我要谴责！好像我们的生活会因为谴责别人变得更容易似的——你有没有发现我们就是这样做的？谁不想把日子过得更舒服？谁有权判断什么是正常的？难道"正常"这个词没有攻击性吗？也许"正常"是个坚固的笼子，囚禁我们所有的人？囚禁我们的生活？一个我们永远逃不出的笼子？也许除了喝醉的时候。

他抬起酒桶喝了一大口。

奥迪尔：你我喝的是一样的酒吗？

也许我们从没喝过一样的酒，特里格维说，接着他发动引擎，把船开走，驶向夜的深处，驶向海的更远处。特里格维开着船，走了很远，嘴里咕哝着什么，沉重的诗句，喝着酒。

我们要去哪儿？奥迪尔最后问他。

特里格维抬起右臂，向上举，指着渐渐浮现的、破云而出的月亮，那里，他说，我们要去月亮上。奥迪尔骂了一句。他了解他朋友的这一面，他庄重、戏剧化的一面；很快他就会朗诵一首关于心碎和情感的诗。有时候特里格维似乎没有这么好的酒量。奥迪尔回头看向陆地，它在朦胧的月光下尚能分辨；他惊讶地发现，船已行了这么远了，他伸手握住引擎，把它关掉，说：我们的燃料不够了，接着大海上的沉默将他们笼罩，它在寻找他们，使夜晚更加深邃。特里格维说，你说得对，假如你想去月球，必须有更多的燃料。你是个明智的人。和明智的人一起航行是一桩幸事。我的意思是，奥迪尔说，假如想靠着船的动力回家，我们就不能再往前走了。

特里格维：家？我住的地方在那里。

他指着月亮。

奥迪尔：没人住在那该死的月亮上。

特里格维：很长一段时间，我都觉得自己好像没有家。我一直不明白那种感觉。妈妈也说过同样的话，尽管从没对我们说过，她在日记里写过这种想法。

奥迪尔：写过她也住在月亮上？

特里格维：她有一本日记，有时候会这样写，通常先平淡地记录当天的天气，或是这个人那个人找她喝咖啡：我有时觉得自己好像没有家。或者：为什么我感到自己没有归属？那时候对我来说，不容易读懂这样的句子，也不容易发现她可能不开心。但当你在三十岁的时候醒来，会发现自己感同身受。所幸现在我明白了原因：因为月亮是我的家。我留在这里做什么？假如那里才是我的家，为何上帝不赐我一双翅膀，让我飞走？为何他不把我变成天使，那种半人半鸟的超凡的存在？我想挣脱生活的枷锁。我渴望翅膀。假如你没和我一起，我就会开着船去月球，一去不复返。

　　奥迪尔：你的燃料不够用。

　　特里格维：燃料用完的时候，诗歌就诞生了。

　　他从船上跳了下去。

凯夫拉维克

——1980——

铁托的心脏衰竭了吗?

时值二月,南斯拉夫领导人铁托的心脏似乎正在衰竭,这是阿里在《冰岛晨报》上读到的头版新闻;要闻是一颗衰弱的心脏。南斯拉夫是巴尔干半岛上的一个大国,大约有一千万居民,但此时他们的命运却因为一颗衰弱的心脏岌岌可危。它是否意味着世界关注的终究还是生命的重要性?阿里喝着粥。今晚的电视上,新闻解说员博吉·奥古斯特松会带来关于铁托心脏,以及假如这颗心脏衰竭的话,南斯拉夫将面临怎样的命运的特别报道。南斯拉夫的首都是贝尔格莱德。

清晨。寒冷与黑暗覆盖着凯夫拉维克和这座小小的宅院,夜空中布满星星,就像一首乐谱,就像美好,就像我们的渴望,可是天太冷了,我们无法抬头,寒冷迫使我们屈服。阿里读着关于铁托心脏的新闻,接着浏览报纸,随意读读,最后翻到漫画和体育版,像那样翻读报纸,每周六天——周一没有报纸——一整年,三百多天,每个清晨都会翻读,迷迷糊糊,昏昏欲睡,喝着粥,快速翻阅,尽管他很少仔细地读,除了体育和漫画版,有关文化和意识形态的内容也渐渐对他产生了影响,他突然意识到了什么,就像从漫长的睡梦中醒来,坐在餐桌旁,粥凉了,他父亲雅各布已经吃完早餐,倒了一杯咖啡,点上烟,跷起二郎腿,把手肘支在桌边,他吃得很饱,咖啡和烟草很香,一整天搬砖盖楼的活儿还等着他去干。继母出门了,她每天早上七点上班,把粥和他们之间的沉默留在家里。阿里突然意识到了什么,就像有人拉开一面幻象的窗帘——他看见了世界真实的模样。完全赤裸,毫无虚饰。他意外地感到他的世界观就在眼前。那些印刷在报纸上的文字和照片。多年以来他每天清晨翻读报纸,不自觉地接纳了里面的世界。一种世界观,集结稳固的观点、标准的形象,一切支配我们的东西,我们称之为主流观点的东西,我们称之为事实的东西。这是世界应有的样子和本来的面目,是我们对它的理解。

他又翻了翻报纸,发现真相属于雄性。不过第十三页有一张女人的照片,一位六十多岁的奶奶,住在华姆斯唐吉,她织了一双羊毛短袜,想把它们寄到南斯拉夫去,送给铁托,仿佛羊毛袜能治愈一颗衰弱的心脏,或是拯救南斯拉夫于水火之中。这当然是个善良的想法,不失亲切,但很幼稚。这就是女人的逻辑。另外,苏联领导人勃列日涅夫将和美国总统吉米·卡特举行会晤,商讨议程如下:核武器、导弹、冷战、坦克营和亚洲的经济利益。为别人担忧并不会被列入名单,羊毛短袜自然也不会。阿里把报纸翻到漫画版,那上面有两个女人:一个是一丝不苟的家庭主妇,而另一个即将被泰山拯救,她很脆弱,关心总是脆弱的。报纸背面是对三位年轻歌手的访谈,他们唱的都是情歌。勃列日涅夫和卡特,世界上最有权势的两个人,没有把爱提上议程,这显然不合逻辑。这肯定是个错误,因为我们最关心的莫过于爱和幸福。为什么幸福不在《冰岛晨报》的头版?为什么你不能刊登分类广告,要求得到幸福,得到一点爱，最好赶在周末之前去做：我渴望幸福，谁能帮帮我，亲爱的上帝啊，我多么渴望被爱！

雅各布清清嗓子，阿里从报纸上抬起头，父亲迫不及待地想要读报，父子俩都喝完了粥，此刻他们之间只有沉默，报纸是由男人们撰写和出版的，但十三页到三十五页之间仍有留给女性的空间，仍有编织和爱情的空间。阿里把报纸，把由我们撰写的世界推给父亲。四年前，他们把家搬到南方，驾着他们的"莫斯科人"从世界背后的萨法米利的公寓楼开进冰岛最黑暗的地方。在这所房子里，从来没人提起他的母亲，阿里很多年都没有大声说过她的名字，仿佛名字也随之死去了，她的唱片和书存放在萨法米利的储藏室冰箱上方的书架中，他也从没问过原因；他还记得那四本书的书名：《快点，快点，小鸟说》《燃烧的木头》《永别了，武器》和《静静的顿河》。[1]在储藏室被清空，他们搬去南方之前，这些书名就已经在他的记忆中留下了深刻的印象。随着时间的推移，它们渐渐变成重要的信息，在他读完这些书以后，这些信息才会挣脱束缚。当他准备好这样去做的时候，当他足够成熟的时候。一九七六年一月，我们跳上货车的事过后不久，他在读《快点，快点，小鸟说》，可什么也没读懂。书里似乎没有情节，没有明确的英雄，没有母亲给的确切信息，他想，等我长

---

[1]《快点，快点，小鸟说》(*Fljótt fljótt sagði fuglinn*，1968)，冰岛作家索尔·维尔希奥姆松（1925—2011）创作的小说。《燃烧的木头》(*Sprek á eldinn*，1961)，冰岛诗人汉内斯·西格富松的诗集。《永别了，武器》(1929)，美国作家欧内斯特·海明威（1899—1961）创作的著名小说。《静静的顿河》(1929—1940)，俄罗斯诺贝尔文学奖得主米哈依尔·亚历山大维奇·肖洛霍夫（1905—1984）创作的长篇小说，共有四部。

大后再读。我得再长大一点,先大量阅读其他的书再说。

他从不过问她的书和唱片,不需要问,也不敢问,害怕它们被丢弃。他看着父亲,他看报纸的时候面无表情,他看着他,心里明白,假如父亲扔掉属于她的东西,他永远不会原谅他,虽说"永远"还很久远。他看着父亲,透过将他们隔开的安静,他突然有一种渴望,几乎难以克制,渴望大声说出她的名字,她死去的时候快三十岁了,抛下一个婴儿,一个家,一些可能,她未读的书,未唱过的歌,未去过的城市。她的名字就挂在他嘴边,轻如鸿毛,重如铅块,他渴望把它扔在父亲脸上,当作一种惩罚,一种乞求,一座桥梁,一滴眼泪,一个拳头,一种绝望。

雅各布在头版读到铁托的心脏,当权者的心脏,一个男人的心脏,我们为它担忧,一个女人的心编织了羊毛袜,一个女人的心拥有美丽的声音,它唱着真正的流行歌曲。阿里一直看着父亲读报。假如一切突然逆转:报纸由女人撰写和发表;我们是否还需要翻到第十三页,去看第一张男人的照片,我们又会作何感想,以后的我们会和现在一样吗?我们的本质又会是什么,真正的观点是否还存在,难道我们只不过是一个装满主流观念和既定看法的容器——所以在生活中几乎没有独立思想,就算偶尔有所感知,它也会立刻被新闻、广告、电影和流行音乐所表达的标准观念消灭与扼杀?

这是一个二月的清晨,阿里被一种令人不快的猜疑,一种持久的感觉所困扰,他所看到的生活和世界只是别人做的结论,仅有一小部分世界观能够由他自己做主,仿佛已被预先设定好;可这又是谁设定的呢?

二月寒冷的清晨，我们走路时，他试图向我解释，他一边说，一边使劲打手势，找不出合适的词形容那种感觉或猜疑，他沮丧地跺着脚，仿佛他需要发明一种新的语言。星星在黑暗的夜空中闪烁，遥远的星光在高处闪烁，仿佛来自某种我们永远没有机会感受的生命。

和往常一样，我在上班途中顺道经过他家，在他所住的小房子门口的车道上等了片刻他才出门。他父亲在自己的拉达车车锁上浇了些温水，然后坐在方向盘后面想，假如第三次尝试能发动汽车的话，或许我们也能发动幸福。

我们步行去斯库利百万，尽管没走最短的路线；我们经常打旧城区穿过，感觉就像暂时从世界上消失了；我们走的路正是在凯夫拉维克的第一个星期六早晨和奥斯蒙迪尔一起走的那条路。阿里挥着胳膊，却丝毫没法帮他找到合适的词描述这伟大的错觉，描述对我们几乎没有独立思想的猜疑——我们头脑中的雷鸟太少，它们用白色飞行穿过错觉的黑暗。

我看着爸爸，阿里说——不，他说的当然不是"我看着爸爸"，因为有两样事物阿里没法大声地说出来："爸爸"这个称呼和他母亲的名字。他说，我看着这个老人想，他究竟是谁？为什么我对他一无所知，为什么早上我和他一起坐在厨房里喝粥的时候，我根本不知道他在想什么，为什么我们之间只有沉默？我不由自主地想，难道这种生活就是儿时住在东部的北峡湾的他梦寐以求的生活吗？

我们穿过旧城区。他父亲的拉达车差点把我们擦伤,红得像一颗淌血的心脏,可雅各布却表现得好像不认识我们,慢慢开车经过教堂,牧师站在台阶上,摆弄着大门想要打开,但不太顺利,门仿佛被寒霜冻住了,拒绝让他进入,仿佛上帝拒绝了他。他踢着门。暴力一直是教会历史上不可分割的一部分;残酷、虐待、对权力的渴望、无情,然而教会理当成为我们对上帝的祷词,对人类的安慰,对地球和谐的夙愿:很不幸,我们失败了。

他又踢了一次门。

做个男人很难,当你一事无成,当安慰变成侵略,当门拒绝为你打开,当妻子不再爱你,当她每天早上一如往常给你泡咖啡,接着宣布,好似晴天霹雳、当头一击,她也许不再爱你了。要这样表达:也许不再。她一边说着,一边把滚烫的咖啡倒进他的杯子。接着开始指责他失去了激情和青春的火花。有那么一刻,她说,你觉得一切都有可能。看看你当时说话的样子:仿佛一切都有可能,你说得激情澎湃,让我情不自禁爱上你,身不由己。你说每个人都有同样的机会,区别在于是否拥有火花,并且能够让它保持活力。我们都有梦想:你想把世界和人们的生活送到离天堂更近的地方,我想找到一份合意的工作,学习钢琴和法语,可现在我却在带孩子,给你煮咖啡,我十年都没去工作了,我的文凭就像过去的一种误解,我感觉自己好像被人从生活中删除了。你思考得更多的是推动你在教会的事业,跻身于凯夫拉维克的教会圈子,而不是让这个地方接近天堂。你曾有过火花;所以我爱过你。这火花似乎早就冷却了;这让我怎么继续爱你?怎么继续和你在一起?

他在踢门,它和幸福一样闭而不开。他转过身,看向大海,已经记不起自己最后一次想到幸福是什么时候,他太忙碌,而现在他被当头一击,也许一切都太晚了,你已失去了自己不曾考虑过的东西,失去了不曾培育过的东西。他站在教堂的台阶上,看见我和阿里,他们还年轻,我应该过去告诉他们,劝他们不要失去我曾失去的东西。

可他哪儿也没去,反倒是坐下来,点了一支烟,那样子就像喝醉了,铁托的心在报纸头版上孱弱地跳动,我们穿过旧城区,经过我们表哥的房子,那座多年后我将住进的小木屋。他发动了汽车,备胎在后备厢里,但少了内胎,刚好腾出空间,能在中央放二十瓶左右的百威啤酒。他愉快地挥手打招呼,看上去总是那么开心,我们回应了他的问候,接着走上哈布那加塔街,下个星期四晚上新影院会上映一部丹麦情色片,两个袒胸露乳的女人装点着海报,她们在笑,乳头很坚挺,我们真想停下来看看那些乳头,好好看上一会儿,我们在寒冷中兴奋起来,阴茎向上勃起,指向天空,仿佛在对上帝表达敬意,表达感激,以权杖的模样。

斯库利百万冷冻厂,西班牙尤利
还有她,我们背叛的那个人

斯库利百万是凯夫拉维克一个重要的工厂,大约有五十名工人,他们的年龄介于十六岁至七十岁,有男有女,这五十个人从没住过旅馆,或是在高档餐厅吃过饭,这些东西都是洋玩意,电影，爱情故事，雷克雅未克，不属于现实生活，现实生活只有鱼，鱼下脚料，捕鱼和港口的喧闹。

我和阿里走进斯库利百万，若说它的五十名员工没有一个住过酒店、下过馆子，其实并不准确；这是夸张的说法，因为尤利，拿他举个例子，他是开叉车的，去年夏天和女友一起去了西班牙，那是一次难忘的旅行，虽说他实际上没什么印象。那是一九七九年夏天，冰岛啤酒合法化的十年前，没有购买啤酒的门路，除非从基地或者外国船只上走私，或是出国途中从机场购买。一个男人在登机前少说也要喝上三四杯啤酒，上了飞机还要继续喝，才算有种；在西班牙，一个男人假如能稳步走下舷梯，那么他几乎无法在男人堆里得到认可。尤利可不是懦夫——否则他就不会开叉车了。他沿着舷梯趴下，一个劲儿地傻笑，几乎站不起来，在烈日下整整三个星期，他都醉醺醺的，连做梦都是，他几乎什么也不记得，皮肤被严重晒伤，债台高筑，女朋友离开了他，或者说，她无所谓离不离开，她和一个该死的英国佬睡觉被他逮了个现行，她几乎不会说英语，并试图以此作为掩护，让他相信这只是个误会。但尤利没这么傻，当他走进他们的房间，发现英国佬正从后面干她，像一只发情的狗，女友脸上没有任何"误会"。尤利什么也没说，只是看着他们，仿佛在恍惚中看见英国佬撞击着她的屁股，她的奶子不停地晃动，而眼前这个男人也没必要停下，或是放慢速度，尽管尤利正张着嘴站在这里。最后，尤利清醒过来，匆忙抓起一件衬衫、裤子和一沓钞票，大步迈出她的生活，她大声喊着他的名字，苦苦哀求，尖叫着说这完全是个误会，一个他妈的相当可怕的误会，他想，他大摇大摆地走出她的生活，旅行的最后两个晚上他在户外过夜，他的皮肤就是在那个时候被严重晒伤的。他在一家妓院散尽剩下的钱，在那一年，除了"西班牙尤利"，他没有别的称号。

斯库利百万是由三兄弟经营的，他们是斯库利的儿子，斯库利在二十五年前建起这座冷冻厂，他是凯夫拉维克居民中的第一个百万富翁，从那以后，他就得到了"斯库利百万"这个称号。他于二十世纪七十年代末去世，活了七十多岁。当时，他正坐在棋盘边下棋，他走黑子，只剩两步就能将死对手，他展示了出色的棋技，这场精彩的对弈如今被详细地记录下来，悬挂在公司办公室的墙上，在那里，下棋比赛一场接一场，斯库利在比赛中的想象力和敏锐度成为众人的典范，只剩两步就可以击败对手，谁知他反被死亡击败。一位伟大的棋手，凯夫拉维克国际象棋俱乐部的创始人之一，多年来曾赢得许多奖项——也因此无可否认，他得到一个高贵而美丽的结局。儿子们把他的棺材漆成一个折叠的棋盘，把他们的父亲变成了一枚永恒的棋子，马或者车。这的确令人难忘。然而真相并不总像我们讲述的故事那样美，有时它缺少魅力。这个故事一直在延续，拒绝离开，斯库利百万并非死在棋盘上，而是死在一个女人怀里，很不幸，这个女人不是他老婆，更确切地说，不是死在她怀里，而是死在她身上，被人捉奸在床，据说当时还硬着，几乎没人敢把这个故事公之于众，更别说写下来了——毫无疑问，我们也很难在这里记录下来，等我们下次去凯夫拉维克的时候，想必不会受到热烈的欢迎。

那个女人比他年轻得多，二十出头；斯库利正干得起劲，突然脸上现出了奇怪的表情,像一个沉重的沙袋倒在了她的身上。她用手杵杵他,说,斯库利,别玩了,你怎么回事?斯库利,嘿,你别吓我。但他没有回答,也无法回答,他在比赛中被淘汰,被死亡击败。接着她开始尖叫,大声呼喊,她的尖叫声传到外面,邻家的两个主妇跑过来,但是太迟了,斯库利躺在她身上断了气,他的右胳膊还放在她的肩胛骨下面,他骑着她,像是在奔赴一场重要的约会,可他迟到了,他把胳膊插在她肩膀下面,仿佛想把她抓得更牢,操控她,谁知竟这样死了。她无法抽身,死神牢牢压住她,所以她才尖叫着,大喊,当你正值青春,却撞上一个老人死在自己身上,这可不是闹着玩的。被死神牢牢压住。

似乎没人知道哪个版本才是真的:死于下棋还是捉奸在床,是死得其所还是荒唐可笑;那个涉事的女孩不久后搬去了北方的阿克雷里,在那里找到了一份称心的工作,再也没有回来过。若是现在问她有关斯库利生命的最后一刻的事情已经太晚——不过,我们当然能让自己对象棋的故事深信不疑。

我和阿里见过关于这场比赛的描述,在我们周五去领工资的时候,奥斯伦把工资单交给我们,她是三兄弟中小弟的老婆,小弟被员工称作"一克朗",负责公司的账目和财务。说起奥斯伦的丈夫,人们没什么好话,可她不一样,有时候人们叫她"一千克朗"——因为她的亲切与美丽。她大概四十岁,所以在我和阿里看来年纪大了点,就算没有老透,她的青春也在迅速衰退,而且她已经做了祖母,尽管如此,她也许是我们曾经见过的最美的女人。她像最美丽的形容词那样动人,像仲夏夜那样温柔,她很体贴，乐于和工人们聊天，甚至包括我和阿里这样的无名小卒，我们单调、木讷、笨拙且总是挨骂，她却饶有兴致地问我们生活的志向，她说我们应该接受教育，并且坚持下去，她说她很遗憾子女们完成义务教育后就辍了学。她说话的样子仿佛我们对她来说很重要，仿佛我们有能力贡献，而并非无用、平庸的人，最终泯然众人。

"一克朗"和"一千克朗"——工人们眼中两个人的区别。和小弟不同，二哥受人爱戴，像一只胖乎乎的泰迪熊，他有工头的头衔，却喜欢和女人们厮混、胡闹，和她们聊天，缠着她们不放，谁也没有他懂得纠缠，他在这方面天赋异禀，但一旦轮到做决定的时候，他就溜之大吉；每遇这种场合，他就借口去买马球王子的巧克力威化饼，或是躲进奥斯伦的办公室。不过，大哥才是决策者，他虽然不管财务，但负责公司管理，一心扑在上面，早晨总是第一个到岗，傍晚最后一个离开。他很清瘦，牙齿很齐，从不高声说话，但总能让大家在闲聊和机器的嘈杂声中听见他的话。他不在场的时候，工人们叫他"铁人"，他疲惫的脸因为专注而显得僵硬，他似乎不需要任何休息，从不间断，从不落座，从不生病，也不请假，除去七月那三周，他和家人一起去了西班牙旅游。整个行程是他老婆安排的，他躺在酒店游泳池边的躺椅上，在烈日下喝得烂醉，连肌肉都纹丝不动，他老婆喝金巴利酒，读言情小说，和其他的冰岛游客一同观光、购物。

"一克朗"充分利用了大哥不在公司的时间，派工人们去修缮他的房子，陪他的孩子们踢足球，给他的私家车打蜡，我和阿里也分得了任务，去粉刷他的单户住宅，这座小房子是以公司的名义买下的，专门供他包养情人用，为了掩人耳目，不被他老婆发现，屋里乱七八糟地堆满了书。他的情人只比我们大三四岁，长着棕色的杏仁眼，有一头乌黑的长发，优雅迷人又自信，在我和阿里粉刷房子的两周时间里，她没和我们说过一句话。在她棕色的眼睛里，我们压根儿不存在，为了她的懒觉，我们也不允许在上午十点半前露面，接着我们就要拼命干活儿，只在周五那天去冷冻厂领工资。从奥斯伦手里领钱，回答她诚恳的问题并不容易，因为我们刚刷完房子的南墙，听完她丈夫和情妇欢爱时的呻吟。你今天话不多，她笑着说，今天她把一头棕发扎成马尾辫，看起来就像女孩一样，我们几乎不敢看她，不明白一个人怎能背叛这样的女人，去找别的乐子，也不知道这个世界上还有什么更好的东西。她笑得露出酒窝，眼角伸出三条淡淡的皱纹，阳光灿烂，天气温和，她穿着裙子和衬衫，她也许快四十岁了，并有了第一个孙儿，但依然很美。你们一直在刷墙，她说，不用打鱼，这倒是个不错的调节；你们刷了哪里，亲爱的？她看着我们问，用她明媚的笑容，用她的酒窝，用她晒黑的脸庞透出的亲切，我们该怎么回答呢？是的，你看，我们在粉刷你丈夫给他情妇买的房子，她十九岁，我们刷南墙的时候，他俩正在客厅的沙发上做爱，我们认为他丑陋至极，因为你如此善良与美丽，虽说你已经四十岁，当上了祖母。但遗憾的是，我们听着叫床声，很想从客厅的窗边偷看他们。我们都没和姑娘亲热过，你看，老实说，我们不太确定这种事要怎么干，也就是说，假如有机会，假如有人愿意和我们干点什么，我们也很怕闹笑话，但这不太可能，至少此生在地球上，在太阳系，在银河系不太可能，因为，好吧，看看我们的样子：乏味又笨拙的无名小卒！

她看着我们，右腿搭在左腿上，十分性感，像一只獐鹿或是某种庄严而骄傲的东西，她依然在微笑，手里盘弄着一缕棕色的头发，你们刷了哪里？我们太天真、太笨或是太愚蠢了，撒不了谎，因此我们缄口不言，一个字也没说，什么都没说，我们只是站在那里，像两条鳕鱼，我们看着她，一脸无助，当然，我们的表情无疑暴露出我们前面提过的东西，因为她的脸色变了，微笑消失了，死去了，随着她的亲切，她的明媚，她的少女气息，她在我们眼前迅速地衰老，她老了，屈服了，就像某种遭到这个世界背叛的东西。接下来的周五，二哥带着我们的工资来了，眼中带着古怪的表情，一言不发地把工资递给我们，我们两人看看对方，懂得了内疚也能啃咬一个没有过错的人。

<blockquote>
我记不起曾经见过

哪个人脸红得这样美丽，可为什么

修复生活这样困难？
</blockquote>

请记住：现在依然是二月，夏天还要很久才会到来，我们并无任何过失，却背叛了，背叛了一个美丽的女人，看着她的生活垮掉，太阳裂开，世界变成一片人们称之为背叛的黑暗。现在是二月，她对这个住在小房子里比她年轻二十岁的情人一无所知，她也许猜疑过，账簿上一个神秘的条目，她丈夫难以捉摸的目光，他身上那股她闻不出的气味，都带着某种预兆，但她又把它推开，出于本能，这种本能就像有人去游泳却淹死在海里，有

人点起灯却发现自己身在黑暗中；她压抑着这种猜疑，免得世界毁灭。生命缺乏公正，因此生存本能和懦弱之间的差别并不总是很明显。这是二月的一个早晨，铁托的心脏岌岌可危，微弱地跳动在《冰岛晨报》报纸的头版，在凯夫拉维克的某一个地方，雅各布搅拌着混凝土，他加了一些树脂来黏合混凝土，防止它们开散，防止它们被涂上墙以后或是用来固定护墙板后塌滑，这样它们就能保持完整，从而得到一个意义。他铲了很多沙子和水泥，混以定量的水，制成混凝土，只需加入少量树脂就够了，还不到一帽子混凝土的量，但是是黏合混凝土，保证它们上墙后不剥离、滑脱，只要一帽子树脂。雅各布把树脂丢进混凝土，有些犹豫，他看着这些原材料不断旋转，合为一体，看着树脂在混合物中消失。为什么把水泥、沙子和水合成一体，一个整体、一个单位、一个目的，竟如此简单，只要一帽子的量？这不公平，因为生命似乎很难协调，无论你去向何处，身在何地，这一生都将伴随着你。雅各布拿着树脂罐，想喝上一杯，也许他想到了阿里，想到自己喝粥看报纸时儿子脸上的神情，他抽着烟，假装去看别处。我的儿子，我的亲骨肉，我的儿子。他永远不会忘记第一次抱着儿子的时候内心的喜悦，他看着他清澈的蓝眼睛想，这就是我们存在的原因。我第一次理解了生命。而此刻，我第一次意识到万物都有其命定的轨迹。他记得自己当初的想法，我正站在这里，怀抱生命的目的。还有，生命如此美丽！从那以后，很多年又过去了。

大约三千年吧。

他抽着烟，假装去看别处，却通过眼角的余光仔细观察阿里的脸,他想,我不知道他内心的想法,压根儿也不明白他脸上的表情是什么意思,不明白他的感受和他对生活的态度。他倒空烟斗,突然想哭,这当然很荒谬,对他们父子来说都很尴尬,他急忙地把烟斗重新装满,表现出一副迫不及待想看报纸的样子,好像他真在乎那上面写了点什么似的,他一直在订阅那份该死的保守派报纸,这当然很滑稽,幸好他父母生前没有机会去读,但是论体育,没有哪份报纸能比它提供的报道更好、更详尽,阅读体育新闻,沉浸于数字、比赛结果和赛事描述的感觉好极了,甚至是如释重负,毫无疑问,在体育世界里从来不存在幸福或不幸的问题,只有胜利和失败。阿里把报纸推给他,那张报纸穿过他们中间的餐桌,他们中间的大西洋,穿过将他们分隔开来的太阳系。之后不久,他们两人都外出了,雅各布开车超过阿里,就在凯夫拉维克教堂前,人行道上有很多积雪,我和阿里沿着马路走,雅各布也不得不放慢车速,必须在结冰的路面上慢慢开,他在转弯的地方超过我们,离我们只有半米远,可他没和我们打招呼,没按喇叭,也没有微笑,没有摇下车窗,伸出脑袋说,嘿,祝你今天过得愉快,或者诸如此类的话,一些带着积极和慈爱的话,因为言语能够轻易改善世界,改善生活。他沉默地开过去。也许幸好他没有摇下车窗,祝我们一天愉快或是说一些类似的话,他们晚上又会见面,会因此感到非常尴尬和担忧。此外,他正忙着调收音机,收听《美国佬》,对我们这些凯夫拉维克居民来说,这个节目简直是恩赐,因为有时候你迫切地需要听一首劲爆的流行歌曲,或是别的,总之不是那种一本正经的,国家电台的语气生硬尖刻,广播员播报着埃夏山上的积雪、天气、冰岛克朗的价值和失控的通货膨胀，仿佛在这样寒冷昏暗的清早，这些东西能有什么法子帮你似的，当你开车经过儿子身边，车身差点擦到他，可父亲和儿子谁也没有挥手，谁也没有看对方一眼；这种时候，你绝对不想再听到任何关于通货膨胀、埃夏山上的积雪或者关于多春鱼捕捞禁令的消息。感谢上帝赐给我们《美国佬》，雅各布想，他终于调好了收音机，可以收听节目了。美国广播员正坐在米涅斯荒原高高的荒地上，在风的疆域里，在潮湿和寒冷的国度里，冲着麦克风大声播报一些趣闻，仿佛他的工作职责就是专门展现自己的精力旺盛、激情四溢、无忧无虑、喜气洋洋，以此来抵消从这片荒野上吹向士兵们的消沉和难以忍受的单调，无论春夏秋冬。寒风暴雨似乎一下子从四面八方打来，要么就是暴风雪，盘旋在公寓大楼之间，像白色诅咒一样扑来。

米涅斯荒原和地狱有何不同？——美国人给新来的居民出了一个谜语，或者提了一个问题，随后他们才扬扬得意地说出答案，那些下了地狱的家伙真够幸运的，他们已经死了！感谢上帝赐给我们生机勃勃的《美国佬》，雅各布想。麦克风里播报员一边笑一边说，和一个漂亮姑娘跳舞真是愉快。有不愉快的时候吗？雅各布想，他笑了，跟随正在播放的歌曲哼唱，艾米·斯图尔特的《敲敲木头》，引爆纯粹的快乐：

你爱我的方式让人害怕
你最好敲敲，敲敲木头，宝贝。

敲敲木头，宝贝宝贝。这种东西完全不同于通货膨胀、埃夏山上的积雪、渔民关于多春鱼捕捞禁令新闻的愤怒，以及仿佛儿子是个陌生人似的开车经过他的身边所带来的沉重感。来吧，给我流行音乐，给我热门排行榜，来吧，哦宝贝宝贝，带走我心中的痛苦！

雅各布开车经过教堂，看见牧师在踢门，仿佛门让他受了伤，他有什么可抱怨的？他这样一个全心全意信仰上帝的人，也因此信仰生命的目的，信仰死后美好的生命，信仰爱情；这是多大的享受，多好的福分，更不用说他在室内工作，这样轻松，只需从《圣经》里引用几个段落，事实上一切都为他编写好了，没有脏乱，也从不需要冒着严寒，顶着刺骨的冷风和大雨在室外干活儿，永远都待在舒适如家的环境里，但就算这样他还是踢了教堂的门；人们究竟得索取多少东西才能生出一丝感恩之心？

雅各布把舌头伸进树脂里。他在工作中从不犯错，是个吃香的泥瓦匠，人很勤劳，所有他经手的工程都很完美，没有东西崩落、散架，似乎只是生活中的一切出了问题。他把舌头伸进树脂里；要是只用喝杯酒就能凑合过去，就能把握住一切就好了，要是快乐能从深渊中升起就好了，这样你就会因为活着而感到幸福。为什么，他一边想，一边把混凝土倒进独轮车，修复生活居然这样困难？假如一辆车抛锚了，你只需要打开引擎盖，检查一下发动机。但假如生活抛锚了，你能打开什么检查呢？

假如生活抛锚了，假如铁托的心脏衰竭了。我和阿里已经换上了工作服，工作日忙碌极了，加工室太吵了，我们没法过多地交流，也根本无法谈论铁托的心脏，更别说今天早上阿里喝粥的时候，在父子二人的沉默中做出的令人不安的发现；有关一种猜疑，我们是一个个容器，装满着标准化的思想。

九点三十分，咖啡时间，"西班牙尤利"和人称"功夫埃利"的埃利开着叉车差点三次把阿里撞倒，当时他正站在那里盯着地板，想找到合适的词形容翻腾在他心中的猜疑，它在体内抓挠着他，不让他有片刻安宁。他忘了时间和地点，忘了一切，忘了尤利和埃利正用他们最快的速度来来回回地开着叉车，也许开得还要再快一些，货叉上的大桶盛满了沉甸甸的鲑鱼。他们把车开出大门，上午的大部分时间门都敞开着，寒冷的北风畅通无阻地吹进来，他们从货车上取下盛满鲑鱼的水桶，再冲进大门，车开得真像飞起来了一样，他们的身体贴着车喇叭，大家必须让路，他们有权占用这条路，不容置疑，他们的势头很猛，带着叉车和鲑鱼的重量和速度。阿里差点被车撞了三次，撞到了脑袋，我及时把他拉了回来。尤利冲着阿里大声叫嚷，我们听出了几个词，比如，"蠢货""鳕鱼"，但埃利没出声，他只是贴着车喇叭。"功夫埃利"在凯夫拉维克以练习中国武术多年而闻名，他渴望开叉车，用货叉干活儿，那样仿佛是在同一个看不见的敌人疯狂地斗争。

差点被撞倒三次。在冰岛，那些思考的人，想要弄清事实真相的人，常常被视作碍事的人。我们冲他们大喊大叫，经济利益将他们撞倒。差点被撞倒三次，第三次之后，又被三兄弟中的"铁人"大哥狠狠训斥了一顿，他在公司四处走动，暗中巡查，带着严厉的表情、憔悴的面庞和冷酷的目光，他很瘦削，背挺得很直，乌黑的眼睛光芒闪烁，让我和阿里想起多年前在童书中见过的印第安人：脚步轻快，像栖落的老鹰，飞翔的乌鸦，悄无声息地潜行，眼睛像鹰一样锐利。"铁人"像它们一样，没有什么逃得过他的法眼——谁在怠工，谁的活儿干得不够精细，谁的假休得太长；他什么都看见了，只有弟弟在账目上的疏忽与放纵他看不见，就算看见也晚了，等他有所意识的时候，公司的债务已经难以控制。不过幸好，事情最终有了解决办法；斯库利百万被一把火烧了，因为在冰岛，债务总是一流的燃料，只要数额够大就行。所有物品都付之一炬：机器、家具、叉车、挂在公司墙上镶了框的棋盘、工人们的橡胶靴子、咖啡机和橱柜里的饼干。但是请稍等，因为这一切都发生在遥远的未来。现在是一九八〇年二月，上午九点三十分，工间喝咖啡的休息时间，我和阿里尽量坐在靠近暖气的座位上，让我们冰凉的身体吸收一点热度，我们坐在不显眼的地方，却一直在观察、倾听。很难断定究竟男女哪种性别的人讲的荤段子更下流，空气中有一丝紧张感，某种东西在浓重的烟草气里颤抖，烟草气中还混有鱼下脚料的腥气。这里有七八个二十岁左右的机器操作工，平时他们会把鱼送去加工室，给女工们处理，或者取走加工好的鱼，他们把冷库里冰冻的鱼块分好类别，出口之前再拆分开，码放在货箱里。喝咖啡的时候，他们几个都很威风，坐在最大的桌子旁边，散发出自信和荷尔蒙；他们是公司的贵族，"西班牙尤利"和"功夫埃利"算得上是加工室主要的大人物，可他们也不得不屈尊坐在机器操作工旁边；操作工们说起话来声音很大，不管你坐在哪里，他们都会向你发问：居尼，昨天你家的老婆娘让你爽了吗？埃利，你操格蕾塔的时候是不是用上了功夫？埃利，给我们亮亮你的功夫。埃利总是乐于展示自己的拳脚；他站起来，抬起右腿，仿佛它是个独立的器官，不连着身体似的，他对着空气踢腿，他的腿像棍棒一样摆动。在场的年龄十七岁以上的女人们，和男人们一起笑起来，咯咯地笑出声，摇头晃脑，或者让他们闭嘴，把自己的事拿出来逗乐，毫无保留：那你呢，居尼尔迪尔？今天感觉好吗？想不想坐我大腿？居尼尔迪尔，一个三十岁左右的女人，有着一头红发，她又点了一支烟，呼出一口气回答道："算了吧，亲爱的，谢谢你的好意，我的西迪昨晚喂饱了我，足够我消化两天了——你还是周四再问我吧。"

我和阿里坐在暖气旁边，在汹涌而来的冷冰冰的脏话里锤炼自己，打着瞌睡，轮流听着，不再因为怕被问到而惶惶不安，因为我们刚在这里工作不久；你们中间应该有个人，一个技工对加工室的女工们说，来调教一下这两个菜鸟；他们俩实在太嫩了，没操过姑娘，没抽过烟，没打过架，总之，从没做过任何带有"扌"的事——你们中总该有谁表示一点同情，趁休息的时间把他们带出去，教他们一两手，这是件好事儿，我敢肯定，时候一到，你们就跟上天堂一样爽。我和阿里坐在暖烘烘的散热器旁边，整个休息室的人都在看着我们，技工和年轻女孩们咧着嘴笑，女工们在微笑，尤利在窃笑，埃利发出一声嘶叫。他们肯定知道怎么脸红，其中一个女人最终说道，她的声音因为骆驼牌香烟变得有些嘶哑；他们是那方面的专家，她补充说，接着又点了一支烟。这话不假，她的朋友说，我想不起来还有谁的脸能红得这么好看。

我和阿里像囚犯一样坐着。我们的脑袋像着了火一样。大脑嗡嗡作响,甚至听得见突触在慢慢地烧断。我们的后背汗津津的,还有腋下、脸和脚趾。我们伸手去拿咖啡壶续杯,想借此掩饰隐藏自己的不适,但胳膊抖得太厉害,咖啡壶被一把拉过来,我们像受惊的动物,真想钻到桌子下面躲躲。所有目光都凝聚在我们身上。我们真想逃跑,让地板把我们吞掉,想站起来,跑到室外,在寒冷的空气中醒醒脑子,免得它变得更烫,免得它被烧化,我们想带着我们所有的思想、所有的记忆和所有平克·弗洛伊德的歌曲一起消失,跑出去拯救记忆,逃离羞耻和屈辱——不过有时候,逃避并不能解决任何问题,反而帮了倒忙:它强化了屈辱感,我们唯一的选择就是坐在那里,靠着散热器,脑袋像着了火一般,视线变得模糊,声音也听不真切,有一阵子,我们感觉自己轻轻浮起来,飘在上空,我们看得见自己火红的脸、灼热的脑袋和额头上的汗珠。唯一的安慰就是想到这一切总会过去;很快就会有人聊起别的话题,假如没有,至少咖啡总会喝完,大家不会没完没了地休息。对我们来说,唯一的补救、唯一的安慰和最后的一丝希望,都在于情况不可能更糟。这时,"西班牙尤利"兴奋地站了起来,看上去乐不可支,仿佛刚好想起什么滑稽的事,他指着阿里说,那家伙是个结巴!

嗯,好吧,情况更糟了。

没什么大惊小怪的。

因为一切总能变得更糟,只要有他人参与。

他的挑明,他的披露,让整个房间陷入了沉默,大家都盯着阿里,仿佛在等他开口确认,以便测一下音,我们察觉到了一屋子人的焦躁,人们脸上的表情似乎在说,来吧,开口说句话,让我们听听你是怎么结巴的,快点,伙计,咖啡时间没多久了,让我们听听你的结巴,略微展示一下就好;总有事情让我们分心,新的事物,尝试新事物没有害处,因为随着每一天的流逝,我们的生命似乎进入了更为麻木的重复,上帝知道怎样结束,所以张开你的嘴吧,让我们见识一下你的结巴,谁知道呢,假如你做得得心应手,也许每天喝咖啡的时候,你都能结结巴巴地说话,它将成为你的专属时间,你会乐在其中,享受风头。

只要他能……一个机器操作工正开口说话的当口,恰好发生了三件事:他的一个好哥们儿,另外一个操作工站了起来,还有一个女人,可能是居尼尔迪尔——我们既看不清也听不清——说了几句话,那些话尽管听起来有些刺耳,却对我们有利,因为尤利坐了下来,样子非常窘迫,那个站起来的机器操作工走向我和阿里,坐在桌边说,哎呀,表哥,你总是在读书,我都听见了;你还有没有多的咖啡——我的已经喝光了。我和阿里一个字也说不出,心里满是感激,差点哭出来,不过我们把咖啡壶推给了奥斯蒙迪尔,这自然是因为他在关键时刻站起来,替我们解围,奥斯蒙迪尔是这帮机器操作工的头儿,他们的老大;他说,哎呀,表哥,这样一来,整个餐厅的人都听见了,他的意思很明确,假如以后谁想来找我们的麻烦,得先和奥斯蒙迪尔过过招。哎呀,表哥,说完之后他还提了读书的事——你总是在读书——这话给了阿里一种特殊的地位,这个读书的人,他一直在读书,这说明他是个古怪的天才,足以让大家把我们看作十足的书呆子,这两人虽然笨手笨脚的,却有着稍微放纵些的眼神:他们忍不住,他们总是在读书。

北峡湾
——过去——

假如上帝是女人，魔鬼
一定是男人

现在至少是凌晨两点了，假如不是三点，这是一个黑暗的夜晚，像最深的夜一样黑。十一月，天空似乎敞开来，把星光和月光洒在我们身上。时间不是三点，也至少两点了，奥迪尔摇摇晃晃地下了船，赤裸着身体，艰难地向码头走去，他把衣衫整齐的特里格维抱在怀里。

特里格维从船上跳进海里，向着月亮的方向拼命地游，奥迪尔看着自己的朋友消失在远方，海浪将他托起，就像他是献给天空的祭品。他只是看着，无法区分究竟什么是正常，什么是远远不正常，仿佛特里格维用跳海的方式驳倒了自然界的每一条法则，仿佛在十一月冰冷的海里游泳，游向月亮是一件自然而然的事。奥迪尔一直看着，直到他发现特里格维有点不对，才打起精神来。特里格维仿佛麻木了，冰冷的海水让他的血液渐渐冷却，冷却到死亡的温度。他突然反应过来，把船开向特里格维，费力地把他拉上船，他已丧失了大半的意识，奥迪尔像给鱼去鳞一样剥掉他的衣服，揉搓他冰冻的身体，往他身上浇了些科尼亚克白兰地，接着他脱去自己身上所有的衣服,不知何故,他觉得这很重要,他脱光衣服,将自己的衣服穿在特里格维身上,接着向岸边驶去,他拼命拉动引擎,因为这是在和死亡赛跑,绝不能放弃、不能投降,他不知疲倦,尽管没有迈步,却在不停地追赶最快的短跑运动员和最有耐力的长跑运动员。奥迪尔抱着特里格维跑离码头,他也冻得浑身冰凉,他本想直接跑回家,去找玛格丽特,却从特里格维的眼角瞥见一丝光亮,凭着直觉,他掉转方向,我们总是应该向着光明的地方前行。但是不管一个人跑得有多快,光明都不会向他靠近。我们一起经历过这么多事,他喘着气,特里格维太重了,奥迪尔的脚步开始蹒跚,他感到精疲力竭,没有意识到自己一直在喃喃自语,你记不记得小时候你希望咱俩拉手,可我却说,你有病吧,没听你的,其实我想告诉你,有时我也想和你拉手,我喜欢这个主意,但我从来不敢,请原谅我的懦弱,没有什么比懦弱更廉价,这就是你寻死的原因吗?奥迪尔问,他已经耗光了力气,再也抱不动了,这个战士、浑身是劲儿的男人的确用尽了全力,踉踉跄跄,负重前行,终于跌坐在冰冷的地上,怀里抱着自己的朋友,他像个白痴,口中喋喋不休,遥远的夜空中星光在闪烁。它们美则美矣,其间也只有寒冷、黑暗与死亡。

然而那颗最闪亮的星却已动身,来到凡间带走他们。今晚他们都得死去,这也许算不得坏事。这颗星很美,仿佛有人正在控制它;可是除了上帝,还有谁能操纵这样的事物,还有谁能强大到拿星星当灯笼打着,去环绕地球?主啊,奥迪尔说,我的朋友在海湾跳了船,想游到月亮上去。他说那里才是他的家,这当然是胡说八道。没人能在月亮上安家,他是文学书读多了。这是一种恶习，让人迷惑。别带走他。我现在真的不想失去他。

> 那些读书太多，因此认为自己
> 能游到月亮上的人有权活得更久。
> 这个世界不能失去这样的人。

上帝这样告诉奥迪尔。居然是女人的声音！

奥迪尔大吃一惊。上帝是个女人？如今到底是谁在保护我们？
我可不乐意上帝是个女人，他情不自禁地说。他本不想说这样的话，但话一出口，他感到自己已经否定了上帝，不可能有别的方式看待这个问题，也不可能捂上他的耳朵，或者她的。现在他的舌头将变成一块黑黑的石头，他将被送上第一条开往地狱的船。不过这样一来，魔鬼必定是个男人。总要讲点公平才对。

不错，魔鬼肯定是个男人，并且像你们所有人一样喝得烂醉，提灯的女人说，她不是上帝，而是一个二十岁的姑娘，名叫奥斯勒伊格，来自雷克雅内斯半岛上的瓦斯莱叙斯特伦德，这个国家的另一边。她是夏天搬来的，一是为了探险，二是想摆脱邻家男孩格文迪尔的纠缠，他们俩亲热过两次，在斯塔皮尽头一个青草丛生的冰坑里找到一处地方，那里巨大的礁石伸进大海，她充满好奇，有时候还突然想发脾气，无法控制。当心别让你那玩意儿进入我的身体，她轻声说，第一次声音直发抖，他们已经躺下来了，她匆匆拉下自己的裙子，又兴奋又害怕，身下的石南很扎人，刮擦着她的屁股，他小声说，好，这声"好"里带着颤抖，他十分小心，可第二次他就变粗鲁了，那是几周过后，你必须嫁给我，他说，他骑在她身上，进入她，他的脸很苍白，仿佛所有的血都被抽空了，他的眼睛带着一种怪异的锐利，竟然让人感到难受，这一点像极了他的母亲，她带着虔诚的热情和火暴的性格盯着整个街区，一般而言他和母亲是完全对立的——他母亲严厉而冷酷，而他很温柔，可是当他在她上面的时候，感觉就变了，除非这才是他真实的性格，他如此深入、粗暴地插进她，那种感觉一点也不舒服，只是疼，他的阴茎仿佛变成一根棍子，他带着一种令人不安的、酷似他母亲的神情对她说，你必须嫁给我，否则我们都会被地狱之火烧死！不要，她说，停下，她乞求他，开始挣扎，并试图抽身，她怕得要命，可她的抵抗反而让他怒火更盛，动作更野蛮，你要嫁给我——否则你就会被魔鬼附身，他喘着粗气，插得更深，声音也更刺耳，她大叫着，最后不得不想办法踢开他，最后一刻，他呻吟着，或是大叫着把精液射在她两腿之间的石南上，她看着那些液体像唾沫一样从覆盆子上滴落而下。妈妈说得对，你身体里有魔鬼，他一边提裤子，一边轻蔑地说，这就是你引诱我的原因。你才是被魔鬼附身的人，看看吧，她一边回嘴，一边指着石南丛中的精液：都是他的精子。

后来，她逃到了东部，不得不换个环境，摆脱那对母子开始散播的对她的严重诬蔑。她逃到东部打鱼，就住在海伦娜和格雷蒂尔那对老夫妻从前的房子里，她租了一个卧室，半夜从一个怪梦中醒来，睁开眼之后，她就忘了梦的内容。可是她再也无法入睡，不管在床上怎么翻来覆去，后来她走到屋外，冒着寒冷小解。她蹲下来，看着小便流出来，形成一条蜿蜒的小溪，这时她看见一团白色的东西向自己走过来，白色而且很庞大，也许是死神要来带走我，她想，浑身的血液被恐惧冻住了，她想逃回房子，逃到卧室里，爬上床，用被子把头蒙上，尽管如此，她还是打算会会这个东西，她明白假如死神真要来抓你，没人能幸免于难，还不如大方地面对，碰碰运气，信任自己的力量和命运的仁慈；像她这样的人，勇气从何而来？谁知来者不是死神，只是两个水手，其中一个赤身裸体，两个人明显都喝得烂醉，还有一个穿着衣服，因为读的诗歌太多，他想游到月亮上，已经无法像常人一样思考。那个浑身赤裸的人是奥迪尔，此刻她认出了他，不管穿没穿衣服，他都是村子里有名的人物，他喋喋不休地说着有关上帝和魔鬼的话，她在一旁漫不经心地听着，他身上散发着浓重的白兰地的气味，他酒醉后嘴巴一刻也没停止唠叨，她临时低声回应了一句，随即往那个诗人身边一蹲，不自觉地轻抚他英俊的脸庞，他的脸在酒精的作用下显得更柔软，他的嘴角很精致，她抚摸着他诱人的嘴角，最后抬起头看着奥迪尔说，回家去找你老婆，你的裸露只属于她，她的口气那样坚决、那样直接，他的大脑仿佛突然清醒了；他摇摇晃晃地站起来，下意识地抓住自己的裆部，仿佛想确认它还在它该在的地方，他几乎什么也感觉不到，正因为如此，当他的手触摸到生殖器的时候，他才莫名地松了口气，假如没有它的话，生活该有多么糟糕？特里格维，他说，或者试着去说，却被她打断了，特里格维，他叫特里格维，她柔声说，仿佛在自言自语，接着她举起灯，把他的脸照得更真切，她又说，谢谢你在黑暗中来临，把他带到我身边。

凯夫拉维克

―1980―

"清晨温暖而温柔——为你"

住在凯夫拉维克的人们几乎算不得住在冰岛，也算不得住在这个世界上；他们住在别处，在万物背后，在三个基本方向之中。当然，那些年除外，那时这里有四个方向，因为美国佬的战斗机从我们的头顶和屋顶上飞过，淹没了老师的声音，在列举形容词变格的时候，在讲述斯诺里·斯蒂德吕松的时候，在解释数学等式的时候，他们不得不等着飞机呼啸而过，那些蓝天上的嚎叫，当美军——第四个基本方向——搜寻敌人的时候，一切都必须保持安静，敌人给了他们存在的理由，给了他们力量，让他们的国家成为超级大国；那些战斗机驾驶员必须拥有敌人，这样他们才有指南针，才有祷文。飞机从凯夫拉维克的屋顶上呼啸而过，本国最黑暗的地方，一九四四年冰岛总统这样说，这几个词是他第一次对我们进行访问时带来的代表共和国的礼物，迄今为止，也只有这一次访问，他让这些沉重的词语像石板一样落在我们身上，我们仍然躺在下面，听着空中的呼啸声。若非事务紧急，没有人会来这里，来者之中有人谋取军事利益，有人处理海产，有人在港口泊船，有人参加篮球比赛或者舞蹈比赛。后来，军队——第四个基本方向——从这里撤离，因此只剩三个方向，除此之外，捕鱼遭到了禁止，很难为此找到合理的解释，事关经济利益，经济利益比常识、正义和人性更重要，你可以问问约恩尼，他就在空旷的港口上自己的汉堡快餐车里，军队撤离之后，没有人来这里，绝对没有人，仿佛我们根本不存在。西于尔永市长可能有一些手段；也许这就是为什么挪威人——那些大刀一般的人——会在酒店现身，这不仅仅是为了庆祝市长的六十大寿，或者促成与美国公司的协议，还是为了让人们前来游览，让小镇充满幸福而富有的游客。我们可以完美地设想一下，在镇外挂上巨幅签名：欢迎来到本国"最黑暗的地方"！最好附带一张笑脸。有些人，居家型的人，也许对这几个字会错意，掉转方向回去。游客们可以去"1976年1月"酒吧喝一杯咖啡或啤酒，我和阿里会告诉他们当年我们是从哪里跳上美国佬的货车的，或是干脆找人在舞台上重演整件事；他们可以去参观鲁尼·尤尔和贡尼·托雷阿尔儿时最喜欢去的地方——八岁那年他们从侯尔马维克搬到凯夫拉维克——可以顺便给空旷的码头拍几张照片，去尝尝约恩尼的"限额欺诈"汉堡，看看那两片公寓楼群，那些遗留在港口上方的惊叹号，那片无权出海的渔夫们的收容地。假如无论游客什么时候来参观，都有水手愿意走到客厅的窗边，那可太好了。约恩尼可以给他发信号、发短信，于是他就可以手拿咖啡杯站在窗边，带着悲伤俯瞰港口，他的脸上布满皱纹，真是绝佳的拍照机会："一个被经济利益抛弃的水手。"

＊　＊　＊

　　请稍等，让我们稍微放慢速度，我们离那一刻还远着呢，约恩尼还是德朗盖岛鱼类加工厂的舵手，我和阿里还很年轻，只有十六七岁，除了挥舞自己的双手，做不了别的事，军队还没有撤离，早着呢，它还在到处获利，时节仍旧是冬天，一九八〇年二月，铁托的心脏在地球上蹒跚而行，像一头苍老的驼鹿，苏联入侵了阿富汗，不可思议的是几乎没有人知道那片遥远的山区的存在，红军庞大的力量正对抗着马背上的游击队员，这不公平，可人类不太可能做到公平，对权力、统治和财富的欲望根植在他们内心深处，就像一条毒蛇盘踞在他们心底的洞穴里。我们还能成就什么呢？我们是否没有希望迎接一个更好的世界了？

　　日子一天天过去，每一天都很相似，阿里和他的父亲在沉默中喝着继母为他们准备的粥。父亲上厕所的时候，阿里伸手拿来报纸，快读翻到第四十二页，想仔细看看那一页的广告，那上面有张非常年轻的姿态性感的女人的照片，她的嘴半张着，双唇很湿润，眼神让人着迷："清晨温暖而温柔——为你。"这是来自雷克雅未克一家面包店的广告；她正拿着一片新鲜出炉的面包。阿里盯着这张照片。火辣而柔软，她半张的嘴——为你。她的乳沟这么深，她穿着黑色紧身裤，他的阴茎开始变硬，膨胀，那古老的权杖，向着天堂升起，向着上帝的荣耀升起。所以这就是女人存在于世的原因，那根权杖象征着权力，是上帝与人之间的契约，是天地间的桥梁，所以女人的作用，就是让它勃起吗？女人，让我们看看你的乳沟吧；穿上迷你裙，这样我们就能勃起，就能更接近上帝，就能向着天堂，向着神的荣耀举起我们的权杖。我和阿里一周六天都从维塔泰居尔的单户住宅出发，沿哈布那加塔街走到斯库利百万，总是走同一条路，我们却感到困惑，不知道我们想成就什么，也不知道前进的方向在哪里，或许最为吃惊的是我们已不再是小孩，不再是两个夏天去乡下玩耍，迷失在草丛间，熟睡在铺满芳香干草的谷仓里的少年。我们为不再和泰山、伊妮·布莱敦和汤姆·斯威夫特有关感到困惑和悲伤，尤其沮丧的是，我们必须决定自己的志向与前进的方向。我们困惑而痛苦，不得不面对生活。我们不是小孩，也不是大人。我们游走在两个世界的缝隙里，没有归属。困惑。是的。沮丧。是的，还有痛苦，尽管如此，却还想着面包店的广告，想着那个性感诱惑的女孩，想着她的乳沟。她也许比我们年长，少说也有十九、二十岁的样子，她美丽又自信，而且不会，绝对不会拿正眼瞧我们，我们是毛头小子，无用的蠢货，她才不会在我们身上浪费一个眼神一个词呢，可她又这样性感诱惑地说："为你。"

甚至连我们也能成为"你"。

每个人都能成为"你"。广告上没有关于"你"的定义，"你"的后面也没有附加条款或者括号注解，没有任何文字表明这个范围不包括我们这种一无是处的人；她与我们不同，模样性感、美丽、自信，任何人都唾手可得，包括我们，这令人难以置信，简直妙不可言，不过当然也荒谬至极，因为我们低入尘埃，而她显然高贵得多。我不理解，阿里说，我不理解这个世界，太荒谬了，世界是荒谬的，根本不可能理解。是的，我同意，可能你是对的。我们沿着哈布那加塔街走,车辆缓缓驶过,像巨大而笨重的野兽,风吹来,卷起尘土、沙子和海上的泡沫,我和阿里走进斯库利百万,两张迟疑的生活笔记,两根断裂的琴弦,我们穿上僵硬冰冷的工作服,走向加工室,"西班牙尤利"坐在叉车上打呵欠、抽烟,他把单放机紧紧地系在车上,这是他在西班牙旅行时买下的唯一一样东西,并且没有遗失,他一看见我们就开始大声嚷嚷,他的声音穿过房间,每个人都能听见,包括那些我们从来不敢打招呼的女孩,每次她们和我们说话,我们都感到呼吸困难;嘿,伙计,今天早上你们打飞机了吗?听说你们那儿小得要用镊子才能夹住,是真的吗?他大笑着开动叉车,调大单放机的音量,一天的工作就这样开始,尤利离开后,空气里全是柴油机排出的烟,这台嘈杂的机器,全速行驶的叉车上方断断续续响起船长与坦妮尔的音乐,尤利大声地跟唱这首我们熟知的热门歌曲,其他人也唱起来,虽然他们几乎听不见音乐声,我永远也不会对你感到厌倦:

再给我一次
和你这样的男人一次永远不够。
再给我一次
我永远也不会对你这样的男人感到厌倦。

在北极,你甚至都进不了
热门排行榜前一百名

没有音乐的世界如同没有光芒的太阳，没有喜悦的笑声，没有水的鱼，没有翅膀的鸟。如同受到宣判，必须住在月球背面，只能与黑暗和孤独为伴——这就是为什么二月的一天，铁托的心脏变得异常脆弱，阿里却带来一套立体音响。

那年秋天，自我们在西部的布扎达吕尔的一家屠宰场工作时起，他就一直在存钱买音响，那是个看上去被时光湮没的村庄，尽管从鱼汛期开始他口袋里就所剩无几了，年轻时候的日子很难，以每小时一千千米的速度穿越时空，自然而然展现出对金钱的感觉和控制也很难；这样的事无疑违反了生活定律。阿里爱上了一个西部女孩，她脸上长着雀斑，一双眼睛就像两首流行歌曲，一首是列侬写的，另一首是麦卡特尼写的；我们每天至少三次从她身边走过，她的工作区域在生产线起点附近，主要是在钩子上挂满动物骨架的操作台上，我们一开始在羊圈干活儿，和电击工一起，我们把小羊、绵羊和公羊往他的方向赶。我们常常把手放在小羊背上，仿佛是为了安抚它们，感受着手掌下的它们因为恐惧而战栗。我们看着它们的眼睛，特别是趁等待的时机，它们因此有机会再多活片刻，尽管害怕，生命却得到了延长，接着消失在那个不可知的世界里。我们看着小羊的眼睛，努力安抚，让它们知道有人在乎，同时确保还要不让其他人看到。在死神降临前那段短暂的时间里，我们偷偷抚摩它们的头，有时电击工会吸吸鼻烟，或者在宰杀老公羊的时候遇到了麻烦，电击枪在公羊坚硬的额头上不起作用，电流无法打穿头骨，他不得不伸手去拿能射出真弹的手枪，花点时间上子弹，公羊痛苦地呻吟，它的额头被打伤了，在小羊生命最后的时刻，我们想给予它一些陪伴和温暖。小羊的眼睛也是世间最美的事物；它们的纯净让人想起世界苏醒时那莹蓝的清晨,我们看见一道电流从电击枪的枪膛中迸射而出,直入它们两眼间的骨头——那样的时刻在生命中并不美好。两极之间,黑暗与光明之间的距离在世间总是最微小的;因为我们很快经历了最美好的时刻,在去吃午饭、喝咖啡的路上,或者换班结束的时候,我们都会经过阿里心爱的女孩身边,我们走过整条生产线,看见那些小羊、绵羊和一两只公羊被夺去生命,看见它们的皮毛怎样被剥去,他们的枪怎样拔出来,它们的脑袋怎样被砍掉,我们看见世间的残酷,抑或生命的样子,朴素而简单;根本不像音乐一样优美。我们走过生产线,幼稚或者天真地期望着绵羊也拥有天堂,那里永远绿草茵茵,没有屠宰场;我们看见死去的小羊变成一块块肉,不过,当我们走近那个给动物的尸骨剥皮的女孩时,阿里的心还是怦怦直跳;她有着卷曲的头发,像吻一般的雀斑,还有那双眼睛,一只写着"这里,那里,无论何地",另一只写着"假如我爱上你",这就足够了,其他的一切都不重要,这个世界拥有那双眼睛,也因此得到拯救。

  活着能有那双眼睛为伴是多么大的福气、多么好的运气,此外,我们还生活在同一个地方,偏远西部的达利尔,一个无人造访的地方,还有布扎达吕尔,一个甚至连上帝都闻所未闻的村庄,没有教堂,没有公墓,兄弟姐妹们的死讯和永恒避开了这个村庄,天使不打这里飞过,可是那年秋天,那双眼睛依然在那儿闪烁了好几周,那些像吻一样的雀斑常常出现在合作社;假如这都算不上头版头条,那什么算得上?她的眼睛这样迷人,她的雀斑比星光更闪亮,假如这样的女孩都算不上头版头条,那什么算得上?她是整个宇宙,至少是银河系。我和阿里因为媒体的粗心感到震惊，不理解为什么全世界的主流报纸不好好对此报道一番，《纽约时报》应该把那双眼睛放上头版，让它们占满一整页，除了她的眼睛，什么都别刊登，也许它们会引发大量的故事，许多人会因此得到安慰，杀人犯会把枪扔掉不再犯案，父亲们也不会再打孩子。第二天，报纸会刊登她的雀斑，那些献给世界的吻，然后火箭发射器会变成花房，父亲们的拳头会变成温柔的爱抚。但这样的事不会发生，说句实话，除了我和阿里，似乎没人注意她的眼睛，她那像吻一样的雀斑，这个世界究竟有多冷漠？在屠宰场干活儿的这些人大多数都是农民的儿子，他们眼中只有姑娘们的奶头和屁股，尽管他们中的一个最后提起过她，在入冬第一天举行的收工舞会上，那时秋季该杀的牲畜都已杀完，多棒的舞会，真是上帝的恩典，那难道算不得一场舞会吗？！

　　在舞会上做表演的人不是别人，正是吉尔蒙迪尔·瓦尔蒂松[1]，他像发条玩具一样活泼，我们十四个伙计早就从南部订了杜松子酒和伏尔加，很多瓶，因为我们正打算大喝一场，找点乐子，妈的，因为活着并不是一件小事，我们才十六、十七、十八、十九岁。我们十几个人约定黄昏时分在一座房子外碰面，房子是我们中的五个伙计合租的，有人提到了她的名字，虽然她拥有列侬和麦卡特尼共同谱写的眼睛，可那个人却对此只字不提，它们应该登上世界的头版，它们的美可以用来拯救世界，可是没有，他只

---

[1] 吉尔蒙迪尔·瓦尔蒂松（1944—　），冰岛音乐家、农民，常被人称作"摇摆舞之王"。

是提了她的名字，西格伦，说她的奶头真他妈的太小了，像小小的羊屎蛋，你根本懒得去拧捏，单靠看根本硬不起来。

羊屎蛋一样的乳头。

单靠看你根本硬不起来。

阿里喝了一些杜松子酒，他把这些酒兑入低度数啤酒中，这种混合让人们得以想象自己正在国外喝真正的啤酒[1]。他喝了一大口，然后看着我。他从没想过西格伦的嘴唇以下的部分，她的嘴唇微微向下撇，仿佛出于一种十分模糊或者十分古老的忧郁，仿佛她在时间刚刚诞生不久时，就保有一些记忆。我们从没想过她的身体：奶头、腰胯、大腿、屁股；我们只知道这一切都必须存在，可它们的作用都是为了支撑她的眼睛、雀斑、嘴唇，承载着它们走遍世界。我们不是天使，不是天真的人。我们熟知《激情流浪汉》《有伤风化的故事》和《她从不满足》这样的书[2]，曾经有几次，我们从凯夫拉维克的书店里偷了几本黄色杂志，上面什么都有。所以我们多少知道一些事情，可西格伦不属于黄色杂志或色情小说的世界。她是，就像阿里在他的一篇浪漫狂想中写的那样：永恒的夏天，太阳系的梦，上帝的呼吸。

羊屎蛋一样的乳头。

接着我们跳起舞！

舞台上，吉尔蒙迪尔·瓦尔蒂松大喊着来跳摇摆舞，他的

---

[1] 1989年，冰岛取消了啤酒禁令，在此之前，伏特加或杜松子酒常被混合制成酒精浓度为2%的"淡啤酒"（冰岛语中将此称作"比尔森啤酒"），这种酒酒劲更大。

[2] 第一个书名"激情流浪汉"是由约翰·德克斯特（笔名）所著的一本英文书的原名，此书在1970年被译成冰岛文版本，*Götustelpan: líkaminn var hennarbankabók*（《街头女孩：身体是她的存折》）。另外两本书的原名不详。

脚奋力踩着舞池，一些人的确在尝试跳起来，但大多数人只是左右晃动着身体，带着醉意狂欢。这里有饱经风霜的农民和他们奶油色的妻子、儿子和女儿，最年轻的只有十六岁，最年长的已步入古稀之年。老人中资历最深的是来自布鲁的格伊，七十九岁，他总说自己想在乡村摇摆舞会上喝醉酒然后跳着舞死去，不要和一些老垃圾一样，躺在老人院里等死，像被风吹走的干草，像下体滴滴答答正在腹泻的牛犊。他从没离开过舞池，棉衬衫浸满汗水，他脸上喜气洋洋，掉光牙齿的嘴绽出一个大大的笑容，他的假牙被留在桌上喝得半空的伏特加酒杯里，当我跳舞的时候，他说，它们在我嘴里不停地响，让人烦躁，进入舞池之前，他把它们插在杯边，跳完再重新戴上它们，感觉一定好极了，他补充道，笑得身子直抖，满脸喜悦，他的兴致真高，相形之下，上了发条似的跳着摇摆舞的吉尔蒙迪尔看起来就像一具僵尸。西格伦，他的侄女，太阳系的梦，这一晚总和他一起跳舞，她穿着蓝色紧身牛仔裤、白色上衣，她也在流汗，太热了，她跳得很带劲，后来我们有意去看她的乳房，它们一点也不大，相反非常小巧，我们也注意到她的大腿，她的屁股，虽然我们不太思考那个词——屁股——很少去想，但我们发现它很美妙、丰满，就像某种事物，我们想亲眼看着它得到释放，它在我们眼前变了模样，因为当她在舞池里扭摆着腰肢的时候，当她跟着节奏快速而柔软地摇摆的时候，当她旋转的时候，她变成了一颗彗星，带着耀眼的光芒从黑暗的太空中逃离。

我和阿里看见了这一切，我们靠在社区中心的一根柱子上，在那里等待，消磨时间，阿里喝酒给自己壮胆，想请她跳一支

243

舞。以前我们走过生产线时,她总是对我们微笑,和我们说话,在食堂她曾经两次坐在我们旁边,紧挨着阿里,他们离得那么近,他甚至能感觉到她大腿的温度,离得那么近,这纯粹的幸福几乎让他无法呼吸。她在舞会上对我们微笑,有一次还走过来和我们说了几句话,我们还没来得及回答,一个叔叔还是阿姨就把她拖回舞池,在那儿她立刻变成一颗彗星,照亮世界的黑暗。阿里喝着酒,等待勇气的降临。或许,我们说,更聪明的做法是等到凌晨三点,在慢歌播放之前赶上最后一支舞,只是这样想想,慢慢地和她共舞,天堂与之相比不过是一坨狗屎。好主意,阿里说,他喝了一杯,盯着舞池里的她,看着老格伊,因为疲乏和酒精的作用,他已经有些站不稳了。时间是凌晨两点,两点半,三点。太他妈爽了,不是吗?吉尔蒙迪尔在舞台上尖叫,他的一些乐队成员似乎醉得很厉害,根本不知道自己正在演奏什么乐器,耶耶耶啊啊啊,舞池里的人尖叫着回应,格伊的声音最大,他重新戴上假牙,又来了精神。他的侄女,那颗彗星,西格伦,也在大声呼喊,耶耶耶啊啊啊,可是她突然不再耀眼,突然变得黯淡,她突然不再是一颗飞掠过这个世界的彗星,至多变成了一轮忧郁的月亮。或许,我说,她这么伤心是因为你没有请她跳舞。我们看着她,她把手放在其中一张桌子上,如此美丽、如此苍白,她的雀斑从未如此显眼,毫无疑问,她是我们见过的最美的事物,快满十七岁的她倚着其中一张桌子,额头沁出汗珠,她半闭着眼睛,肩膀垂下来。她看起来不太舒服,我说。是的,我们得去帮帮她,阿里说。我觉得她想吐,我说。亲爱的上帝,他说,他拼命地重复着这句话,我们得去帮帮她!可我们什么也没做。我们没有动,害怕引起注意,害怕她会推开阿里,轻蔑地呵斥他,别烦我,你真以为我想看见你吗?你这幼稚的、红头发的结巴,要是我对你有一丁点儿兴趣,那才真是见鬼了,要是我梦见你,那才是真见鬼了,滚开吧,一枪崩了自己吧,你就像一首蹩脚的流行歌曲,在北极你甚至都进不了热门排行榜前一百名。这就是我们犹豫的原因。但是卡里,这个来自阿克拉内斯的男人就不同了,他娶了一个农民的妹妹,每逢夏天,阿里就为那个农民干活儿。卡里三十多岁,是三个孩子的父亲,也来到西部的屠宰场上班,他的工作区域在生产线上,离西格伦不远,他做起事来手快得像闪电,他毫不犹豫地去搭救她,搂着西格伦的肩膀保护她,安慰她,他对她说了些什么,或许是呼吸新鲜空气能让她好受一些,总之是一些出于经验和责任感的明智的话,因为我们看见卡里带她走出去,在拥挤的舞池里为她开出一条道,她摇摇晃晃地走,而他的头抬得很高,假如没有帮助,她根本无法走出去,她不可能走得出来,非得吐别人一身,那该多丢脸,卡里是个好人,假如没有像他这样的人,这个世界会变得更糟糕、更艰难。他领着她穿过舞池,拨开狂热的人群,把她带到室外呼吸新鲜空气,我们犹豫地跟出去。等她缓过劲,我再陪她一起进来,阿里说。接着我们走出去,站在寒冷的夜里、寒冷的空气里,辽远的夜空缀满星星,我们想到永恒,想到天堂的音乐,它们是穿透黑暗的光芒,可是西格伦靠在卡里的车上吐了。我和阿里偷偷溜到那辆蓝色路虎车边,那辆车属于一个农民,从一九七五年起,每年夏天阿里都和他一起干活儿。我们想藏起来,假装没看见她的尴尬,我们这样做是为了她,为了保护她，要是还有人能像我们一样尊重她该多好。我们溜进车前座，听见卡里的声音，听见社区中心传来的动感节拍，生命欢快的节奏，酒精和狂欢。我们打开车上的卡式录音机，打开布里姆克洛乐队，那是比约格温·哈尔多松，也就是博，他唱的是真正的流行歌曲。现在她吐完了，我的上帝，她是多么苍白，天堂的上帝啊，她是多么美丽，我们的心脏在颤抖，变成了眼泪的形状。卡里把手伸进车里想拿什么东西，也许是一张纸巾，好让她擦擦脸，他把纸巾递到她嘴边，她嘴边隐约藏着一种古老的悲伤，不，他拿着一个瓶子，想让她喝口水恢复精神，等等，不，那是一瓶伏特加，他递给她，而她主动接过去，奇怪的是，她还想喝，这真令人失望。夜色更加深了，她半闭着眼睛喝酒，喝下一大口，咳了起来，酒水从她口中喷出来，卡里笑了，所以这全是他的设计，他抚摩着她的头发，她的脸蛋，她的像吻一样的雀斑，她那应该登上《纽约时报》头版，能改变世界，能把杀人犯变成园丁的眼睛，接着卡里开始热烈地亲吻她，仿佛在这个世界上不是阿里而是他深爱着她，爱她胜于任何人。她在他怀中，似乎因为喜悦而不能自已，他用一只手打开后车门，现在他们都在车里，在后座上，车门关了，很快车尾就开始震动。这是一辆拉达旅行车，它在震动、摇晃、起伏，很快一个白色的东西在后座上拱起来，那是卡里的屁股，它在座位上方窥视，仿佛在瞭望，确认是否有人偷看，或者像两个孩子一样开心地跳上跳下，越跳越快，时隐时现，这样幸福，这样喜悦，所以这才是她想要的，让一个老男人操他，幸好阿里没有请她跳舞，否则她会耻笑他，羞辱他，他只是一首蹩脚的流行歌曲，就算到了世界末日，也别想进入热门排行榜前一百名。录音机里放着布里姆克洛乐队的音乐，比约格温·哈尔多松唱着歌，他的声音像蓝色天鹅绒一样温柔优美：

请握住我的手
无论我去向何方
因为我永远不会忘记你。

北峡湾

——过去——

溺水的男人
没有胆量

　　非常令人震惊的是，有些人认为他们完成了使命，理应得到荣誉，理应成为众人心目中真正的汉子，可他们从没出过海，考验过自己的勇气。当然，我们住在一个岛上，很大的岛，可它的面积并未改变一个事实——大海将我们团团围住，它在等待，在召唤我们；有些人当然不得不留在陆地上，这很正常，有人得开店，盖房子，出版报纸，教育孩子，照顾病人，这一点显而易见，还有一些人住在遥远的内地，深深的山谷里，对他们而言，大海几乎不存在，这一定非常痛苦。那个人，一个男人，可以这样度过一生，他从没想过出海以证明自己，考验自己的力量；当天空电闪雷鸣，仿佛末日大决战，仿佛上帝在展示他的愤怒的时候，他也无法在汹涌黑暗的浪涛和咆哮的暴风雨前了解自己，一艘船，算上它的吨位和马力，充其量也只是一根树枝，而人的生命不值一提——那是一个对自己一无所知的男人；顶多算半个男人。或者，正如特里格维所说，出海才算是活着。

　　只有异常恶劣的天气才能把奥迪尔和斯莱普尼尔留在陆地

上；奥迪尔假如不出海，无疑相当于自杀，假如你受邀成为他的船员，那可是不小的成绩，那几乎相当于你因为勇敢和刚毅得到了一枚奖章。他的船员必须为工作倾尽一切，每逢出海捕鱼，假如想要留在家中，他们必须找到充分的理由；事实上，他们必须变成死人，这是唯一有效的理由，或者貌似合理的借口。到底是你生孩子，还是她生？当年龄最小的船员因为妻子即将临盆而向他请求下次自己不出海的时候，奥迪尔这样问他。就算奥迪尔自己发着高烧，以致产生幻觉，他也照样出海。不过有一点令人难以置信，整个东峡湾没有谁的安全措施比他这个铁人更严格，不管怎样说，在他坚韧不拔的个性背后，好像藏着一个懦夫。比如说，一个人若是水性不好，就没法在他的船上拥有一席之地；船的右舷和左舷都有救生衣，但绝顶荒谬的是，斯莱普尼尔载有一艘小艇，作救生船之用。一艘救生船会浪费宝贵的空间——过去，男人们都很英勇，他们心心念念的就是捕的鱼够多；他们没有时间考虑人身安全。假如出了事——发生意外，遇上危险的巨浪，只要尽力应对就好，亮出你身为男人的真面目，假如这样做不顶用，那么好吧，说明你的时间快到了；是时候收拾好行李离开了。世道显然已经变了；过去和现在的战士已经有了明显的区别。当然，奥迪尔可以从南部订购一根该死的长绳，把绳子的一端绑在斯莱普尼尔身上，再将另一端紧紧绑在码头上，这样他就能无所畏惧地出海了！

真是有趣极了。

大约三十名水手坐着或站着，喝酒，天气很恶劣，不时狂风大作，这样的天气不适合出海，有消息说一个渔棚里有科尼亚克白兰地,水手们蜂拥而去,渔棚堆满了人,太挤了,有人说,连放屁的地方都没有。很多人在抽烟,闻鼻烟,嚼干鱼,可门总是时不时地被风暴吹开,所以大家并不感到憋闷,浓重的烟草气淡去了一些,房间里的臭气也不再那么熏鼻。他们开始唱歌,讲故事。特里格维又是唱又是说,他悦耳的男中音和高超的叙述技巧,把每个故事讲得精彩生动,他会营造气氛,为每个情节勾画清晰的轮廓,仿佛它们正在众人眼前发生。他讲述昔日英雄们的冒险经历,那时候男人们都很英勇,不屈不挠,宁可吃糠咽菜,也不在诸如情感之类的方面服软。一个这样的故事讲完之后,康劳兹,一个彪形大汉,才说起绳子和奥迪尔的事。"公牛康劳兹"——因为他力大无比,脾气暴躁,相貌丑陋,大家便给他起了这个绰号——九年前想要加入奥迪尔的船队,当时船上刚好有个空缺:有人感染肺结核死了,就在南下去雷克雅未克的途中咳死了,可替补的船员另有其人,康劳兹没被挑中,那个人的力气连他的一半都不及。你可真有趣,康尼,特里格维说,比起水手,你做艺人更合适。不过奥迪尔什么也没说,他坐在凳子上凝视远方,好像很无聊;他那张因为日光、天气和大海而变得暗沉和斑驳的脸上没有一丝表情。

突然,渔棚安静下来,鸦雀无声。众人没有立即意识到;这种安静慢慢渗入他们的醉态,穿透咆哮的风和烟草气,可当它来临时,它充满了整个渔棚,能被触及,它把众人包围起来,他们能做的只有呼吸,他们只听得见自己的呼吸和门外肆虐的风暴,在黑暗中摇撼着高高的天空,声响在渔棚的上方回荡。男人们一会儿看着康劳兹,一会儿看着两个好朋友,特里格维和奥迪尔,很明显，有事要发生，而且是让人难忘的事，真是太好了，我们都在渔棚里，现在康劳兹打算为九年前遭到拒绝的事一雪前耻，用不了多久，他这九年来积累的恨意将会爆发，这些年他经常咒骂船员，带着九年来不断膨胀的愤怒。康劳兹身边的人都在努力向后撤，退一两步，尽管在拥挤的房间里这样做很困难，康劳兹站直身子，仿佛在提醒自己和周围身量与他相仿的人，他慢慢意识到自己说的话太多了，太过头了，而现在只有两种可能，若不后退，就要进攻。他不能肯定究竟哪种选择对他更有利，就在这时，他发现奥迪尔脸上的表情变了，这个杂种似乎咧嘴笑了，可一秒钟之后，或者还不到一秒钟，他又重新变回面无表情，不过康劳兹看见了这种笑，像刀一样把他割伤的讽刺的笑——现在已经没有后退的可能了。他说，一眼就能看透你为什么要选富西那个蠢货而不选我；在我看来，你是想把他老婆鲁纳搞到手，我能理解，谁不想把她的腿分开进去玩玩，其实你一直都清楚，我要是和你站在一起，就会显得你胆怯和卑微。怪不得你老婆有点不正常了，她被饥渴折磨疯了，渴望一个真男人进入她。你就不担心吗？下次我路过你家的时候，保准让她尝尝被一个真男人操的滋味。你甚至可以一边看一边学。

现在他的确过头了。非常过头。

难道这不正是勇气的尺度，敢于过头？他咧嘴笑笑。

他用这种举动说明，他不惧怕任何人、任何事。他双手握拳，巨大的拳头像两块大圆石，他盯着奥迪尔，后者比他矮一头，肩膀也不算宽，明显不够强壮——这就是他没有行动的原因吗？因为奥迪尔坐得稳稳的，十分平静。后来他拿出一把小折刀，在脸颊上试刀刃，接着开始清理指甲。动作很慢，很坚定。他抬了一次头，直接看着康劳兹，他的灰眼睛仿佛看穿了对方的头骨。面对这个大汉的污言秽语，对他莫名的攻击和对妻子的恶意中伤，奥迪尔只有这一个反应：刮掉指甲里的污垢！

但要慢慢地刮。

慢得令人不堪忍受。

渔棚里的每一个人都在看着，他们全都纹丝不动，静如磐石。他们的目光一直停在奥迪尔的小刀上，停在他的手上；他们一直看着，仿佛受到迷惑，仿佛正在参加一种宗教仪式。最后，康劳兹再也无法忍受，开始吼叫，声如响雷，随便哪个正常人听了都会吓得要死。这算什么？看看你到底有多软弱，啊？！奥迪尔抬起头，手上的动作停了一会儿，他抬起头，但很快又静静地干起手上的活儿，康劳兹突然感觉奥迪尔刮去的不只是指甲里的污垢，还有他康劳兹身上的勇气与平衡。这他妈的明显是胡扯，可他还是感觉到了。当然，他喝多了，是的，可能是他们喝完科尼亚克白兰地之后，又喝了些该死的威士忌，还是他妈的自酿的酒，所以他的行为才过了头。他看着船长指间的小刀，感觉好像听见了刀刃刮出污垢的声音，暴风雨的喧嚣和狂暴已经退到一种微妙的距离之外。轮到第五个指甲的时候，康劳兹感到胃部一阵不适，第六个，这种不适越来越明显，第七个，渔棚里的空气变得异常沉重，令人反胃，其实他想呕吐，第八个，他必须走到室外呼吸新鲜空气，该死，第九个，康劳兹推开众人，一步跳到门边，冲进暴风雨中，很快风把他撂倒，他趴在地上，一边吐一边干呕，而渔棚里的奥迪尔合上了小折刀。

这是雅各布，阿里的父亲经常听闻的故事之一，版本各有不同，当他父亲在东部长大，后来又去了南方的时候；当他住在瓦斯莱叙斯特伦德，住在熔岩地带，以及后来住在雷克雅未克的时候。各种各样关于奥迪尔的故事，不一定都好听，但总是他占了上风。雅各布非常了解康劳兹这个大块头，公牛，彪形大汉；他经常和他的两个儿子一同玩耍，但雅各布总是有点怕他。康劳兹是个暴力的人，酒后尤其危险，成了乡村警察的噩梦，他能把男人像空袋子一样扔开，至少要三四个身量不小的人才能控制他，把他制服，谁知奥迪尔只刮了刮指甲就打败了他！

* * *

胜利者奥迪尔。他是一位船长，拥有让他获利颇多的渔船，无论是年轻人还是老年人，都给予他尊重，他的力量和毅力不可动摇，在危险的天气里照样自信地出海，海越狂暴，风浪越高、越黑，奥迪尔看起来就越无畏、越畅快。但同时——这一点也被视为很大的矛盾——在安全问题上，他是整个东峡湾的先驱；在这方面没有人比他更谨慎，他备有救生船和救生用品，他的船员必须会游泳，他自己的水性就很好，尽管他很晚，二十多岁时才学会游泳。他一直保有一个习惯，就算仲冬时节出海，也会脱光衣服跳下海围着船游几圈，海水冰得怕是连魔鬼都无法忍受，船员们站在船上，单是看着自己的船长游泳，都感觉冻得够呛，不住地发抖；再这样下去你会没命的，他们说，可他甚至连感冒都不会得。"我一直很喜欢危险。"很多年后他这样说，这些言论出现在其中一篇名叫《昔日海上英雄》的访谈录中,在"水手日"[1]当天发表在《人民的意愿》上。他声称自己在恶劣的天气里感觉最好,"那时你在接受考验,必须证明自己的本色;这是我的本性,但在我看来,安全措施不严格是愚蠢至极的事。我是个负责任的人,不仅是为了船和渔具,也为了我自己的生命,最重要的是,我要为船员们的安危负责。假如一位船长不把船队的安全置于首位,那他就不应该登船,他应该去指挥一艘能放入浴缸的船"。

愚蠢至极。然而在这以前很长一段时间,在安全问题上,奥迪尔是最粗心大意的人,但这一点在逐渐改变,这自然是因为有了孩子以后,你内心的责任感被点燃,太阳、月亮和地球顿时被一个小人踩在脚下,假如你死去,他们的世界就会坍塌;这是最纯粹的自私——弥天大罪,不可饶恕——假如你漠视他们的安危。

正是玛格丽特让这一切发生。

会有什么后果,有一次她问奥迪尔,这是一个宁静的冬日早晨,很多年后,"公牛康劳兹"才会在渔棚中站出来;前天和大部分的夜晚,天气都很恶劣,雪下得很大,但此刻一切都安静下来,他们比孩子们早醒来很久,她精神十足,因为做了一个令人激动的梦,她觉得自己应该为这个梦感到羞愧,但在她躺着的时候,那个梦还在她的脑海中逗留;她听着奥迪尔均匀的呼吸,感到忍不住,需要张着嘴,把两片嘴唇分开。她想平稳地呼吸,却做不到,她无法控制体内血液的奔流,她轻轻地起床,溜出去,

---

[1] 水手日(冰岛语:*Sjómannadagurinn*),定在每年6月1日。首次庆典于1938年在雷克雅未克举办。

确认孩子们睡着了，然后回到屋里，用嘴唇叫醒奥迪尔。他们紧紧靠在一起睡，相互缠绕，仿佛他们是一体的，她呼吸着他的呼吸，感觉到他的手臂将她环住；假如没有这双胳膊搂住我，我该怎么办？她想——接着谈起一个她经常提起，又经常回避的话题。此刻她很坚决。此刻她这样热切地渴望着他，以至于无法忍受失去他的念头。不过，风险很大的时候，一个人必须用正确的方式面对问题；一个人必须为倾听者量身定做合适的话。假如你的一个船员在恶劣的天气里从船上落水，她问，会有什么后果；嗯，打个比方，那个人是你？那样的事不会发生，他说，或是低声说，面带微笑。你不能这么说话，没人能保证；海比你大。哦，好吧，我会被拉上船的。

玛格丽特：可是假如一个巨浪扑来，把你从船上卷走了呢？

奥迪尔：那可太不走运了。

玛格丽特：你所说的不走运是什么意思？

奥迪尔：你和我一样清楚，做水手有风险。有人会溺水，这就是我们需要付出的代价。只要无所畏惧就好。

玛格丽特：对一个溺水的人来说，要做到无所畏惧很困难。

奥迪尔：一场该死的厄运，这是肯定的。但这就是大海——它既给予，也索取，它让我们成为男人。

玛格丽特：该死的厄运会让孩子们失去父亲，失去他们敬仰的人，甚至会让他们家庭破碎。水性好的人获救的机会自然要大得多，特别是当船上有救生设备的时候。能再见到你的孩子当然要比溺水更好——况且溺水的人抓不到鱼。其实，溺水的人没有胆量，他们对任何人来说都没有价值。他们没法捕鱼，没法勃起，他们不得不离开赛场，这已经够糟糕了，更糟的是，他们若是水性好，就能拯救自己。除此之外，在海上行事谨慎、做好安全措施所需要的勇气比大多数人所拥有的更多。

奥迪尔坐在床上，愤怒地看着妻子。

他在咒骂。

后来他去学了游泳。

一开始，简直令人难以忍受。游泳池建在峡湾的入口处，他感觉自己像个白痴，在水里踢腾、扭动，像一只在陆地上挣扎的鱼，这种让人刺痛的羞辱感，对每个人来说都显而易见，主要是女人和孩子们，还有他和应他要求同来的特里格维；第一次课结束后，他们气得几乎要动拳头。有三回，特里格维不得不拦着奥迪尔，不让他爬出泳池去揍那个该死的老师，那个十足的白痴比约格温，村里的邮政局局长。这两个拜把兄弟是被嘲弄和戏谑的对象；他们被称作两条鱼，两条美人鱼，不止一次，他们一大早离开家时，看见门口放着鱼尾巴，那就像挖苦的笑脸。不过奥迪尔铁了心要学会游泳，该死的游泳，去征服它，这个讽刺的绰号，鱼尾巴，去驯服它，游泳的美妙一点点向着他们敞开；这个比约格温是一位真正的大师和杰出的老师，他在海上一无是处，但在其他方面却是个天才，因为这完全是奇迹，浮在水面上的感觉简直太棒了，你甚至还能在水中驱使自己前进。一年后，斯莱普尼尔的全体船员都学会了游泳。这是东峡湾第一艘所有船员都会游泳的渔船，每个人学游泳的时候都受尽了嘲弄。船员们追着鱼游，而不使用渔具。他们被称作人鱼、海豹、海豹精，他们的船上还有救生用具——既然他们对大海这样恐惧，为什么不干脆待在陆地上？最重要的是，他们有救生船，一艘小艇，这太过分了，你甚至没法拿它开玩笑。对奥迪尔来说，他的杰出不仅在于船艺，也在于安全问题上，这是件值得骄傲的事，而且他对此也始终不懈地倡导着。他拿到了一本有关海上安全的小册子，那是游泳教练兼邮政局局长比约格温在东峡湾出版发行的。这本小册子的影响力相当大，其中很大的原因是奥迪尔对他的曾祖父在离海岸不远的地方溺水这件事的描述："我的曾祖母、我的祖父，以及祖父的兄弟姐妹眼睁睁地看着他挣扎，最后沉入水中。天气美好而平静。他们看着，无助又绝望，他在水里猛烈地拍打着，接着沉了下去。消失了，不会再回来。后来，年龄最小的孩子，一个幼童问道：'为什么爸爸不出来呢？'"

正确答案很简单，奥迪尔说，尽管文章无疑是玛格丽特写的，这样的事对她而言更自然："因为他不会游泳。"

"这的确很奇怪，"文章这样结尾，"几乎没有几个水手有勇气考虑安全问题。虽说每个人都清楚，假如我们不采取适当的措施，大海就会严惩我们。当然没有人能阻止死亡，可也没必要帮它清除障碍。"

　　　　时值三月——死亡的手
　　　　　　白如月光

一天晚上，死亡从海上升起，进入内斯村。

奥迪尔躺在玛格丽特身边，睡得很沉，家里有五个孩子，五个宇宙，五重幸福，三个女孩，两个男孩：小居纳尔，还有索聚尔，他很快就满十二岁了，已经开始时不时地跟随父亲出海，这对他的年龄来说很了不起，他一点也不晕船。时值三月，奥迪尔本应在霍尔纳峡湾，现在正是鱼汛期，但他几天前已经回家，工作时出了事故，他没有站稳，跌在一把小刀上，被戳伤了大腿，需要康复。伤口感染了，不过他恢复得很快；他不久就要离开，从特里格维手中重新接管这艘船。奥迪尔睡得很沉，但玛格丽特已经醒来，小居纳尔做了噩梦，爬上了他们的床；他躺在他们中间，很快安静下来，重新睡去。不过玛格丽特却很难入眠，所以她走出去，洗脸，小解，然后烧了点水，在等水烧热的这段时间，她向厨房窗外望去。万籁俱寂，村庄、群山和大海无比宁静，起初外面一片漆黑，后来云层中渗透出了微弱的月光，她看见水上升起一个模糊的轮廓，经过码头向海滩扑来。开始看不清楚，一团模糊，但它很快就有了形体，高大而黑暗，玛格丽特当即确信只有死神才会那样行走，从海里来到岸上，要带走某个村民。她必须保持清醒，观察这一切。它迈着缓慢而均匀的步伐，就像时间之外的存在，它经过的时候，似乎连空气都对它臣服。我一定是在做梦，她想，可她周身感到恐惧，因为死神沿着山坡走上来，直奔他们的房子。

她在走廊见到了它。

它很高大，目光冷峻，瞳孔那样黑，显得周围的夜色都明亮起来，它的手巨大而洁白，就像月光；为什么它们是这种模样？她想，月光这么美，为什么不能继续呢？她站在客厅里，站得很稳，她的全部武装只有自己的生命。孩子们在里屋睡觉。还有奥迪尔。她说，你不能带走任何人，不能在今晚，明晚或后天晚上也不能，很长一段时间里都不能。

我只是拿回我的东西，活着的人无法阻止我。

它的声音仿佛来自虚无。没有声响，没有细微的变化，没有腔调。它的话来自深渊，只有无尽的悲凉，仿佛所有的希望都消失不见，每一片草叶都枯萎了；她真希望自己能蜷缩在角落里，闭上眼睛。可是她没有动，她直视死神，看进它的眼睛深处，看见它们如同两座坟墓。她只是看着，没有畏缩。死神举起一只手——后来她再也记不起是右手还是左手，但它的指尖是蓝色的，它的皮肤伤痕斑斑，苍老又粗糙，裹着一层茧，它举起手，将指尖轻轻放在她的左胸上，放在她的心脏外面，心脏在一瞬间从温暖的肌肉变成了一块冰冷的石头。

后来她醒了。

她在走廊里，冷得发抖，蜷缩在地板上，此刻已是半夜，月光透过窗户涌进来，像一只冰冷的手。

五月，春天已经到来

"过去，"《指针日报》这样说，喝咖啡的时候，玛格丽特读了起来，像在进行一次沉重的判决，"海冰是我们的死敌，但是最近几年，它的位置已经被肺结核取代。它不可阻挡，比海冰更为致命。它蔓延到全国各地，在那些幸存下来却失去亲朋挚爱的人们的记忆中留下了死亡和裸露的伤口。肺结核不会赦免任何人，无论是无辜的孩子还是最强壮的男人。"

像在进行一次沉重的判决——就在玛格丽特挡住死神的几天后,她被确诊患上肺结核,仿佛死神用冰冷的手指把这种致命的疾病推入了她的胸膛——可它却没能让她倒下。她成了极少数的幸运儿之一,她勇敢地挡住了死神,这是来自生命的奖赏。她恢复得很快;疾病并未深入,所以一年多后,她完全恢复了健康。或者说像一个挡住了死神的人一样健康,她直视过它的眼睛,那两座黑色坟墓,并且被它触碰过。没有谁的生命理当忍受死神的触摸;难道这就是她偶尔感到某种重要的东西,也许是内心的平静,突然断裂的原因吗?难道这就是她为阻止死神,直视它的眼睛并拒绝回避所付出的代价吗?

或者说,难道这就是她为过度的想象,为过于薄弱的控制力所付出的代价吗?

她从没对奥迪尔提过死神曾经来过,没提过那究竟是不是梦,没提过死神的眼睛是两座坟墓,以及它用月光做成的巨大的手骨。奥迪尔从来没有耐心面对有悖理性和超越理性的东西,也没有耐心面对那些双手无法抓握,也无法打破的东西。对迷信、鬼魂之说和超自然力量感到恐惧,相信神秘事件的存在,这些迹象一方面是由过度活跃的想象所导致的神经紊乱造成的,另一方面是因为自控力的缺乏。他的观点十分强硬而坚决,所以自从他们相爱开始,她一直努力压制自己漫无边际的想象,有时甚至完全将之否定。可是后来她看见死神浮出海面。她挡住它的去路,一切都变了。她挡住了死神的去路,战胜了肺结核,进而发现生命的可贵,那是多么稀有的火花。可她也开始质问自己,我的梦想在哪里,它们去了哪里,那些关于明媚的幸福、欢笑、梦、知识、智慧、诗歌和教育的梦想？

也许是她想得太多。她过度思考，也过度夸大，所以才会急着批判周遭的事物，只看见消极的东西。同时，她也忘了每个人都需要自己的空间。比方说，男人比女人更爱喝酒；这是他们的应对方式——应对自己的过错，假如你愿意这样看待的话。但每个人都有缺点，那才是生活，还有一些女人不让自己为了喝酒的事烦心；喝酒是生活的一部分，可为什么有时候奥迪尔酒醉回家，她是如此冷淡而不悦？也许是因为在他喝酒的时候，她觉得自己就要失去他了，或者觉得她对他而言也许没那么重要；她是不是担心他在追求别的女人，她们会从她身边偷走他，偷走奥迪尔身上她仍然眷恋着的部分，不管情形怎样？她总是时不时听见有关奥迪尔和其他女人在烘干厂的谣言，全是一些含沙射影、含糊其词的话。会不会因为她给他的空间不够，没有让他感到自由？酒精是避难所。做一个船长，为他人的生命和生计负责，展现坚不可摧的力量，成为一个榜样，这一切都太不容易，需要使自己与众不同，疲惫不堪地回家，一边是孩子，一边是日常生活的压力，几乎没有时间休息；有时候每个人都需要宣泄。他酒醉回家，她有时根本不知道他去了哪里。她被困在家里，陪伴孩子、烧饭、做家务，可他却想来就来，想走就走，自由自在。她有时就这样消极地思考问题；她无法控制自己，总挑他的错，不给他空间，仿佛她厌恶他拥有空间，他酒醉回家，在一番畅饮后大醉，可他走路从不打趔趄，他从不语无伦次，从不惊慌无助，仿佛时刻都在控制自己——有时甚至还很愉快。他会和孩子们玩闹，逗弄他们，让每个人都感到开心，除了她；她总是忍不住板起脸,不管她多么努力地保持平和——她变得乖戾,而他却变得有趣。奥迪尔把孩子们抱在怀里,把他们扔到空中,打一个圈,他给他们讲关于大海的故事,讲大海的汹涌,海上的暴风雨,还有它的风平浪静,当世界在延伸,我们也随着它一起延伸,这是你舅舅特里格维的话。我们什么时候才能和你一起出海?女儿们问他,奥迪尔喝了酒,也没料到孩子们这样在意自己,他几乎不由自主地带着盎然的诗意回答,大海让我们成为男人,而陆地属于你们女人。你们要替我们看管好大陆。我们生活在危险之中,它塑造我们或毁灭我们,这就是我们的宿命,而你们安全地生活在陆地上,守护生命。我们会在岸上相遇。

玛格丽特听见了这些话。她在厨房里,试着看书,却无法集中精力,她为自己的僵硬与暴躁,为自己对奥迪尔的冷酷和愤怒感到沮丧,此刻他的注意力都在孩子们身上,她听见了他们喧闹的笑声和欢乐的尖叫。所以她开始动手烤面包,可惜这不是为了讨他们的欢心,而是为了让自己沉迷于工作中。烘焙的时候,她听见了这些有关男人和女人、陆地和大海的话,某种东西在她体内裂开;她没有意识到自己伸手拿了一个盘子,并把它摔到了墙上。用尽全力。盘子噼里啪啦地碎了。

之后一片寂静。

我们听见东西碎裂的声音,看见后果,看见原本完整的事物一瞬间变得凌乱不堪。没有什么比凌乱更让我们感到害怕。那些曾经拥有特殊用途,同时也很美观的东西已经不能再用了,变成了令人厌恶的凌乱。那让它诞生的力量也已变成了参差不齐的、不规整的、险恶的碎片。奥迪尔和孩子们走进厨房,看见摔烂的盘子,看见玛格丽特站在那里,她脸上的表情令人难以琢磨,眼神既疯狂又恐惧——索聚尔看见的是恐惧,胡尔达看见的是疯狂。奥迪尔看见的是碎裂的盘子。我会清扫干净的,玛格丽特说,她努力让自己发出平静的声音。你得学会控制自己,奥迪尔说,他的声音因为一股突然从深处爆发的怒火而变得冷酷不堪,她看见了碎片里和她对峙着的东西:她自身的弱点。那些拥有弱点的人总是错的。

她跪下来,清理地上的狼藉,而他走到墙边,用手抚摩着木头上浅浅的刻痕。玛格丽特,他说,你的幻想正在伤害你的神经。你的杂念太多,困扰太多,把并不存在的东西和真实混为一谈,正因为如此,你才变得狭隘。

一篇关于黑暗与夜晚的随笔

拥有弱点很痛苦,更糟的是意识到了这一点,感觉到了这一点,这种意识会穿透身体,对生命器官产生危害,损害它们的功能,尤其是你的心脏以及它与大脑的种种联系。她越来越狭隘了。

她不能容忍自己挡住死神的去路,或是容忍被它触摸。她的肺结核的确治好了,但那种触摸也让她落了病,残存的冰冷变成黑暗,在她心里起伏不定,难以预料,仿佛它拥有意志,随兴致自由来去,不管是冬天还是夏天,不管是鸟鸣还是雪落。一年有两三次,黑暗充满了她的血管,一切都变得尤为艰难,她几乎不做家务，也不理会腌咸鱼的工作，除非她强迫自己这样做。情况最糟的时候，她就躺在床上，像个游手好闲，或者年老体衰的人，无异于废物；摆脱她并不会有很大的损失，或许在大家看来那反倒是件极好的事。孩子们不得不替她做家务，为他们的父亲做饭，这是怎样一个母亲，连自己的家都不顾？这就是奥迪尔必须容忍的。难怪他偶尔喜欢喝酒，喜欢和其他女人打情骂俏，换作别人，谁不会干同样的事呢？谁不会呢——她知道，知道她让他们失望了，可黑暗填满了她，给她的脏器涂上了颜色，闯入她的每个思想，甚至记忆；一切都是黑的。她几乎起不了床，一次在床上躺两三天，只是平躺着，呆呆地凝视着，纹丝不动，像是睡着了，或是死了，她几乎不说话，经常如此，孩子们很怕接近她，奥迪尔则睡在前屋。这样的日子常常结束得很突然，仿佛死亡从她身上被扯下，取而代之的是生命，璀璨的生命。她的血液充满阳光、笑声、鸟鸣和难掩的喜悦，她静不下来，必须四处走动，为生命喝彩，跳舞！她开始烘焙，投入所有的精力，在屋子里跳舞，拥抱孩子们，他们一时间又开心，又害怕，又尴尬。她拥抱生活，因为活着是那样美好，那样有趣，那样重要，若不允许一个人去释放，那必然是对每个人，对宇宙，对上帝的背叛。正因为如此，她才跑出去，想把世界变为一声喜悦的叫喊，一支舞蹈，她跑出去，拥抱第一个她遇见的人，一个从山谷里来的农民，她知道他的名字，仅此而已，但这不重要，因为她热爱生命的一切，想拥抱生命的一切，想拥抱他，想大声呼喊，难道生命不美丽吗，难道活着不美妙吗！事实上，这个农民又怎会不接受，他像平常一样去镇上，却意外被一个漂亮女人抱了一把，她只穿了一件睡裙，他感觉到了她的胸脯，于是紧紧贴着她，当你被一个女人抱着的时候，一切都是美好的，他一边说，一边吻她。后来，也许过了半个小时，她的快乐有所收敛，或者缓和，她给孩子们做了热巧克力，给他们的盘子里装满了香甜的饼干，她感到有些羞愧。也许她没有必要那样跑出门，去拥抱那个男人，更别说允许他吻她了，此刻她记起他的手在她屁股上乱摸，他为什么要这样做？难道你就没办法向一个男人展示你的开心，同时避免他占你便宜吗？她有些羞愧，年长的孩子们对她感到愤怒，尤其是胡尔达。那天之后她一连几天不得不去忍受同辈的戏弄，而小居纳尔也感到气恼，他不被允许跟妈妈一起上街四处乱跑；胡尔达不让他这样做，他扭着身体，在她怀里又打又哭，没完没了。也许没人看见我，玛格丽特试着安抚他们，何况无论怎样，偶尔享受生命何错之有？

何错之有？当然没错，难道我们大家不该偶尔冲出家门，为生命喝彩吗？或者说生命是如此不言而喻，如此理所当然的吗？我们多久才会跑上大街，为生命——那头疲惫的兽，那朵迎风的花，那种基调——庆贺一次？

可是没人看见她。当然，除了那个农民，他看不出任何保持沉默的必要，所以消息在码头上等待着奥迪尔，数小时后，他的船满载货物向岸边驶来，最近两年，他的船总是收获最多，可她却跑到大街上拥抱一个陌生人，歇斯底里地大叫。我没有大叫，她在抗议，我听到的可不是这样，他在怒斥，他刚进家门，在厨房里来回踱步，她坐在餐桌边，一天的风波后，她摆脱了沉重的黑暗，脸颊红润，美丽极了。她烤制了几个小时的饼干，尽管这香味让奥迪尔更觉饥饿,却无法平息他的怒火;反倒让怒火更盛。她为什么那样做,为什么那样跑出去,大喊大叫,衣衫不整,还雪上加霜地拥抱基尔丘博尔的西格蒙杜尔,拥抱所有的人!我不知道你认识他,她柔声说道,垂下眼睛,仿佛在和桌子说话。认识他,我不知道还有谁想认识那个烂透的乡巴佬,该死的酒鬼,算他走运,我上岸的时候他已经回家了,否则我会把他削成一片咸鱼;这他妈的到底什么意思?

她能说什么呢?

她该如何描述快乐把她制服,黑暗突然弃她而去,在一瞬间毁灭,把她的绝望变成生命的庆典,她该如何对他解释,假如她对那个她拦住了死神的夜晚和从那之后接二连三发生的坏事闭口不提?他永远不会理解。她在餐桌旁抬起头,看着奥迪尔,光线透过窗户,照着他英俊的脸,她仍旧看得见他让她倾慕的地方,让她沦陷的地方,它们一直存在,哪怕当初她远在加拿大,他们之间隔着一片汪洋。她看见了,感受到了,同时,某种东西拉大了他们之间的距离,无法丈量的距离,无法用言语、爱抚和亲吻弥合的距离,是什么横在他们中间,它的名字是什么,它是由谁创造的,为什么生命非要如此艰难和不公,为什么她非要这么倒霉,成为家庭的耻辱,为什么他不能去努力了解她,为什么他不能停止对她的愤怒,穿过厨房走向她,跨越那片淹没他强壮双腿的大海,给她一个关怀备至的拥抱,一个能给她安慰,让她睡上一觉就能驱散黑暗的拥抱?

她坐在餐桌边,又低下了头,就是这样,她把双手放在桌面上,它们曾经白皙柔软,不像现在皲裂得这么厉害。她闭上眼睛。哭泣。

我们哭泣,因为语言并不完美,无法一路抵达生命的至深处,甚至无法触及深渊的一半,我们的眼泪在语言停止的地方开始,它们是来自深渊——那片完好无损的深渊——的信息吗?

奥迪尔发现她的肩膀在抽搐,因为她在努力地抑制眼泪,起初这让他更加愤怒,因为当你愤怒的时候你只想保持愤怒,想发泄,他最想一路跑向山谷,把那个该死的娘娘腔拽出来,那个人见人厌的西格蒙杜尔,把他拽到他的农场上一阵好打,打碎他的烂牙和腐臭的内心,他一直让人难以忍受,带着一种令人极其厌恶,甚至愤怒的东西,可玛格丽特居然拥抱了这个男人,他随后传遍了整个村子,大肆吹嘘这件事,言语间毫不留情,他说她衣衫不整地跑向他,用她的胸脯蹭他,兴奋而急切地勾引一个汉子。奥迪尔细想了一阵,简直怒不可遏,他握紧拳头,而她开始哭了起来,再也无法克制眼泪,她哭了,他的怒火在一瞬间消散,如此突然,以至于让人心痛,他一下子感到无比空虚,不知所措,怒与怨的突然平复,既而消失,会让人空虚麻木,他的胳膊还悬在那里。要是他身在海上就好了,最好在暴风雨中,这样他的胳膊就有了目的。她哭了。要是他能把悬空的胳膊变成船桨,把自己变成一艘船就好了。

玛格丽特,最后他开口说,可他的声音如此嘶哑,以至于他说出的词和名字让人听不懂;那听起来更像是咆哮。

他清清嗓子,又试了一次,他说,玛格丽特,我亲爱的——于是又过了很多年。

凯夫拉维克

——1980——

停滞是死亡的姐妹——

但左轮手枪在唱机转盘上

唱片封面在我们眼前

二月末,我和阿里一起把立体音响系统搬进他家的单户住宅,当时家里没人,他的继母和父亲都不在;阿里对此非常小心,他曾经带着谨慎和犹豫说过,他在攒钱买设备,立体音响,但这个想法并没有得到支持;事实上,它遭到了强烈反对。不过现在已经不重要了,因为我们很快就能听见从真正的扬声器里传来的音乐了,我们终于能听见音乐的纵深和它纯正的力量。我们匆忙接通肯伍德扩音器、卡式录音机、唱盘和AR扬声器,我们的手指因为兴奋而颤抖;我们坐在他卧室的沙发床上,卧室里还有带书架的书桌、椅子和立体音响,我们把《希望你在这里》放在唱盘上,调高音量,让它响亮得在天堂都能听见,我们希望住在天堂里的人也听得见,尤其是早逝的她,六十年代末,她在维菲尔斯塔齐尔医院被死神带走,她骨瘦如柴,所以死神必须非常小心地抬着她,免得被她锋利的骨头割伤,必须非常温柔,免得把她打碎——不知死神把她带到哪里去了。每个人都会孤独地死去,我们的存在和安慰也许无法洞穿黑暗,这一点让人感到痛心。所以我们懒得去想，只是尽量把音乐声开大，大到足以在黑暗中听见，足以一路传到天堂，传到当一切终结我们将去往的那个地方，那时候树木停止生长，人们不再听得见言语，雨不再落下，阳光不再照耀，土壤不再馨香。当一切以一种我们不能理解，不想理解，也不敢理解的方式结束时，我们应该不停地、毫不犹豫地试着去理解，因为假如我们放弃不可能的事物，放弃捕捉生命之外的存在，我们就会失败，彻底失败，没有任何力量能够补偿。

所以我和阿里才把音乐声放得这么大，只想让天堂听见，我们播放平克·弗洛伊德，这是一支想要改变世界的乐队，我们坐在他的沙发床上，听着熟悉的音乐，以前我们经常在单声道盒式播放机上播放他们的歌，播放机是三年前阿里用递送《冰岛晨报》挣来的钱买下的。上帝保佑我们，用单声道系统和用带有AR扬声器的立体音响播放音乐差别很大，后者为音乐增添了一个全新的维度，我们能听见更为浓烈的东西，所有的乐器听起来更清晰和精准，歌手的声音更圆润丰满，仿佛我们走得更近，对生活的理解更丰富。聆听好的音乐就像打造一条直通幸福的道路。当大卫·吉尔摩唱着"我多么希望，我多么希望你在这里"的时候，我们把音量开得更大了，我们多么希望，我们多么希望；没有什么能衡量那种愿望，数字太有限，太愚蠢，太缺乏想象力，我们多么希望你在这里。人不可能衡量的渴望，也不可能理解它，描述它，解释它，那些有所思念的人心中总有一些黑暗，总有一根穿起悲伤的琴弦，只由时间来弹拨；我和阿里在这张专辑主打歌中听见了同样的悲伤，"多么希望你在这里"，我们一遍遍地循环播放，怎么也听不够，我们迷失在音乐中，忘了去看表，阿里的父亲雅各布和继母还在上班，可因为今天是星期六，他们不会太晚回家。我们忘了保持警觉，留意钟表，指针指向四点，指向五点，可假如你在为天堂播放音乐，你就可能忘记时间，可能消失在音乐中，无影无踪。卧室在摇撼。整座房子都在摇撼。"我多么希望！"音乐淹没了世界，充满每个角落，涌向下班回家的继母，她很疲惫，简直筋疲力尽，在她开门的一瞬间，音乐像惊雷一样迎向她，像一堆乌云，渴望像闪电从中劈下来。她直接走向保险丝盒，关掉电源。

安静像一个拳头，向着我和阿里的眉心击来。

后来，阿里花钱买了一副好耳机，距离上次的事还不到一周时间，他挨了继母和父亲一顿骂，理由是把钱砸在这么一个绝顶荒谬、毫无用处的东西上，一套立体音响系统，简直是一派胡言，你总不能拿音响当饭吃，何况客厅里已经有一套高级音响了，不是吗？家里没人的时候，他可以时不时地用它听音乐，前提是听的时候必须有点修养，不能像一个疯子那样用刺耳野蛮的音乐狂轰滥炸，让下班回家疲倦不堪的继母耳根子不得清净，是的，他们可以达成协议，让他偶尔在客厅里用音响听听音乐，这样他就不必把得来不易的钱浪费在这样无益又愚蠢的垃圾上。只要他把钱省下来，就能偶尔搬出去住，去体会怎么做个成年人，当然他也可能永远长不大，永远一事无成。起码不能靠着对妻子出轨。永远不可能。没有机会。

他们在这一点上意见一致，局面几乎变得美好。

但这才是生活：某些事情对一个人来说是追寻意义，对其他人来说只不过是噪声和垃圾。很明显，在人类世界中很难找到平衡，而且我们似乎从未在相互理解上取得过任何进步。因此，我们懂得多少种语言也许并不重要，因为分歧、偏见和误解似乎是语言固有的属性，像杂草一样潜伏在言语中；除去音乐，我们或许永远不会因为任何事物走到一起。我们在音乐中存放自己的梦想，对更美好的生活、更美丽的世界的渴望，以及我们能克服缺点、嫉妒、软弱和虚荣的心愿。

也许吧，阿里在我们听完了他在赫尔约马林德唱片店买的第一张古典音乐唱片《巴赫精选》后说道。店主曾是赫尔约马尔乐队，也就是鲁尼·尤尔和居尼·索扎尔所在乐队的主唱，他和妻子一起看店，妻子一副心不在焉的样子，好像自己不在场，她经常把自己打扮得像是要去参加六十年代的舞会一样。我和阿里每个星期六早上去赫尔约马林德，头一天我们刚领完工资，每周我们都盼着这一天；店主很快就像老朋友一样招呼我们，在六十年代末，年轻姑娘们都为这个男人尖叫，把她们的围巾扔向舞台上的他，把写着爱的宣言和她们的电话号码的门票扔向他，把胸罩甚至还有内裤扔向他。他对我们没有一点架子，而且样子很高兴，凯夫拉维克的年轻人竟然对音乐感兴趣，更了不起的是，对音乐家而不是热门榜单上的歌手感兴趣，换汤不换药罢了，他说，并一起卖给我们一张奥斯卡·彼得森的唱片，一张佛利伍麦克乐队的很老的布鲁斯乐唱片，那时彼得·格林还在乐队中，他弹奏的吉他乐仿佛是眼泪做的，最后就是这张《巴赫精选》，他从一大排密密麻麻的白色唱片中找出来，除了巴赫，其中还有贝多芬、肖邦、格里格和莫扎特精选，白色唱片封面上一些永恒的碎片。听听这张，他说，并把专辑递给我们，脸上带着别样的微笑，仿佛他正手握一只天使收起的翅膀。我们也笑了笑，很真诚，可内心却怎么也想不通奥斯蒙迪尔曾给我们讲过的关于赫尔约马尔的故事，关于他们在西南区跳舞，当时内裤、电话号码和那些充满情欲的信息纷落在这位歌手身上，不过十年光景，他如今递给我们一只天使收起的翅膀，他在我们眼中是个中年男人，身材肥胖，他的脖子、肩膀和屁股上堆满脂肪，随着他移动的身躯来回摇摆，让他看起来几乎像个女人。当年把内裤、带着情欲的门票和电话号码扔给他的姑娘们现在在哪里；他是否给她们打过电话，如今她们还会期盼接到他的来电吗？时间改变了一切，把充满情欲的信息变成购物清单，把内裤变成胡佛袋；但最后我和阿里选择了《巴赫精选》，选择了天使收起的翅膀，我们回到家，把唱片放在唱机转盘上，赶在阿里的继母和父亲下班回家前，戴上巴赫和天使收起的翅膀，它在我们头顶铺展开来，我们突然明白了为什么赫尔约马尔的前主唱脸上的微笑是那样别有深意。我们一边倾听，一边注视着蓝天，我们看见的一定是永恒，看见了它的美丽，看见了一种可能：这个世界和人的灵魂比我们想象的更美丽、更和谐。我们听着巴赫的音乐，想要流泪。

也许，阿里说，我们把一整张唱片听了一遍，有些曲子听了两遍，他说也许联合国安理会不该让任何一场会议开始，除非事先为与会者播放巴赫的音乐至少半个小时，因为假如任何人听了半个小时的巴赫却仍旧用恶意的和不合理的方式思考，仍旧渴望那些与美、和谐和正义为敌的东西，他就是个疯子。是的，我说，这样的人彻底疯了。

音乐可以驱散黑暗，把我们从忧郁、焦虑和消极中解放，让我们因为活着，因为存在而欢欣鼓舞、生机勃发；没有它，人的心脏就是一个死气沉沉的星球。既然拥有一套这么好的立体音响，不用它播放披头士乐队的《左轮手枪》，不让这张唱片在唱机上旋转是不可能的事情，你咂摸着唱片封面和背面的相片，仔细看着改变世界的那四个人，琢磨着把他们连在一起的友情，这种友情以某种方式让他们变得战无不胜，并强化了他们的创造力。在唱片旋转时凝视他们。凝视与倾听。A面：《收税员之歌》《埃莉诺·里格比》《我只是在睡觉》。第四首歌是乔治·哈里森的《爱你爱到》。我和阿里从来不把这首歌跳过去，这显得我们很忠诚，他很有趣，我们说，很有趣，歌里有关印度的东西，不是通常众人皆知的污水，做得很好，乔治，我们可以叫你乔治吧，了不起的歌曲，也许娱乐感还差一点，但你在探索，可能过于认真了，否则这真是好音乐，奥斯蒙迪尔会这样评价。

　　《爱你爱到》在翻滚的印度旋涡中结束。在印度，人们一本正经地练习瑜伽，牛也很受尊敬。印度有雄壮的老虎和大象，我们不能忘记大象，什么样的人才会忘记大象呢，我和阿里喃喃自语，小声嘀咕，《爱你爱到》在锡塔琴琴音的旋涡中结束，唱片还在旋转，在两首歌之间的沉默中旋转。家里只有我们两个人，时已傍晚，继母和雅各布在埃里屈尔和埃琳，也就是奥斯蒙迪尔的父母家玩桥牌，旋转的唱片进入沉默，或是空转时发出令人愉快的低沉的噪声，那种轻微的爆裂声，我们屏住呼吸，我们展开手掌，又合上，握成拳头。

　　紧握的拳头曾经一度是阿里祖父的情诗。

在内斯克伊斯塔泽的海滩上。

当然,我们坐在一九八〇年冬天的那间房子里,没得到一丁点儿与此相关的暗示,那时候铁托的心脏正费力地在人间挣扎前行,像一只衰老的爬行动物,像一个破碎的希望,看不见一丝光亮,而奥迪尔和玛格丽特都已不在人世,多么可怕,时间改变了一切。阿里记得她,但对祖父的印象却非常模糊,祖父去世的时候阿里只有三岁,他对奥迪尔的印象模糊得仿佛他从未存在过。不过他的荣誉证书挂在客厅里,就像一个警告:他的确存在过,不仅仅是一个普通的老人。然而不幸的是,我们已经看不见在我们眼前静止不动的事物,它甚至会变成虚无,因为它总在同一个地方,纹丝不动,从不改变。停滞是死亡的姐妹。一旦你停滞不前,许多东西便开始死去,甚至包括爱,虽然它是宇宙的基本元素,上帝赐予的古老礼物,对死亡唯一真实的答案。奥迪尔死了,他走了,消失了,对我和阿里来说,他没在世上留下任何东西,除了挂在墙上的证书,一动不动,毫不显眼,只有在雅各布喝得烂醉,风度尽失,卸下他抵挡生活的盾牌并将之丢在地上的时候,他才会把证书取下来,读给阿里听。

对奥迪尔的表彰。喝醉的雅各布。继母的沉默。

《左轮手枪》还在唱机上旋转,唱片封面就在我们眼前,我们长久地看着封底的大照片,仿佛自己成了四重奏的一部分。唱片在两首歌之间沉默地旋转。仿佛它被卡在《爱你爱到》和《这里,那里,无论何地》的沟槽之间,不敢开始下一首歌,在沉默中旋转,在停顿中旋转,借机让我们回想这一切。下一首歌当然要开始;这个世界的耐心不会超过两首歌之间的停顿。阿里握紧拳头。握紧的拳头曾是奥迪尔的情诗。一百年前他在一片海滩上握紧拳头，几个小时后，玛格丽特说，假如我的裙子下面什么都没穿，你就会知道我爱你。一个人还有可能收到比这更美的爱的宣言吗？她裙子下面的确是赤裸的，得到这个宣言的男人太幸运了不是吗？尽管如此，生活将很快对他们亮出闪亮的尖刀，这一把把刀将割得他们伤痕累累。我的裙子下面什么都没穿，阿里的祖母说，她六年前过世了，最后几年她住在埃琳和埃里屈尔的家里，睡在他们家宽敞的前卧室里，她很苍老，头发稀疏而纤细，假如没人帮忙，她连裙子也脱不下来，恐怕再也没法在裙子底下赤裸着身体，也不会有人惦记着想看一眼，恰恰相反，我们恐惧老人的裸体，没有任何欲望去观赏那些衰老皱巴的身体，它们会让我们想起干梅子，很不自在地让我们想起那种无人能够逃脱的毁灭性的力量，让我们想起我们会衰老，会枯萎，想起那一天到来的时候，再没有人想看我们赤裸着身体，我们再也不能说，假如我的裙子下面什么也没穿，你会知道我爱你，因为这传到世界的耳朵里就像一种威胁，或是悲惨的笑话。假如没人帮忙，玛格丽特就无法脱掉裙子；直到最后，她兜着尿布睡觉，她的牙齿放在床头柜上一个盛满水的杯子里，她肿胀的双脚让阿里想起风干的老香肠，那是很久以前的事了，夜里的她那样年轻，那样迷人，美式长裙下的胴体让人无法抗拒，东峡湾的山峰是赞美诗，对于我和阿里来说，它并不存在——在我们看来，它从未存在过。

因此——过去的每一段经历，无论大小，无论美丑，欢笑声和一只手的触摸，一切的一切迟早会消失在操场上，注定被遗忘，被摧毁，被消灭，却只是因为没人记得，没人想过，也没人存留下来，所以我们历经的一切都会渐渐化为虚无，甚至连空气都算不上，多令人痛心，这如此巨大的浪费，并推着我们走向虚空。一个人的生活充其量不过是几个孤单的音符，不成曲调，偶尔发出声响，却不是音乐——这就是为什么我们要为你讲述几代人的经历，这百年历史，抑或行星，彗星，这首流行歌曲，这张来自末世的热门榜单——因为我们想让你知道，玛格丽特曾经在一条连衣裙底下赤裸着身体，她的乳房小巧圆润，她纤长有力的双腿紧紧锁着奥迪尔，这样你就会知道，也永远不想忘记每个人都曾拥有青春，这样你就会明白我们迟早都会燃烧，满怀激情、幸福、喜悦、正义、欲望地燃烧，因为它们都是火焰，照亮黑暗，不让凶猛如狼的遗忘靠近我们，这火焰为生命加温，这样你才不会忘记去感受，你才不会变成墙上的一幅画，客厅里的一把椅子，电视机前的一件家具，一个盯着电脑屏幕的人，一个呆子，你才不会对什么都无所察觉，才不会变得麻木，才不会沦为权力的玩物、经济利益，才不会变得微不足道、冷漠无情，至多是一个神秘齿轮上的润滑油。燃烧吧——这样火焰才不会衰弱、消退和冷却，人间才不会变成一座冰窖，变成月球的另一边。

假如我的裙子底下什么也没穿，你就会知道我爱你。

阿里握紧拳头，我说了什么，最后唱针离开沟槽，《这里，那里，无论何地》开始播放。西格伦的右眼。她靠着拉达旅行车呕吐，没过多久她就脱去紧身牛仔裤，在拉达车的后座上分开双腿，让卡里，一个三十几岁、留着一脸黑胡子的有三个孩子的父亲，把硬邦邦的阴茎插进她的身体。三月的凯夫拉维克，我和阿里坐在他的卧室里，同一时间我们看见一个十月的夜晚，社区中心外一个农民的路虎车前座上,卡里的白色屁股正快速地起伏,像两个快乐的小男孩带着节奏不时从后座上探出头,博在唱歌,仿佛受到鼓舞:"我永远不会忘记你。"

我在任何地方都渴望着你,但最渴望的是在一辆拉达旅行车的后座上。

有些歌曲像时光中巨大的红杉,
高飞的天使

有些事情改变了一切。有人死去,你就会开始用不同的方式思考太阳系的行星,花儿怎样在细雨中低头,一个人吻你或不吻你,语言中闪烁的光芒都会不同。世界总在不断变化,没有正确的形式,我们也不知道上帝怎样看待它,上帝眼中的山是什么形状,它们是紫罗兰色的草药,还是古老的玫瑰,上帝的视野一定和我们完全不同,也许从天堂向下看,美国西海岸巨大的红杉就像高飞的天使。有些事情改变了一切,改变了我们的样子,我们看见的、感知到的一切——还有我们倾听的方式:这个冬天,我和阿里要把《这里,那里,无论何地》翻来覆去地听很多遍,才能再度爱上它,这两分二十五秒的时间。最后,我们彻底地、完美地融入了这首歌,沉溺其中,成为这一百四十五秒的一部分,感受着音乐固有的幸福和舒畅:有些歌曲像时光中巨大的红杉,高飞的天使。我们可以沉浸在歌里,不会看到卡里的屁股像魔鬼喷射的唾沫一样从拉达汽车的后座上方弹起。"我在任何地方都渴望着你。"麦卡特尼唱得格外忧伤；不到一周后，我们在合作社碰到了她。就在我们动身回南方之前，我们在饼干区碰到了她，当时我们的距离不超过一米，我们听得见她的呼吸，她把目光移开，可我们看见了她的嘴角，看见它们从一开始就有同样的悲伤，看见每一个雀斑，看见它们像亲吻一样。她把目光移开，显然决定无视我们的存在，我们不过是一首蹩脚的流行歌曲，排在世界末日的热门歌曲排行榜的第三百八十七位。我们想，好吧，原来她是这样的人，只想让老男人在后座上操她，还狂吐不止，好吧，滚蛋吧，我们会忘记你的，"再见宝贝，蓝色的宝贝，一切都结束了，蓝色的宝贝"。我们拿起一包饼干，弗仑牌的奶油饼干走了，把她从我们的生活中驱逐，三天后我们乘坐绿巴士南下，可它沿着布拉塔布雷卡坡向下开的速度太慢，所以我们无法忘记她的雀斑、她的嘴唇，更别说她那由列侬和麦卡特尼共同谱写的眼睛了，正因为如此，这个冬天我们仍然觉得用音响播放《左轮手枪》或《难过的一天》是件困难的事。"假如我爱上你"，我会把溅在你脸上的呕吐物擦去，扯掉你的紧身牛仔裤，在我该死的车后座上操你，我们的白色屁股像两个孩子快乐的脸庞，像一个咧开嘴的邪恶的笑。我们倔强地坚持听着这两张唱片，尤其是《左轮手枪》，期盼音乐能抹去我们的记忆；现在是二月，接下来是三月，铁托的心脏是一只老蜥蜴，一个破碎的希望，是变质的良心，我们反复听着歌，寻思着卡里有没有戴避孕套，或者及时拔出来，他是不是在用粗哑的嗓音低吼，她也在说，哦，卡里，宝贝，什么时候你想要我就尽管拿去吧，你是个男人，不是傻头傻脑的毛头小子，不是北极热门歌曲排行榜上的第三百八十七名,她拉起上衣,露出小小的乳房,它们本该伏在阿里的手心,像一声轻柔的低语。操,伙计,西格伦的奶头比葡萄干大不了多少,不知哪个农民的儿子这样说。这是我们第一次想到脱去她的衣服,爱抚她的肌肤,一连几个小时,我们都渴望把自己的手放在她小小的乳房上,毫无疑问,它们像黎明一样美丽,仿佛一滴眼泪,一颗坠落的星星。我们坐在路虎车里,比约吉唱着,"我永远不会忘记你",我们直接对着瓶子喝酒,大口大口地喝,接着溜回社区中心,这种耻辱,这种拒绝就像一对匕首插在我们背上,世界多么丑陋,它真丑陋,丑陋,丑陋,丑陋。

"我在任何地方都渴望着你。"

甚至在凯夫拉维克。我们甚至在那里都渴望着你,想念着你。

我们反复听着《这里,那里,无论何地》,听着《假如我爱上你》,情况在渐渐变化,我们渐渐开始享受它们,跟随音乐一起,一起哼,一起叹息,全身心沉浸在歌曲里,我们脑海中没有卡里的屁股,也不记得在饼干区碰上她的时候,她是怎样把目光移开的。我们漫不经心地随手抓了四袋奶油饼干,而不是一袋,迫切地想要表现出自己的满不在乎,让她知道她根本不重要,从来不是那颗划过我们生命的彗星,不是《纽约时报》上的头版头条。我们迫切地想让她看见,对我们而言,她的确一文不值。

    鱼没有脚,

   有人要出海了。

   此行定然不顺

世上最古老的著作，古老到无法说谎的著作这样说过，命运安住在黎明中，这就是为什么你必须小心，抚摩头发，用最美好的言语交谈，支持生命。

其实我们有时候像裸露的伤口一样醒来。手无寸铁，脆弱无助，一切都取决于我们的第一句话，第一声叹息，取决于你醒来的时候怎样看待我，当我睁开眼睛，从睡梦中苏醒时你怎样看待我，在那个陌生的世界，我们不一定是同一个人，我们会出卖那些我们永远没想过要出卖的人，我们会创造丰功伟绩，会飞翔，死者生，生者死。有时候我们仿佛能看见世界的另一面，一种完全不同的模样，仿佛有人在提醒你，你不一定是你理应成为的那个人，生命变幻无穷，而且——很不幸，或者感谢上帝——向着崭新的、意想不到的方向前进永远为时不晚。可后来我们苏醒了，是这样脆弱，敏感，不堪一击，于是一切都要依靠那些最初的时刻。一天也许就是我们的一生。所以小心你看待我的方式，对我说美好的话，抚摩我的头发，因为生活不会永远公平，也绝不会一马平川，我们常常需要帮助，所以带着你的言语、手臂和陪伴来找我，没有你，我会迷路，我会在时光中破碎。请在我苏醒的时候陪在我身边。

每个清晨，这间单户住宅总是少有人音。

继母早上七点就要去上班，阿里走进厨房的时候，她已经出门了，雅各布一个人坐着，面前摆着粥，他撒了一些白糖，也许是因为那天早上没人满怀深情地看他，而他也没有兴致勃勃地去看任何人，所以他机械地喝着粥，呆呆地看着前方，阿里出现的时候，他打开了收音机，因为他们之间的沉默让人很不愉快，很难适应。播音员正在谈论埃夏山,谈论它的外观,光线照在山上的样子,仿佛它对于住在凯夫拉维克的我们很重要,我们可以对你描述大海的颜色,黑色的熔岩——土壤的诅咒,还有风,本族语言中现存的所有词汇也许都不足以描述它,可今天早上的埃夏山是不是紫罗兰色,明天早上是不是如永恒一样的洁白,后天早上是不是像古老的冰岛幽灵一样的红褐色,对于我们又有什么意义——随后播音员放起了爵士乐,或者贝多芬的第112交响曲[1]。接下来是新闻,阿里和雅各布听着有关铁托心脏的报道,它是一只老驼鹿,蹒跚地走过这个世界。他们几乎什么都没说,甚至没说早上好,更不会说再见,他们只是一边吃饭,一边看报,我们对世界的印象,接着一个去鱼类加工厂干活儿,另一个继续去工地盖房子。也许雅各布想起了东峡湾的山峰,想起他对它们的思念,思念着仍有可能听见永恒的清晨,他想起父亲奥迪尔,他的尊荣与光辉,像一座高山屹立在自己的生命中,或许是最高的那一座,他想起玛格丽特,他的母亲,想起他的兄弟索聚尔和居纳尔,他们也有些像山;山影响天气和阳光,山是基准,它们站在离天堂更近的地方,比我们这些世人更近。他喝完甜粥就去上班了,去那个树脂把一切都黏合起来的地方上班。

  幸好每个周四清晨情况变得更好,周五清晨自然也不在话下,生活堪称美好,能感觉到公正和渴望,雅各布的确变得愉快又诙谐,他会评价报纸上的某篇文章,或是谈论某场体育比赛的结果,并与阿里交谈,仿佛没有比这更自然的事了,阿里在椅子上坐立不

---

[1] 原文如此,贝多芬并没有第112交响曲,此处可能为某贝多芬音乐集中的顺序。

安，急着把粥喝完，烫了自己的舌头，接着冲出家门，飞也似的逃离了父亲的闲谈与欢快，他飞奔出门，还父亲一片清净，这样他就能毫不担忧地往咖啡壶里倒上一些伏特加了。只要他离开，父亲就不用找借口去洗衣房、车库、储藏室，或者不管什么地方，只要能让他藏起酒瓶。上帝保佑我们，这个世界是多么野蛮与不公，假如继母出门上班之前找到他的酒瓶，就会把里面的酒倒掉一大半，再兑上水装满，真是个蛮不讲理的臭婆娘，如此一来，雅各布干活儿时喝上的第一口咖啡实在令人失望，寡淡无味，就像这该死的生活，他真想把咖啡壶扔到离他最近的一堵墙上摔碎。假如真让她找到酒瓶的话；假如她真想大费周章去找的话。清晨不到七点，继母穿过半睡半醒的凯夫拉维克，无论天气如何，有时月色明净，有时天色阴暗，大雪纷飞，有时遇上暴风雪，有时刺骨的寒冷甚至能把人的念头生生锯断，迫使人们低头走路，那样子就像在祈祷，就像在祈祷上苍的仁慈。她倔强地前行，有时反倒对险恶的天气心存感激，感激风的嘶吼和冰雹的捶打，哪怕风像一群暴怒的公牛，她也感到愉快，特别在她起床困难的时候，或者黎明时分与疼痛有关的事情在等待着她的时候。

继母在风中挣扎，雅各布把伏特加倒进咖啡壶，阿里穿上外套，脑海中想着在他梦中出现过的翅膀，它们是红色的，他可以乘着翅膀在不同的世界之间翱翔，进入死者的世界比乘坐巴士去雷克雅未克更简单。他出门走在风里，想念他的翅膀。他在猛烈的风中跋涉，就像半个小时前的继母那样，她弯着腰向前走，用尽全身的力气逆风而行，也许在想，我以为生活会不一样。

六十年代末她爱上的那个雅各布究竟怎么了？那时的他好

玩、有趣，是个非常勤劳的工人，又有点敏感，为什么现在我很难看见他好的一面，是我的眼睛背叛了我，还是他已经变得很糟？我还能原谅一个在周四、周五或周六晚上喝得烂醉后回家的男人，一个对我大喊大叫，说我疯了，说我可以用沉默干掉他的男人吗？假如他从星期四就开始喝，直到星期天酒还没醒，并把我们所有的钱都挥霍在酒精上，还振振有词地说我们买不起新家具和好厨具，那我又有什么搭理他的必要？过去三年，他曾两次花光整整一周的工钱，在外狂欢一整晚，和他的牌友豪饮，去格洛津餐厅，打肿脸充胖子，给每个人买酒，对着宇航员的相片干杯，那些星星的英雄，嘴里喊着飞行、群山和男子气概，黎明时分才回到家中，一脸醉态，根本走不了直线，要么在酒后的自怜中抱怨，要么咒骂，他对着她好一顿痛骂，说她和他的前任老婆比起来糟糕得多，阿里的母亲，那个死去的女人，横在她和两个男人之间，雅各布和阿里。我们怎么争得过那些年纪轻轻就死去的人，那些安睡在我们记忆中的人？年复一年，他们倒是越发善良和美丽，而我们这些人却越来越老了，胖了，看着自己的乳房下垂，步态僵硬，眼中的神采逐渐黯淡，思想失去了光芒，我们会犯错误，说一些愚蠢或笨拙的话，让自己难过、心痛甚至走向毁灭；但死去的人从来不会犯错，从来不会在清晨让人不堪忍受，从来不会在早餐桌上放屁，从来不会把穿脏的内衣裤丢在浴缸边，从来不会心情不好，从来不会有失公正、自私和乖戾，死去的人做的所有事就是在我们的记忆中闪耀光芒。

我怎么争得过她呢，继母很纳闷，她在大风中穿行，潮湿的狂风，她不得不一个人把风劈开，她知道没人会扔给她一个救生圈,这种认定让她坚强,让她倔强,让她的嘴更坚决,也许更顽固,可这是生活的过错,不是她的过错。雅各布昨夜很晚才回家,在打完桥牌之后,每周四他都会在凯夫拉维克的桥牌俱乐部打牌,你是指酒鬼俱乐部吧,她有时会这样说,她清楚自己不该说出来,清楚这样说招人烦,也清楚这样说话只会让一切更加艰难,但她不能总这么压抑自己、控制自己,就像某种未知的力量正迫使她说出充满讥讽与伤害的话一样。雅各布昨晚牌打得很糟,一整晚手气都很差,这不正常,他说,身上的酒味很大,目光涣散。是不是你喝得太醉了才分辨不出红桃和方块呢?她不无挖苦地问,她清楚用这样的语气问这样的问题显然很不明智,也清楚她脸上轻蔑的表情是他不堪忍受的,会让他在失意的时候感到窝火。他曾经那样温柔和敏感,假如她也回以温柔,他甚至可能会伏在她的膝上大哭,或许还会提起他母亲,说他有多思念她,说他梦想去过更好的生活,一种不同于她所经历过的生活,这样想让他很痛苦,他或许会说她过得并不幸福,这一点她在日记里写得很清楚,埃琳保留着她的日记,直到现在,雅各布都不愿去读,也不敢去读这些日记;或许他会说起阿里,说他们仿佛不认识彼此,完全形同陌路,互相无法沟通,"我的儿子",他会这样说,"儿子"这个词在他口中仿佛是语言里最脆弱的词——或许她还会劝他别去阿里的卧室,别用他的伤感和满身的酒气吵醒阿里。

但愿她能回以一点温柔。

但愿。

可是她不行,她就是做不到;她对生活的不满太多,她愤怒是因为他大醉后回家,是因为这已成了家常便饭,这就是为什么她抱起胳膊告诉他,她是怎么处理掉他的牌,告诉他也许他分辨不出红桃和方块,让他看见自己脸上的轻蔑。够了。她没让自己忍受他多愁善感的抱怨和酒后的眼泪,可与此同时也沦为了愤怒、无理和辱骂的目标,她以牙还牙,用尖锐的话保护自己,可悲的是这些话张口就来,能轻易用作匕首。一切肯定会变得更好,更容易,假如他学着控制自己,抑制自己。他打过她两次,打得不重,也不敢打得重,或者是喝得还不够醉,他接着辱骂她,说她不仅性冷淡,还长得丑,是不祥之兆,是他生命中最坏的东西,他把他能想到的最重的字眼都扔给她,重得让他在清晨懊悔不已,他还记得这些话吗?她想,风中的她步履艰难,大风似乎想把一切都撕成碎片,把一切都吹走,净化这个充满歹徒的国家,可风却无法吹起她,她的不幸稳稳地压住她,是她衣袋里的两块大石块。她劈开风、时间和生命,来到她工作的地方,米兹内斯冷冻厂,凯夫拉维克最大的一家工厂,拥有规模庞大的加工公司,无数船舶停在海上,八十名员工在陆上工作,它还有全西南区最大的速冻间,连美国军方都租了其中的一部分用来储藏食物:供士兵及其家属食用的火鸡、牛肉和午餐肉——每个星期五的午后,一辆卡车从基地开过来,载满了下一周所需的食物。负责基地冷冻食品储存的军官把火鸡运到办公室分发给员工,每人一整只火鸡,老板一个人两只,凯夫拉维克的一些家庭总能在星期五晚上吃到鲜嫩多汁的火鸡,这已经成为被广泛认可的传统,多么奢侈!这位军官长相十分英俊,个子很高,是一名越战英雄,他显然具有意大利血统,皮肤黝黑,眼睛明亮,还有一头黑发和丰满强壮的胸部,动起来就像一头黑豹。当他出现的时候,加工部的一些女工总会频繁地歇工抽烟,不管天气好坏,她们何乐而不为呢,为什么不抓住机会去仰慕无限美好的事物?他有时会加入她们,和她们一起抽烟,一起调侃,一起大笑,他真是帅得要命,他自己也清楚,管他呢,一年要是有一两次,你知道,能让他钻进我两腿中间也不错,女人们笑着说。继母从不参与这些事。你疯了吗?她宁愿被枪毙,也不愿站出来为一个美国军官精心打扮,阿谀逢迎,表现得像一头发情的母牛。不过她偶尔也像她们一样,抽支烟休息一下,她不经常这样,只在生活变得更糟的时候,变成仙人掌、拳头和流沙的时候;每逢这样的日子,走出大楼,去下面抽烟就是件惬意的事,她可以一个人不被打扰地靠在工厂光秃秃的墙面上抽烟,凝视着大海,什么也不用思考,什么也不用做,除了抽烟,看海——她那来自北方的老实巴交的朋友,童年的伙伴。在海边,所有悲伤都能被安抚。

差一点。

她吸了一口,让肺部充满烟雾,甜蜜的毒药,为何如烟草这般美妙的东西却是有害的、肮脏的,让你的肺部充满黑色的焦油?

继母靠着大楼灰色的水泥墙,闭上眼睛体会这一刻,体会她耳中的大海,海用昔日的声音和她说话,她只需要闭上眼倾听,就会回到北方,她在那里徘徊,在此刻数也数不清的荒野和山脉背后消失,消失在北方和过去。当她睁开眼睛看表时,她看见一个年轻姑娘在海边湿滑的岩石上小心地探路,她害怕滑倒,走得很慢,慢慢往某一个方向走,去哪儿都无所谓,因为前方除了湿滑的岩石什么也没有,一些岩石的表面覆盖着海藻,然后是海水,是大海。继母抽着烟,快抽完了,还剩三四口,她想一个人静静地享受,因此在心中暗骂这个姑娘,她以为她是谁,不好好工作,跑到这里打发时间,穿着工作靴在湿滑的石头上摸索着前进,摇摇摆摆,一脸怪相,竭力保持着平衡。继母认出了这个姑娘,她也来自北方,她认识她的母亲和继父。真该死,她喃喃地说,因为姑娘没有停脚,尽管她的前方只有大海和雷克雅未克,在三十千米的海外,或是西边的斯奈山半岛,离她至少有一百千米的距离,天气晴朗的时候能看得见,那时候日子像孩子一样快乐,冰川是天堂的颂歌;它是冰岛的最高荣耀之一。可今天看不见冰川,离它很远,也几乎看不见雷克雅未克。这个傻姑娘既不停下,也不犹豫,她走入大海,两千年前耶稣曾在加利利海的海面上行走,向几个渔夫施以魔法,从那以后,再没有人能走在水面上。这个北方来的姑娘走下岩石,一只脚立刻踏进大海,另一只脚也随后跟上。你看,没有人能在水面上行走,这就是为什么鱼没有脚。

她到底在搞什么?继母心中纳闷,尽管她什么也没做,只是看着,这一点也不像她,她是个闲不住的人,她不会把任何东西丢在地板上和桌子上,或者扔在椅子上不去收拾,她会把东西放回原处,不管是在自己家还是在别人家;你来找我之前,我总会把家收拾得格外干净,雅各布的妹妹、奥斯蒙迪尔的母亲埃琳说,有一天埃琳会在德国的首都遭遇一场车祸,被一辆黑色的奔驰车抛出三米多远,很快她的生命之火就会熄灭,那美好、温柔的生命,其因宁静而美丽,要是我们的语言能为你完美地描述她该有多好,这样你也会思念她,我们才有我们的价值;你来找我之前，我总是把家收拾得格外干净，她总是这样说，对着继母亲切地笑着，继母也回以微笑，埃琳大概是这世上唯一一个让她愿意报以信任的人，就像她面对大海时那样。

海水淹没了那姑娘大腿的一半，她继续向前走，也许走得很慢，却很坚定，仿佛那里有人在等她，她迫切地前去赴约，一个溺水的船员，一只男性人鱼。她到底在搞什么？继母重复着，可她什么也没做，只是看着，像一个最卑微的懦夫，低头看见手里的香烟不知所谓地燃烧着，她把香烟举到唇间，吸了最后一口，品尝着烟草气，突然她仿佛醒了过来，怪异的麻痹感退去，她意识到这个傻姑娘可能想淹死自己，她走得太远了，海水已经没上了她的臀部，她还在往前走。继母扔掉烟，向着姑娘的方向冲去。

她已经二十年没奔跑过了。从她十几岁的时候在北方算起，说实话，她已经忘了怎样奔跑，忘了奔跑的感觉，身体内部有什么样的反应，以及血液是怎样循环的。她从冷冻厂一路跑向大海，遗忘已久的动作唤起了她对北方新的记忆，如此强烈，如此清晰，仿佛她同时在两个地方，两个不同的时代奔跑；在凯夫拉维克，在寒冷刺骨的风中，也在北方，她还是个十二岁的孩子，在一个阳光明媚的日子跑到自家绿色的牧场，冲上前吓跑羊群，羊儿穿过篱笆间的大洞，贪食着草地上鲜甜的青草。她跑过草地，在阳光下，怡然自得，天空是蔚蓝的永恒，蔚蓝的微笑，血液在她体内欢唱，因为活着如此有趣，因为她浑身满溢着生机和对生命的热望，尽管这个夏天很多事都改变了，连奔跑都变得有些不同，因为她刚发育的乳房轻柔地起伏着，在她的胸膛上颤动，就像有人贸然闯入其中，她也不能完全确定该以此为傲或是羞愧,可有关这一点,她并未多想,只是在那个夏日欢跃地跑进牧场,永恒似乎带着幸福和阳光降临大地。她像个孩子——几乎像个少年——一样奔跑,跑过昔日的牧场,轻盈又顽皮,像一匹小母马,同时,她也身为一个生活在凯夫拉维克的三十多岁的女人在奔跑,穿着靴子和长过膝盖的白围裙,她几乎没有意识地迅速解开围裙,接着蹚进海水里,开始喘气,冰冷的大西洋猛地将她从过去、从记忆中拽回来,她胸脯的重量和僵硬的身体让她感到她已不再是一匹小母马,不再是永恒的玩伴,它走了,就像其他愚蠢的幻想一样。大海唤醒了她,让她全神贯注,她快速地向女孩蹚去,水越来越深,再过一会儿她就不得不游起来了,她轻轻地移动,没有尖叫或者大吼,她觉得这样做似乎会让姑娘受到惊吓,就像她记忆中的羊群,或许她会因此游得更远,而不像现在这样缓慢,仰面漂浮在渐渐收紧的海浪中,凝视着灰色的天空,因为一个求死的人没有必要匆忙行事,等待他们的只有死神。这姑娘让自己漂浮,接着开始下沉,因为她想淹死自己,想从生活中消失。不,继母喘着气,不要,假如我能帮你。继母用胳膊抓住她,姑娘开始大喊,她先是大喊,接着尖叫、乞求、命令,放开我,随后加上一句,你这该死的婊子!没人能在我眼皮底下淹死,继母一边说,一边努力躲开姑娘的拳头和指甲。西加,她就是西加,就是一九七六年一月的一个清晨我和阿里遇见的那个姑娘,正是那个被戈用脚死死踩在地上,那个跳上卡车说"假如我错过这个,那真是浑蛋"的姑娘,可是才过了四年,她却想了结自己,而且差点达到目的,要不是继母心情不好,出来抽烟休息的话,因为生活不易,继母说过,有我在没人会淹死,她说得很平静，仿佛正走在街上和别人对话，或是在一个晴朗的星期天隔着篱笆和邻居交谈，但语气却带着某种绝对，某种像山一样难以逾越的事物，所以西加不再挣扎，不再用手打继母，不再抓挠，也不再咒骂，身体顿时软下去，任继母带着她游回岸边，游向湿滑的岩石，游向她极力想要逃离的生命。

北峡湾
——过去——

大海让我们成为男人——
人类历史上最漫长的一天

我们一起记住这一点：大海比日常生活更宽广。

你能在海上找到安宁。在那里你能找到一种广阔和高深莫测，用以安抚、宽慰和减少生命的种种困境。人们在陆地上有各种烦恼、摩擦、挫折、相处的需要和义务，你凝视着海浪，感受存在如何在你的胸膛里平静下来。接下来也许会起风，海浪高过船头，越来越高，越来越高，而波谷那样深，你几乎能看见海底，仿佛它正升向海面，要把你带走。寒冷和潮湿，艰苦和辛劳，把鱼从海里捞上船，不管天气怎样都要将它们淘洗干净，不管是风和日丽还是霜雪交加。船艺就是自由。不过自由也在于你知道自己不能依靠任何人，任何一个人，也绝不能依靠你的祷告，因为天堂的仁慈被远远抛在岸上。你能依靠的只有自己。

这就是为什么大海让我们成为男人。

这句话，大海让我们成为男人，如同劝诫深入了他儿子们的内心，索聚尔和居纳尔，还有后来的雅各布。一条劝诫，一个基准，第十一条诫命。

还不到十三岁，索聚尔就已成为一名成熟的舱面水手。

他从七岁起就跟随斯莱普尼尔出海打鱼,除此之外,他也会陪着特里格维驾驶着他的小船在近海活动,可这些事情并没有让他成为真正的水手;他依然只是个小男孩,和邻家的孩子一起上山、去海边玩耍——不过现在他快满十三岁了,生活突然板起面孔,这就是奥迪尔所经历过的,对索聚尔而言也一样,当然,他不是奥迪尔,他和父亲不完全一样,远远不同;索聚尔有些遗传母亲身上的幻想,爱读书,会写诗,尽管只是偷偷地写,不给任何人看。他在北峡湾出生,在一个村子里长大,在那里,人的生命总在和大海较量,奥迪尔的话,第十一条诫命,大海让我们成为男人,如同他血液中的交响曲。他首次以一名成熟水手的身份出海是在春天,他兴奋得几乎睡不着觉。他渴望得到机会证明自己,以水手的身份走遍整个村子。

他应该先开始学会和陌生人相处。这会更好,奥迪尔对玛格丽特说,和陌生人一起做事会让他更快得到锻炼,让他更独立、更坚强。在你还年轻时,学习是非常宝贵的,说到底,你永远都是孤身作战,除了自己,你无法依赖任何人。

当玛格丽特看着大海,想着索聚尔的时候,她看不见奥迪尔看见的景象;她看不见祝福和自由,只看得见危险、苦难和一个充满亵渎的冰冷潮湿的世界。一个人的一生中究竟有多少个世界?她最希望的是让索聚尔和她一起待在家里,永远,可这是一个天真的女人的幻想,她很清楚,她清楚没人逃得开生活,也清楚海上的生活几乎就是他的命运,尽管他也爱幻想,可以一连几个小时钻进书丛里不见人影,做一个好学生;他也总是被大海吸引,梦想在那里证明自己。她清楚这是生命的循环与节奏;农民的儿子在羊舍终其一生，而乡下的男孩则在海上。同时，看着他离开家，以水手的身份和陌生人一起走向岸边是一件极为痛苦的事，她几乎不忍去看，必须抓住什么东西，必须牢牢抓住，才不会追上去把他拉回家，用蛮力和眼泪把他拉回安全地带。这样做当然不可原谅。索聚尔不会这么容易就原谅她，奥迪尔永远也不会。要她看着他离开，她的心该如何承受？他才十三岁，他蓬松的暗金色头发，他温柔而坚定的性格，不易察觉的敏感，他含笑的眼睛。生活在索聚尔面前总是更服帖，早上叫醒他从来不是问题，他对兄弟姐妹们很耐心，在同龄人之间也颇受欢迎——虽然奥迪尔离家出海的时候，他会溜上他们的床，睡在她身边，像一只困倦的小狗跑向她，她搂着他，用胳膊感受他又长大了多少，在她的手掌下，一个孩子的心脏在跳动，在给她安抚，他们都睡着了，就这样睡去；生命中最珍贵的瞬间很少发出声响。

　　看着他离去多么艰难，一大清早天还没亮，这是一天中我们最敏感的时候，几乎毫无防备，在这个时候看着他下山，越走越远，走向大海，船和航行在那里等待着他，她抓住了什么，他故意拉开自己和家之间的距离，在一瞬间，他是个大人，下一瞬间，是个孩子。其他几个孩子尚在睡梦中：三个女儿，只有一岁的埃琳，九岁的奥洛夫，十一岁的胡尔达，还有四岁的居纳尔。他和胡尔达两个小时后才醒来，为母亲没有叫醒他们而感到愤怒，他想看着自己的哥哥离开家，走进成人的世界，那不仅相当刺激，也充满危险——他已经迫不及待地盼着他回家了。居纳尔相信这第一次庄重的出海会给索聚尔带来翻天覆地的变化，他几乎会变成和他们的父亲一样的人，而你呢，妈妈？他一边说，一边咬着一块咸鱼,两条腿耷拉在凳子上不停地晃动,你不得不嫁给索聚尔,和他一起生活,也许你能让木匠比亚德尼给你做一张更大的床,能把你们俩都装下,但我可不打算叫他爸爸。假如他把他的小折刀送给你呢?胡尔达问,她已经准备好出门去腌鱼了,她虽然个子矮,却总是精力十足,踏实肯干,她的胳膊很壮,打架的时候能轻易撂倒和她同龄的男孩。让我保管,永远?是的,永远;它会成为你的小刀。那我就会在周日和周三叫他爸爸,居纳尔这样回答,他要和姐姐一起去烘干厂,帮她把鱼翻身,他如此渴望长大,几乎无法安静下来,有时他会让索聚尔把自己的胳膊向上拉,期望这样伸展四肢他可以长得更快。

这将是玛格丽特生命中最漫长的一天。

她不停地透过厨房窗子向外望,有时使用望远镜,有时不用,希望能找到那艘载着索聚尔的船,她是如此焦虑不安,无法忍受孩子们围着她,她把所有的专注和自控都用来缓解自己的恐惧,阻止自己爬上床,在痛苦中屈服,阻止自己会冲向岸边,就近坐上一艘划艇,划船去寻找她的儿子,他还是个孩子,拥有痛苦而敏感的梦想,他这样温柔,这样善良,有时会不断亲吻她的脸,天真的吻,会说动听的话,这个世界因为他的话而美丽起来,她凝视着大海,感到无比恐惧,害怕与这些粗野的男人为伍会毁掉他,他们蠢话连篇,充满亵渎,他们对女人的谈论粗鄙又庸俗,把女人的阴部和乳房说得下流不堪——也许索聚尔会带着不堪折磨的耳朵和受伤的心回家,他温柔的眼睛会质疑地看着她。

人类历史上最漫长的一天?

至少可以说,时间过得如此缓慢,假如玛格丽特拥有炸药,她会制造一个强力炸弹来催促时间。索聚尔和水手们相处得越久,他们就越有可能改变他,把他从她身边带走。她照顾女儿,洗衣服,擦洗厨房的地板,给居纳尔刻了一把剑,他正在南行,向着圣地进军;快点,妈妈,他说,军队在等着我,我要在索聚尔从海上回来之前回到家。

终于,夜幕降临。

它在降临,伴着一丝黑暗和几颗星星,接着起风了,峡湾上空的云层变暗,峡湾的空气冷起来,玛格丽特的心突然暗了,她感到血液开始冻结,风势渐强,下起了雨,孩子们跑进屋,包括居纳尔,他必须大大缩短军队征战的时间,当他让母亲为他包扎伤口的时候,显得生气又伤心,他的伤口很深也很多,可她只是说,好的,好的,没事的,然后继续来回踱步,看着窗外,把东西从橱柜里拿出来再放回去,后来她不再往外看了,再也无法忍受,再也不想去看大海已经多么黑暗,几乎就像多年前和她对视过的那双漆黑的眼睛;漆黑而深邃,像两座坟墓。她继续用荒谬可笑的话回应几个孩子,举止也很怪异,居纳尔几乎要哭了,后来胡尔达说服妈妈让她给他们做晚饭,她的常识告诉她,这能帮助玛格丽特集中精神。唱歌吧,妈妈,她又说,唱几首美国歌曲。玛格丽特唱起来,她心不在焉地听从建议,开始做晚饭,唱起她在加拿大学会的歌曲,她给孩子们唱过很多次,正唱着,门开了,他们进屋了,父亲和儿子,奥迪尔先进来,但他等了等儿子,他踩着母亲的歌声进门,精疲力竭,却依然挺拔、骄傲。玛格丽特立刻停下来,仿佛她的声音被切成两半,她看着这两个并肩而立的男人,奥迪尔紧握拳头,就像很久以前的那样克制着自己，不让他的骄傲太过明显，索聚尔像一支箭一样站得笔直，他已不完全是清早离开家门的那个人了，他看着母亲，她必须苦苦压抑自己，压抑着心底巨大的力量，不去呐喊，不去拥抱和亲吻他，这几乎让她感到疼痛。居纳尔站在餐桌旁，他战斗了一整天，身上还带着伤，他张着大大的嘴巴看着哥哥，脸上带着显而易见的仰慕，胡尔达忍不住发笑，玛格丽特也笑着说，我的男子汉们一定都饿了。她看着奥迪尔，他们四目相对，他们也正想要四目相对。

所以我们的确拥有美好的瞬间。无论怎样。

凯夫拉维克

——现在——

小美国；过去在一场电视直播里

十二月，正值冬天，无论是下雨还是下雪，没有哪里的天空比这里更远离大地，对天使们来说，飞行的路途太遥远，成群结队去冰岛的游客只是在往返于莱夫·埃里克松航站楼时途经这座小镇，他们中的任何一个人都不会来这里，他们都错开了它，仿佛凯夫拉维克根本不存在。我和阿里还记得八十年代末航站楼开通的那一天；电视上进行了直播，在贝格斯塔扎斯特赖蒂一座四层楼的顶楼，我们定定地坐在屏幕前，心里充满自豪。这个小国家居然能建成这样一座豪华机场，来取代美国军区深处的老机场，它坐落在一座荒废的老建筑里，看上去就像篱笆后面一匹衰弱不堪、一脸苦相的马，展示着美国徽章；就像某种证据，证明我们太弱小，无法自己站起来，若不倚仗美国的势力和金钱，我们甚至出不了国门。在莱夫·埃里克松航站楼建成以前，外国游客来到这个国家之后看见的第一样东西就是美国，仿佛冰岛是一个"小美国"，美国的殖民地。这对我们的自豪感和自尊心没什么帮助；很难想象外国游客不得不降落到荒地上的米涅斯荒原，周围全是熔岩，它们有时看起来就像魔鬼的念头；仿佛现实的冰岛只不过是美国的军事基地、嶙峋的熔岩、寸草不生的荒野，以及凯夫拉维克——最黑暗的地方,风的战利品。这伤害了我们的民族自豪感,所以拥有这座豪华的航站楼简直妙不可言,红色和水泥灰的外体拔地而起,俯瞰四方,就像在庄严地宣称冰岛独立了,就像约纳斯·哈德格里姆松[1]所作的诗歌那样美,航站楼的墙上挂着有关冰岛风景的巨幅相片:瀑布、山脉、温泉,平静而阳光明媚的草地上吃着草的马儿,以及身穿羊毛衫的金发如云的漂亮女孩。相片上的冰岛不是米涅斯荒原或者凯夫拉维克,完全不是,连边都不沾。这就是为什么从机场通往城镇的道路铺得那么好,镇上的没有配额的生命全都倚仗基地,国家的尊严仿佛都依赖机场航站楼的风光。可是后来军队撤离了;如今我们该怎样描述凯夫拉维克,该用什么措辞——你能把一个失去一切的城镇称为什么?

我和阿里观看了莱夫·埃里克松航站楼的正式开幕仪式。

现场直播。奥马尔·拉格纳松[2]坐着他的塞斯纳飞机在上空盘旋,让我们得以从空中观看这座建筑,从众神和游客的角度。嘿,我说,你看,那里是德朗盖岛的烘干架,我指着那些架子,它们就在离航站楼几千米远的地方,这一点也不丢脸,我们在架子上挂过那么多吨的鱼,在各种各样的天气下劳作,经历过最艰苦无常的冬天,并在夏天将它们拆除,那时荒野悄悄地、羞怯地、犹豫地露出它美妙绝伦的景色,仿佛害怕遭到嘲弄;这并不

---

[1] 约纳斯·哈德格里姆松(1807—1845),冰岛最受爱戴的诗人之一,被认为是冰岛浪漫主义的创立者之一。
[2] 奥马尔·拉格纳松(1940—),冰岛著名的媒体人和环境活动家之一。

丢脸，虽说有些奇怪，我们单调又孤独的日常生活突然被搬上了电视屏幕，还是整个国家都在收看的现场直播！我们的过去，现场直播！遥远的过去；我们认为有些事情已彻底在我们的生命中消失，一去不复返，可就在这张旧书桌上，破电视旁边放着一份几乎完整的手稿，那是阿里的第一本诗集，想必里面都是些意义非凡的句子，想必它们能够照亮世界：

晨光凝成阳光；
就此停住/在这家肮脏的酒店/厕纸过期；
日子已不属于我们，而她，遥不可及。

我们两个都深信这本书的出版会让社会大吃一惊，它将成为一件大事；兄弟姐妹们，请注意，即将改变世界的文字就要诞生了！可最终这些文字什么也没改变，当然，我们的生命除外。我们印刷了五百本，计划将它们作为第一版，期盼很快可以再版，我们等待记者的来电，但唯一确实的回应是埃琳打来的电话，她是阿里的姑妈，奥斯蒙迪尔的母亲，阿里已经很多年没见过她了。一天清晨，不到八点她就打来电话，语气非常热情，她刚在报纸上读过关于这本书出版的新闻稿，想要预订六本。她和阿里聊了一会儿，带着前所未有的愉快和亲切，但聊着聊着突然哭起来，因为她提起了她的母亲玛格丽特，说母亲要是能看见自己的孙子出版诗集该有多高兴；玛格丽特的弟弟特里格维也会一样高兴，埃琳说，更不用说索聚尔了——就在那时她的声音变得嘶哑，当她提起哥哥。她停下来，阿里觉得他听见了她在抽泣。

他害怕地想，亲爱的上帝，她在哭，他握着电话听筒的手开始出汗。但没有持续很久，只是片刻的难过，后来她两次清清嗓子，温柔地笑笑，说了一些话，怎么年纪大了反倒变得这么伤感，一点承受力也没有，像一只小鸟一样，她说，就像一只鹪鹩，接着她又笑了，说雅各布一定会对这个消息守口如瓶，我们家又添了一位诗人！是的，阿里想，他感觉很糟，手心全是汗，他几乎握不住下滑的听筒，他的父亲当然不会告诉任何人诗集出版这件事——因为他对此一无所知。第一版印了五百册，我们还盼着再版时印得更多。一个月后，我们手上还剩四百五十二册；书店几乎卖不出去，我们自己也根本没有销售能力。毫无疑问，诗歌能拯救世界，可读诗的人却没几个，事实上随着时间的流逝越来越少；一个濒临灭绝的部落。给他们提供正式保护才会更保险，把读诗的人列入联合国教科文组织的世界遗产名录。

可日子已不属于我们，而她，遥不可及：这本书根本卖不出去。没有再版的必要——只需要一大笔钱负担印刷的费用，这就是为什么我和阿里去了南方，又折返，在德朗盖岛找到工作，最后，也许你能想起，以拆除那些烘干架了事。正是莱夫·埃里克松航站楼的开幕仪式上进行现场直播的主持人通过奥马尔·拉格纳松的航拍展示的那些架子。我看见那些架子了，他说，是的，奥马尔大声地说，那些的确是烘干架，随后他竟唱起歌来：

在海上航行的西南区男人们
似乎永远无法满足——

他们仍旧热切地航行着![1]

是的,哈哈,主持人笑了,他们是真正的水手,这毫无疑问,但是……凯夫拉维克就像我们的披头士乐队小镇,奥马尔突然插话进来,他很亢奋,因为飞行、现场直播、欢庆的气氛和聚集在航站楼里的成千上万的人——这里水泄不通,百分之七十的国民聚集在电视机前。主持人问:"怎么回事?"——这个跳跃对他来说太突然了,从鱼架到披头士。披头士乐队小镇?是的,奥马尔大声说,在这重要的一天,他的热情几乎让他情绪失控,鲁尼·尤尔和居尼·索扎尔都在凯夫拉维克长大,大部分时间他们都陶醉于美国电台播放的摇滚乐和披头士的歌曲,天啊!奥马尔又唱起了歌,他的歌声总是很完美:

这样深邃清澈
你闪耀的蓝眼睛
两颗星星照亮
我脚下的路。[2]

你还记得吗?我问阿里,当时奥马尔提起了,或者确切地说,高喊出了鲁尼·尤尔和居尼·索扎尔的名字;你还记得

---

[1] 歌曲 *Suðurnesjamenn*(《西南区男人》)的第7—8句,由冰岛作曲家西格瓦尔迪·卡尔达隆斯(1881—1946)作曲,诗人奥莉娜·安德列斯多蒂(1858—1935)作词。

[2] 来自赫尔约马尔的歌曲《你的蓝眼睛》(冰岛语:*Bláu augun tín*),由居纳尔·波扎尔松作曲,奥拉菲尔·格伊屈尔·波尔哈尔松(1930—2011)作词。

一九七六年一月的那个清晨吗？！

阿里：有些事情忘不了。

我：不知奥斯蒙迪尔到底经历了什么？在我的记忆中，自从他把车开进那个院子过后，我几乎没再听说过有关他的任何消息。

他去了东部，阿里说，接着抬起手示意我别出声，向着电视机俯身，想听得更清楚——东部的北峡湾，加入了一艘渔船，自然是想从他年迈的外祖父手中接过大旗；不过，嘘，他说，因为主持人又开始谈论那些架子了，他好不容易才让忘乎所以的奥马尔沉默下来，坐着塞斯纳飞机盘旋在航站楼上空的奥马尔，一只手在操纵杆上，另一只手在拍摄，嘴里唱着居纳尔·波扎尔松的"你的蓝眼睛"，凯夫拉维克对"这里，那里，无论何地"的回应；西格伦的右眼。我们在布扎达吕尔的合作社的饼干区和她偶遇，她那由列侬谱写的左眼，"假如我爱上你"；当卡里在她身上不断起伏，在狂乱中露出牙齿，用他的白屁股在座椅上方冲着我和阿里眨眼的时候，那些眼睛在看着什么；那时它们在看着什么？

阿里抬起手示意我别出声，同时也让我们的记忆陷入了沉默，当卡里骑在她身上喘气时，她的眼睛在看什么？那个此刻不在、永远也不在的她，我们不必学会活在没有她的世界里，这不是件容易的事，在很长一段时间里，我们感觉自己就像鸟儿再也感受不到空气，就像星星已经失去天空，再也无法闪耀。嘘，阿里抬起手说，因为主持人再一次谈论起了那些架子，他说，也许它们已经不是人们所说的骄傲的源泉了，它们距离这座豪华的新机场这么近，无可否认它们与航站楼不相配。该死的，阿里说，你听见了没，我们的过去配不上高雅的现代化；我们该怎么处理，该把它放在哪儿？也许我们必须忘了它，我回答他，电视屏幕上的画面已经从奥马尔的航拍图切换到航站楼内部，切换到人群中一位正举着香槟酒，因为喜悦而浑身发抖的记者身上。"这座机场，"他说，他仔细斟酌着自己的措辞，果断地盯着镜头，仿佛正在做一个关键的声明，"这座机场和全球的任何一座机场一样现代。它证明我们是国中之国，是一个现代国家，证明我们雄心勃勃，证明一个到处是茅舍的世界已被我们抛弃，被远远抛在身后，证明那些茅舍里拥挤的世界只属于遥远的过去。这座机场证明我们雄心勃勃，或许比大多数国家都更有雄心，只要我们能得到真正的机会去展示，去向全世界证明。谁拥有更公平的祖国？"[1]这位记者如是总结，他受到自己演说的鼓舞，深深地凝视着镜头，仿佛他想预见未来，预见一个时刻，我们终于得到机会向世界展示我们真正的伟大；他凝视着未来，却没看见十二月的我和阿里，冒着冻雨和冷风走在哈布那加塔街上。

我们走过"1976年1月"酒吧，两个中年女人从里面出来，点上香烟，门在她们身后关上，她们把罗德·斯图尔特唱的《玛姬·梅》关在了里面。时间已是晚上，我们在酒店喝了些红酒和威士忌，此刻有些微醉，我们走在哈布那加塔街上，它比过去我们和奥斯蒙迪尔一起走的时候干净得多；西于尔永市长的清理工作做得不错。我们走在哈布那加塔街上，冻雨变成了雪，大海在

---

[1] "谁拥有更公平的祖国"（冰岛语："*Hver á sér fegra föðurland*"），冰岛作家胡尔达（于尼尔·贝内迪克斯多蒂·比亚克林德，1881—1946）所作的一首爱国诗的题目以及第一句，这首诗以1944年冰岛共和国的成立为创作背景。

我们右边，夜晚很黑，像一个安静的巨人，走到岸边扔石头，聆听海浪拍打沙滩的声音应该是件乐事，不过凯夫拉维克的居民们已经无法再去海边找乐子了，除非冒着风险，从赫尔古维克运来的巨石早就把长长的海岸线填满了，那些二十万年前的大石头；曾经有一两个人试着翻过这些巨石去海边，去获得大海的安抚，让内心得到平静，可他们却在湿滑的岩石上失足摔断了腿，他们的脚滑进了石缝里。几百吨重的石头把凯夫拉维克的居民从大海身边隔开。也许是为了强调他们和大海再无任何关系，强调他们的大海已经被褫夺，他们最好接受这个事实，切断联系。

　　我和阿里倾听着大海和雪花飘落的声音，低声谈论着那个我们走出宾馆时看见的美国人，那个从前的宪兵。他的妻子睡着了，他很孤单，想和人交谈，在这个国家我总是感到孤独，他对那个高大的服务生说；搞什么呀，就像该死的孤独出产自这里似的，就像它是随着你们这儿的火山喷发一起喷射出来的，把整个世界淋了个遍。孤独，他顿了顿，仿佛失了神，然后重复了一遍这个词，他又讲起军队的故事，两只脚轮换踩在地上，仿佛想在这个高深莫测的世界里维持平衡。我和阿里设法从他们身边悄悄溜过去，差一点被看见，害怕这个美国佬上前来对着我们劈头盖脸地说军队里的事和军人的生活，没完没了，每说一个词就要带一个"他妈的"，我们走到大堂门口，看着外面漆黑的夜迟疑了片刻，冻雨里的夜色看上去几乎是险恶的。我们迟疑了，看看四周，仿佛在寻找某种东西，给予我们力量走出去，走进黑暗和冻雨中，于是我们看见了航站楼的照片。那是一张近照，悬挂在大堂显眼的位置，是在阳光灿烂的时候拍摄的，照片下面是一句用冰岛语、英语和德语写成的题词，它详细地描述了航站楼开幕的盛况和机场的重要性。题词引用了胡尔达的诗句，"谁拥有更公平的祖国？"还有记者对于我们的伟大和理想的描述。胡尔达的诗句后面紧跟着的是有关莱夫·埃里克松航站楼的建设成本的详细信息，以及一则关于美国人承担了相当大一部分费用的说明，那则说明还规定，在"高风险环境"下准许他们接管机场。"我们由此可以问一问，"题词如是总结道，我和阿里意识到这些文字很可能是酒店经理西加亲自写的，"经过仔细的审视，冰岛人的自我形象究竟是基于幻觉，还是基于我们遗忘的能力，遗忘那些我们不愿铭记的事物？"

以前你知道这个机场吗？我问。不知道，阿里说，我们已经走到了迪苏斯，凯夫拉维克最老的地区之一，在我们和大海之间的是二十万年前的巨石，它们是美国军方出于为油轮修建港口的需要从赫尔古维克的悬崖上炸下来的。风从海上刮来，绕着我们打转，继而消失在黑暗中。贝尔吉兹悬崖，高耸在小船坞的上空，向大海的深处延伸，强力泛光灯照射着它，它就在我们眼前亮起，仿佛即将出发，准备逃离，贝尔吉兹这座古老的悬崖，某些地方是垂直的峭壁，仿佛连它都想抛弃凯夫拉维克，抛弃这座没有捕鱼限额，也没有军队的城镇，在这里几乎没有东西被冲上岸边，除了失业、破旧不堪的渔网、基地的记忆、消失的收入和那两个长刀一般的挪威人。不，他说，我不知道，如果说遗忘比铭记更快是个惊喜，或者说还算不上是人类最大的不幸的话，无疑是因为遗忘更方便，这样的话生活不会变得那么戏剧化，日子更简单、更容易？这就是为什么我们会把许多东西压在内心，不去理会，让逝去的岁月埋葬它，让它渐渐被遗忘。

我：就像你这样吗？

阿里：就像我这样。

所以我们站在这里，眺望着美军从赫尔古维克的悬崖上炸下来的二十万年前的巨石，它们后来被丢在凯夫拉维克和大海之间，仿佛是为了强调它不再是一座海滨小镇，强调有一段至少二十万年的历史横在它和大海之间。我们看着沐浴在光芒中的悬崖，它正在去往天空，或是其他地方的途中，因为它不被准许驻留在黑暗中，因为它已经消失在操场上；从现在起，这里不会发生任何事情，事实上这几十年来的确没发生过什么，就业市场转移到了别处，在这里不可能获得丰厚的利润，这就是我们衡量人命的方法，用利润而非心跳，用经济利益而非幸福来衡量，可我们却惊讶于自己的不幸、压力和犹疑。究竟有没有人能让我们幡然醒悟？

我们站在这里，带着醉意，刚才在西加开的酒店里喝了些威士忌，一九七六年一月的一个清晨我们第一次见她，冬天还和她一起在德朗盖岛干了几周活儿，那时阿里需要钱支付他的诗集的印刷费，我们和索尔拉屈尔一起拆除了烘干架，在西南区地产中介的橱窗里挥舞着拳头的索尔拉屈尔。阿里写过一首诗，关于西加的胸，它们很小，和西格伦的一样，西格伦的嘴角那一抹隐约的忧郁至少有二十万岁，她和卡里在他的拉达车后座上合二为———在我们看来，那是生命中最黑暗的夜。我们什么也不了解，一无所知，因为后来我们才知道黑暗在别处，而且异常沉重，比横在凯夫拉维克和大海之间的巨石还要沉重。所以我们才站在这里。因为阿里已经遗忘，由它去了，放下了他不想铭记、不想面对的事情；他任逝去的岁月埋葬了它，就这样顺其自然地生活，直到一切破裂，直到他的手臂像尖叫一样扫过餐桌。

还有："从现在起，我可以去爱除你之外的其他男人。"

有些诗句比古老的巨石沉重得多，带着令人无法承受的重量压在我们身上，抬起它们的唯一办法就是铭记，看着自己的眼睛，不要移开目光。把所有丢失和遗忘的东西从深处拉上来。请记住北峡湾；记住玛格丽特和奥迪尔，当他握紧拳头，谱写他的情诗，还有不久之后，她脱下裙子，群山是献给天空的赞美诗。把每个故事都拉上来，关于东峡湾和凯夫拉维克的故事，不管有多丑陋，因为我们若是不敢铭记，不敢面对，若是在面对疼痛、伤害和羞辱时犹豫不决，我们就完了。或者换句话说，我们永远无法成为我们注定要成为的人。我们会被扭曲。我们会变得更肤浅。我们会背叛。

那么，我们从哪里开始，我说，不停地跺脚试图保暖；风从海上吹来，穿过凯夫拉维克，我们很难记住，在冰岛，风吹散了一切思想，有时寒风冷得刺骨，让你无法深入思考，你所有的能量都用于保暖，也或许用于写一首诗，用于讲一个故事。我已经开始了，阿里说。我想我是从哥本哈根开始的，那时我收到父亲寄来的照片，他和母亲的照片，可后来我意识到那并不是真正的开始，因为直到我走出航站楼，一切才真正开始。就好像我需要脱下衣服，光着身子弯腰趴在从小学搬来的讲台上，感觉奥斯蒙迪尔的指头在我身体里，像一种指责——直到那时我才记起。

也直到那时,我才敢记起。我明天要去探望父亲,我不知道会怎样。我们一直无法交谈;仿佛我们两个人从没在语言里找到正确的词。我可以引用莎士比亚的句子,描述遥远的星系,彗星的轨迹——但我无法和父亲交谈。无法探讨重要的事情。也许我们应该试着学习一种外来语言,汉语或者斯瓦希里语,某种绝对不会保留我们共同记忆的语言,在这些语言中,诸如"爱""想念"和"背叛"这样的词还不足以沉重到让我们两个人瘫痪,或是对彼此恼怒,或者迫使我们谈论一些无关痛痒的话题,借以藏身:政治、足球和天气。首先,我要去酒店房间读一读继母写给我的寄到哥本哈根的信——我的意思是,认真地读,并不像以前那样只扫一眼,也许那时我是想避免面对信里的内容——还要读一读西加的文章,不知为何,这篇文章也被附在了信中。我立刻意识到信里有不太愉快的东西,某种困难的东西在等待我,因此我才把信搁在一边,当然,我想让时间埋葬它——可是后来,我却被逼着趴在讲台上。

你的继母,我说,我一直想……

阿里:她穿过死亡来到我的生命里。

你在做什么工作?

嗯,我在后悔。

这一天过去了。它始于以每小时一百多千米的速度穿过雷恰内斯布勒伊特高速公路四周的熔岩区,终结于凯夫拉维克的一间酒店客房里。天在下雪。我们在最黑暗的地方收到天堂发来的白色信息，可是风把它吹开，撕碎，仿佛要阻止我们去读天堂想对我们说的话。阿里站在他的客房床边，傍晚很快就会变成黑夜。他看向窗外，除了任风摆弄的雪花，什么也看不见，除了一条杂乱无章的信息，什么也看不见。楼下的环岛不见了，和对面的大楼一样，那里曾是格洛津餐馆的旧址，能吃到羊肉、焦糖土豆、鸡肉和薯条，还能看见宇航员们的照片。这家餐厅经历了什么，我们感到纳闷，他们能在太空中航行多远，是否比我们在梦中更接近星星，他们是否见过和上帝很像的东西，或许能给予我们安慰的东西，他们是否发现北极光是音乐，是天空的教堂风琴？现在是十二月，雪大得连圣诞彩灯也看不见了，尽管这座小镇有许多彩灯，数也数不清，五颜六色，明亮鲜艳，一些灯奋力地闪烁着，仿佛极不耐心。

他回到房间，看见面前摆着九颗彩色糖果拼成的笑脸。有人把他的行李从床上拿下来，放在行李架上，把床单摊平，然后在正中央摆上了九颗糖果，把它们组成一个大笑的表情。不知是谁——也许是酒店经理亲力亲为，西加·阿里被逗笑了；这个世界上没有几样事物和笑容一样珍贵，一样重要。即便如此，一九八〇年冬天的勃列日涅夫和吉米·卡特也没有把笑容列入他们的商讨议程，那时铁托的心跳即将停止，即将进入永恒的沉默，但大家都很肯定，他们将要探讨这个星球的居民们所面临的最关键的问题。

阿里坐在小书桌旁，打开笔记本电脑，想浏览一下BBC网站，看看世界新闻，去那里躲一躲，谁知却看见了几封未读的电子邮件。唯一重要的一封来自他的大女儿赫克拉,半个小时前发来,阿里的心跳加快,眼中满是泪水,思念的、幸福的、忧伤的泪水:"亲爱的老爸!你回家过圣诞吗?!斯图拉决定待在西班牙,他说他想体验不在冰岛过圣诞的感觉。他觉得这有助于他的成长。平安夜他一定会疯狂想家的!哦,这个傻瓜要是能回来就好了!不过我会和格蕾塔还有妈妈在一起。你和妈妈说话了吗?要是你们能别再胡闹,两个人合好的话,那可就皆大欢喜了——妈妈不让我和她谈这些事;她会为此不痛快的。后来格蕾塔也哭了。你们俩真让人难以置信!你好吗,爸爸?你真的不回来过圣诞吗?你可以和我一起,甚至可以睡我的床,我睡沙发就好。你都一把老骨头了,不能睡沙发了(哈哈)!给我回信,杰克——别想给我偷懒!给你听一首歌,阿拉巴马雪克乐团的《没问题》,谁都会觉得好听。我们要去跳舞了!吻你!"

他听着这首歌,面带微笑,听着音乐的力量和生机,它让他想起赫克拉。他很想给她打电话,听她明亮的声音中暗藏内心的喜悦,听她清新的声音,可他必须先读一封信,还有一篇文章。他重新戴上老花镜,想先看文章,这时他放在桌上的电话振动起来;是一条短信,是他飞机上的邻座海伦娜和阿达姆发来的,寥寥数语,附带了一张他们两人在东沃德吕尔广场拍的照片,两个人都笑得开心极了:"嘿,我们来到了这个地方,冰岛的国民们不堪忍受无能的政治家和腐败,最终敲着锅碗瓢盆在这里颠覆了他们无用的政府,好样的!你们是欧洲人眼中的领袖,引领了一个新的、更好的时代!我们真的很喜欢你们这迷人又小巧的首都。我们在一家高级的餐厅享用了美味的晚餐,还喝了不少好酒。我们俩都醉醺醺的,打算回酒店客房,我要和我高大英俊的男人做爱。记住,对你的眼泪心存感激,冰岛人!"

阿里看见了这对夫妻身后银色的议会大厦。他们可能在约恩·西于尔兹松的雕像前合影留念了。可怜的约恩·西于尔兹松不得不在这里日夜守护冰岛的议会大厦;我们没有善待为我们民族独立而斗争过的英雄——除此之外,他的表情如此严肃,双手放在衣服的翻领下面,仿佛打算在口袋里翻找一颗鸡蛋扔向大厦,仿佛随时准备从口袋里掏出鸡蛋,要是冰岛总统刚好打这里经过的话。我们还能拿这个国家怎么样,它在这么短的时间里成为楷模,欧洲的英雄,谁知,就和过去常有的事一样,它是短跑冠军,可一跑起马拉松,它却一败涂地?

阿里再一次按了按手机中央的按钮,进入短信列表。第一行是海伦娜的国外号码,然后是"嘿,我们来到了……"接下来就是波拉的姓名和电话号码,还有她的头像,她对着阿里微笑,拍照时阿里刚好出现,这让她的嘴唇现出一抹笑容——他全都扔掉了。短跑冠军,缺乏耐力?"你父亲告诉我……"她在十五点四十七分键入了这些文字,差不多九个小时之前,距离只有五十千米。她的手指、双手、肩膀、脖子、黑发、声调和灰蓝色的眼睛。她偶尔对他微笑的模样!

对你的眼泪心存感激,冰岛人。

他擦了擦眼睛。我们该说什么,一切始于死亡?当死亡走过维菲尔斯塔齐尔医院的长廊，用它的大手，它那月光做的骨头轻轻地抬起她，把她带走，小心翼翼，免得割伤自己，小心翼翼，因此她就不会那么害怕。它轻轻抬起她，剥夺了她的生命，她对幸福的期盼，她想唱的歌，她打算写下的诗和她想探访的城市。夺走她的生命，把她从难以承受的痛苦中解放。当痛苦大过生命，我们就会死去。

阿里看着波拉的照片，拍照时她望着他，仿佛他是无价之宝。"假如我把头发放下来，你就会知道我裙子下面什么也没穿。"为什么这还不足以被爱，我们还需要什么，为什么它不能治愈我们的伤口，或者至少让伤口可以治愈，我们怎么可以摧毁最重要的东西，你会知道我裙子下面什么也没穿，群山是献给天空的赞美诗——为什么在这样美妙的时刻，闪耀的光芒会退去？难道是我们不够坚强，不够坚定；难道是我们总走捷径，总想寻找快速解决问题的办法——十个秘诀？她在微笑。她板起脸。她为什么要这样美丽？上帝保佑我们，她是多么美丽！然而人体只不过是元素，其中大部分是水。比如说，占我们体重的百分之十八点五的是碳；氮大约占百分之三点九。波拉的正常体重大约是六十五千克，也就是说，她体内含有略多于两千克的氮。阿里爱不爱这两千克多的氮？

他爱她。想念她！自从他去了侯尔马维克，第一次在他租了两周的公寓里醒来，他就止不住地想念她。在那之前，他就在出版公司的沙发上过夜，埋头工作，即使辛苦也不停歇，他在路上飞奔，搬进家具齐全的公寓，在那里精疲力竭地沉沉入睡，十二小时之后，他在痛苦的哭泣声中醒来，好一阵子他才意识到，哭泣的人是他自己。从那以后,他几乎什么都感觉不到,除了后悔,仿佛现实已经在那里停止了,在那里转动着它的轮子。他后悔了,仿佛它是一份全职工作。

你在做什么工作?

嗯,我在后悔。

她拒绝和他交谈,也不回复他的信息,她坚守自己在电子邮件里对他发过的誓,那时的他在侯尔马维克的酒店里:"从现在起,你从我身上再也得不到任何东西,除了冷酷。这是我的报复。"

几周过去了。过得很慢。慢得仿佛时间本身正在消亡。最后,才看见一丝希望。波拉最喜欢的作品之一即将在哈帕音乐厅上演:马勒的《第九交响曲》;她无疑会出席。这样阿里就可以和她碰面了,谁知道呢?也许会有转机,因为音乐是如此非凡,足以改变生活,把拳头变成花束,把悲痛化为理解。他买了一副歌剧眼镜,在侧面的楼厅预留了座位,他知道她会选择大厅中央的座位;他打算一直看着她,看着音乐让她的脸变得更美。他很早就到了。坐在柔软的座位上,眼睛紧盯着他笃定她会落座的那一排,一开始他的手抖得厉害,以致几乎无法戴着歌剧眼镜向外看。她也到了——分毫不差地坐到了他猜想她会坐的座位上!他们之间的距离非常近。几乎什么都不能切断那根绳子,无论生死,在早餐桌上爆发的一场愚蠢的骚乱自然也不能。他迫不及待地想趁着幕间休息去找她。看见她的微笑照亮她的面庞,那比任何音乐都更美丽。他会亲吻她的头发,闻她身上的香水味,感受她的温暖和低语,原谅我,请原谅我,我竟如此愚蠢,然后她会用手指轻轻摩挲他的一只耳朵,带着半遮半掩的微笑告诉他,你真是太傻了。

他不得不摘掉眼镜,擦干眼泪。他深吸一口气,又把眼镜举起来,却看见一个男人在和她交谈。一个坐在她身边的人。他们是一起来的吗?这个男人的头发很长,打理得很好,他蓄着深色的、茂密又略微蓬乱的胡子。他很消瘦,穿着一套休闲西装。艺术家。或者是做这一行的。可能是她在艺术学院的熟人。他们在笑。然后音乐会开始了,伟大的交响曲响起,仿佛希望在人间降临。阿里几乎没法摘掉眼镜。幕间休息之前,这个一脸胡子的男人靠向她两次,不知说了什么引她发笑。他的嘴唇凑近她的耳朵,几乎贴了上去。他也许是个外国老师,阿里想,她不得不对他示以职业礼貌。

阿里没在幕间休息的时候去找她,他在一根柱子后面观察他们,像一个小偷。这个一脸胡子的男人穿得无可挑剔,完美衬托出自己,鞋子也很时髦——根本不是她喜欢的类型,阿里想,感觉松了口气。真是庆幸。他轻快多了。接着事情发生了。他们站在一起,靠得很近,太近了,他们在交谈,男人略微抬起右臂,把手掌放在她的后腰上——哦,穿着绿色晚礼服的她优雅极了,礼服是两年前在意大利她和阿里一起挑选的——他的手放在她腰间。没有辩解、犹豫或谨慎行事,完全是若无其事的样子,由此可见这种行为得到了默许。手就放在那里。她轻轻抬起脸,笑得很温柔。接着那只手掌滑向下面,更下面,稳稳地抚过她的臀部。她的屁股。

幕间休息过后,阿里再也听不进半点音乐。

他坐在座位上,不停地出汗,憎恨、绝望和惊讶轮流向他袭来。

波拉平生最恨的就是自己的臀部在公共场合被人抚摩；这种行为显得一个女人就像一匹母马，任由男人随意抚摩或者拍打给别人看。若是几个月前，阿里对她做出同样的事，她是会感到愤怒的。在任何情况下，阿里都没想过这样做。可那个脚踩时髦的鞋子，一脸胡子的男人却在抚摩她的屁股，仿佛没有比这更自然的事了。她对他笑了。阿里就坐在那里，那首波兰诗歌像一把锯子，填满他的意识，锯开生命的意义："从现在起，我可以去爱除你之外的其他男人。"

三周后，他坐上了飞往哥本哈根的飞机。

在地狱里的三周。在工作中，他设法控制好自己的思绪，只允许它们在他躺下睡觉的时候更加疯狂地攻击他——那一幕，男人把手放在她的屁股上，放在她的绿色晚礼服上；那个夜晚在之后他们做了什么？波拉有没有允许他陪她回家，进入她的房子；爬上那张她和阿里一起睡了很多年的床，他们曾在那张床上拥抱对方，一起苏醒；而他们又在那里做了什么？阿里自认为自己比任何人都更了解她，那种了解甚至深入每个细胞，谁知一转眼她就允许那个男人在人群中，在众目睽睽下抚摩她的屁股。她怎么会跟他上床呢？他们做了些什么？她是不是变成了一个完全不同于阿里印象中的人？她的一些面目阿里是否从不了解，从没见过，直到他们分开之后才得到了释放？他在床上辗转反侧。他埋进枕头呼喊，用呼喊抹去他脑海中的图像，他们两个人在床上，在做什么——他喊得肺都快炸了。有时为了入睡他能干掉半瓶威士忌。他仿佛又回到了二十五岁，熬夜写诗，听汤姆·威茨的歌，"想赶走这些噩梦，需要很多威士忌"。直截了当地说：他逃到了哥本哈根。从此他再也无法忍受马勒。

365.lif.is

阿里继母的来信上署明的日期是十月二日，刚好是两个月前，阿里还没读过那封信。他刚想读，又把它搁在一旁，尽管他已经回想不起原因；或许是电话铃响了，或许是灵感袭来，他必须立刻写下来，也就忘了继续读信。日期是十月二日，一封很长的信。信不出所料地写得很有条理，但又有些笨拙，那笔迹来自一个不惯于写作的人；继母本就不是一个适合写作的人。随信寄来的是西加写的文章，那个酒店经理，是她把五颜六色的糖果摆成一张笑脸，是她在三十七年前一个一月的清晨说过，假如我错过这个，那真是浑蛋，接着跳上一辆行驶的卡车，但后来也是她，才十五岁的年纪，就涉入海水，想淹死自己，结束生命。要不是继母想暂时摆脱生命的尖刀、失望与困难，借着抽根烟的工夫站在离海不远的墙边休息，西加就会真的没命。文章上有一张用回形针夹住的便条，黄色的，裁剪整齐，带有横线，继母在上面写了字，或者说，潦草地写了些什么，不像写信这么仔细，仿佛她很匆忙，可能桑德盖尔济的邮局——她的晚年是在桑德盖尔济度过的——快下班了，它只营业到下午四点，假如办事员要去理发店，去学校接孩子，或者在孩子放学前和丈夫约在家中，享受生活中短暂的激情的话，邮局下午三点就会停止营业——我们应该努力延续生命。这张黄色便条，或者说用纸裁成的便条，还夹在这篇未读的文章上，正、反两面都有匆忙之中潦草写下的文字："你还记得西加吗，那个曾经想淹死自己的女孩？我能肯定你还记得。我当然忘不了！我有些震惊，因为那时候她的继父也命在旦夕。他得了该死的癌症，受了很大的罪。第二天，西加去上班，表现得像什么事也没发生一样，有人问她是什么天大的事非得自杀不可，还这么年轻。我想是罗莎问的，那个话匣子，她一直受不了西加。是不是因为一个男孩，也许？她问。我记得她问的时候带着嘲弄的语气，或者至少不是善意的，我觉得那样做很令人讨厌，因为不会有人只是为了好玩去自杀，背后一定有什么严重的事情，即便那是一个非常年轻的人，轻视这种事很令人讨厌。可能是吧，西加冷冷地回答，态度很傲慢。许多人觉得为了一个男孩自杀是一种相当冷酷和自私的行为，毕竟她的父亲——或者说这个能做她父亲的男人，从她两岁起抚养她至今——危在旦夕，受尽百般折磨，身边的人也都陪着他一起受罪。可我们知道什么？不管怎样，我想我应该把这篇文章寄给你，因为你曾经很了解西加。"

这篇文章，《男性的世界》，是一篇很长的报道，附带了一张一大群女性的照片。《男性的世界》有一个副标题——《供权贵之人带走》。带走什么？阿里想，他开始阅读文章，随后在第五行找到了回答，这里明确指出了文中的动词"带走"的意思：带走一个女人，虐待她，强奸她。一篇理性的、内容稠密的、挑衅的、引人注目的文章，关于凌驾于女性之上的男权，关于一个男人如何夺取权力，关于对他来说似乎与生俱来的态度，它根植于历史中，潜伏在语言、流行歌曲、电影、媒体和当今的电子游戏里。它存在于我们目之所及的每一个地方，西加这样写道，我们会撞见它，不断地遭遇它，不管事情轻重。"语言是雄性的，总是和女人针锋相对，常常趁我们不注意，试图制服她，死死地控制她。假如一个女人表现出十足的决心和果断，就会被人称作一意孤行。假如一个男人表现出决心和果断，就会被人称作坚强和执着。当一个女人努力挣脱束缚，挣脱男性权威指定给她的角色时，语言就会为她安插许多称号。对职场有强烈野心的女人常被指控为对子女冷酷或者缺乏母性，而假如一个男人把他的家庭而非工作放在首位，就会被看成一个阴柔的、可怜的工人，一个娘娘腔。"

如同煽动者一般的一篇文章。读到第十五行时，阿里几乎开始憎恨男人，而最沉重的打击还没到来：暴力、野蛮、不可饶恕。"这种态度根植于语言、文化、媒体和流行歌曲中，它授予男人至高无上的地位。这是一种几乎从一开始就授予他们的霸权，因为男性自出生起就几乎握有全部王牌。此外，他们对这种霸权的肯定和与之相连的一种女性作为承受者和顺应者的印象，常常导致疯狂、暴力，以及虐待与强奸等不可饶恕的罪行。"

照片中有三百六十五名女性，和一年的天数一样多。她们都遭受过虐待或强奸，有些女性经历过不止一次。"她们被父亲、亲戚、朋友和牧师虐待，在家中，在俱乐部，在后院，在节日里，在一辆拉达旅行车的后座上被人强奸。"

*　*　*

阿里的心突然停止了跳动。

或是发出了一声巨响。

他的老花镜被蒙上了一层雾气。他摘掉眼镜，站起来，又坐下，抓起这篇文章，仔细查看那张和一年的天数一样多的女性的照片——它反映出这样的事实，每天都有女性被虐待、强奸，遭受严重的性骚扰。他仔细查看照片，可所有的人脸都模糊不清，他揉揉眼睛，想看得更清楚，这才意识到自己没戴眼镜。他又重新戴上。照片中所有的女性都很严肃，她们看起来并不阴郁和悲伤，只是严肃。这三百六十五名女性中最年轻的十六岁，最年长的九十二岁。她们都有自己的故事要讲。"很可惜，没有足够的空间让我在这里讲述她们的故事，"西加写道，不过她提供了一个和文章相关联的网页链接，365.lif.is，"你可以在这里找到她们的故事，以她们自己的名字命名的故事。"阿里伸手去拿笔记本电脑，打开，找到这个网站，他的心剧烈地跳动着，手指胡乱摸索，感觉喘不过气。西格伦是第一百三十七号。这里有她的照片，她在微笑，比过去年长三十三岁。她就在这里。虽然很多年过去了，阿里还是立刻认出了她。她的雀斑还在原位。她的眼睛还在原位。"假如我爱上你。""这里，那里，无论何地。"

没关系，宝贝

"那是一九八〇年的秋天。我只是一个十六岁的乡下女孩，要去参加舞会。那年秋天,我一直在一个屠宰场工作,活儿干完了,在一个星期三收工,舞会在那个星期六举行。在入冬的第一天。我常常觉得它是一种荒唐的象征,因为在那一天,我生命中的夏天结束了,而漫长的冬天开始了。我是多么向往那场舞会!我对屠宰场的一个男人有点好感,同时也感觉到他喜欢我。他总是让我看见他无比亲切的样子。我让母亲帮我梳头,我的脚几乎没有提前碰过地面。不过,我不太记得舞会的情形了;那时我只是个孩子,不太懂得怎样喝酒,很多男人让我喝酒,不管他们递来什么,我都喝了。这是个错误。我的确记得,我一直在等那个我喜欢的男人走过来请我跳舞,可他一直没来。可能是他太害羞了。我也想过亲自过去把他拉进舞池。哦,我多想吻他!不过,让我完蛋的原因当然是把许多不同种类的酒掺在一起喝。我依稀记得自己靠在一张桌子上,努力忍着不吐出来。我注意到我喜欢的那个人就站在舞池边,我只能想着绝不能让他看出来我想吐;我可受不了这个——它会毁了一切!接着一个男人向我走过来。他不是这个片区的人,但有亲戚住在这儿。他三十多岁,已婚,有孩子。在屠宰场干活儿的时候,他在我附近,可我从来都对他没有兴趣,这是自然;他对我来说太老了。他有时会取笑我,以此来逗别人笑。我从没觉得他有趣,有一次还向母亲抱怨过他。我告诉她我不喜欢他取笑我,他说和我跳舞肯定很有意思,也许我应该嫁给他。有一次他还说,如果羊屁股和你一样可爱,做个农民会很有趣。我母亲说我不该被这事困扰,有些男人就是这样,总是开玩笑,这其实很有趣。事实上,她责备我太保守,说我就像我父亲那边的一些亲戚,太过傲慢。她还说这个男人是个正经人,一个勤劳的工人。我觉得他让人无法忍受。我吃力地站着,他却向我走来,这是我第一次醉得这么厉害,特别想吐,而且因为压力而不知所措,假如我喜欢的人看见我吐了,一切就都毁了。这个男人走过来问:'亲爱的,你是不是感觉不舒服?'他的语气中带着一副关心我的样子,就像一个父亲,我想我只是点了点头,差点就大哭起来。他把我带到室外。我觉得很尴尬,所以头一直低着,却透过眼角的余光看见了我喜欢的人,我记起了刚才的想法,'等我感觉好一点,我就进去,把他拉进舞池!'于是我靠着这个男人的车吐了起来,我记得那是一辆黄色的拉达旅行车。我把五脏六腑都吐出来了。我记得这个想法飞掠过我的脑海,不能吐在鞋子上——想想吧,终于可以和你喜欢的人共舞,或许还是一支慢舞,可你的鞋子却沾上了呕吐物!这个男人对我很好,抚着我的背,说我做得很好,很快就没事了,接着他递给我一个瓶子,我以为是水,所以咕嘟咕嘟地喝起来,谁知是一瓶伏尔加,里面掺了低度数啤酒。我几乎呛住了,他却笑了起来,更放肆地抚摩我的背,开始吻我。我吓呆了。他吻我的方式就像我是他的私有财产。他狠狠地吻我,努力把他的舌头伸进我嘴里。我因刚才的呕吐和突然喝了他的伏尔加酒而感到头晕。一开始我感激他帮了我,所以觉得立刻推开他有些粗鲁——我也不想表现出自己的势利和狂妄,就像我母亲有时责备我的那样。总而言之,我只是个女孩,只是个孩子,只是喝得太醉,太震惊。这一切发生得太快,可同时又很缓慢。我突然发现自己在他的车后座上;他扯掉我的内裤,我像个傻子一样问他,'你要对我做什么?'他有些喘不过气地回答说,'没关系,宝贝'。可我觉得这并不好，我让他停下，又感到一阵恶心，想要逃脱，扭动着身体，想从他身下挣脱，可这却让他变本加厉，他把我按倒，他的力气比我大多了，接着强奸了我。事后他问我，'有这么糟糕吗？'接着又把酒瓶递给我。喝一大口，他说，拍拍我的肩膀。我觉得自己已经远离了这个世界，从外面看自己，看见我的大腿在流血，同时我在想，但愿那个男孩没看见我们，因为那样他也许永远都不愿意和我跳舞了。后来我看见自己拿起瓶子喝了一大口。"

"我是一个十六岁的女孩，去参加舞会，我喜欢一个男孩，梦想跳一支慢舞，做着孩子气的梦，它有自己独特的甜蜜与美丽，我梦想我们住在一起，然后从爸爸妈妈手中接管农场。第二天醒来的时候，我并不知道我是怎么回家的，只是浑身散发着呕吐物的味道，鞋子也沾上了——为此我被大骂了一顿——一切都变了。昨夜去跳舞的那个女孩，她有一个心上人，可她死了；她被一个快四十岁的男人杀死在一辆汽车的后座上。我常常想，假如我没有被强奸，我的命运又会是怎样的？我会成为什么样的人？有时我会想，我还会再见到原来的我吗？还是她真的死了？被杀死在那辆该死的拉达车的后座上？"

<blockquote>
亲爱的上帝，我小鸟一样的心脏
跳得多快！
</blockquote>

还不到一周时间，我们就在合作社的饼干区碰见了她，当时她移开目光，仿佛懒得去看我们时，她眼中的我们只不过

是一首拙劣的流行歌曲,在世界尽头的热门歌曲排行榜上排第三百八十七位。

懒得去看我们。

我们什么时候才会说出事情的真相,世界的真面目又是怎样的?

我变了一个人,西格伦在网站上这样写道,接着描述她的自尊是怎样崩塌的。她觉得自己很肮脏,像一个妓女,觉得自己是罪魁祸首,全是她的错。有一阵子,她寄希望于没有人知道这件事,这样她会更容易忘记。"后来我碰见了我喜欢的那个人,在合作社。我看见他站在一条过道上,决定直接向他走去。不知为什么,我觉得他若给我一个亲切的眼神,一切都会好起来。亲爱的上帝,当我走近他的时候,我小鸟一样的心脏跳得多快!他一定看见我走过来了,可他却假装忙着看饼干,显然并不想认出我,我想,上帝啊,他知道了,知道了我有多肮脏!我移开目光,低下头,急急忙忙地走过去,走到外面,免得让他看见我哭。圣诞节过后,我搬到了阿克拉内斯,我没法在家中安静地生活,就在一家冷冻厂找了一份工作,在接下来的几年里,我和很多男人一起工作过,记不清具体数目,也不想知道。他们大多都是年纪大的男人。我只是觉得很脏。有传言说我很轻浮,很容易搞到手,不管我怎么解释都无济于事。他们当中有些人当然也虐待过我,对我做过可怕的事情。可我从没试过寻求帮助,直到一个周末,我和一个被我唤作男朋友的人一起在避暑别墅里过了两夜。他邀请了他的两个朋友同行,他们似乎把我看作某种可以随意使用的东西。我带着醉意问其中一个人,能不能让我自己静一静,他仿佛很惊讶地回答,我和那么多男人都搞过,这种事对我来说他妈的不该有任何不同。"

它们正看着什么?

列侬谱写的左眼,麦卡特尼谱写的右眼。

阿里站在酒店客房的床边,外面正在下雪。世界充满了来自天堂的信息。有一次我们去做智商测试,阿里的结果是一百三。不赖,我们自豪地说,仿佛被人授予了奖章或是证书,证明我们不只是平淡无奇的存在、单调的星期二和乏味的无名小卒。测智商很容易,也许这就是为什么大多数事情都要根据它进行评估。根据智力和分数进行评估;显而易见的事情。而要测量什么事情更重要、更有价值就困难得多:理解、敏感、道德。一个人的智商是一百三,但理解力只有十二。假如没有理解,智力又有什么用?我们看着卡里把她拉进他的拉达车,但什么也没弄懂。直到三十多年后,有人对我们清楚地阐明了事实。阿里站在窗前,透过几乎全黑的玻璃,他只看见了自己的影子。负罪感也会啃咬一个没有过错的人,一个什么都不懂的人。

她的眼睛。

"当卡里在她身上不断起伏,在狂乱中露出牙齿的时候,那双眼睛正看着什么?"

它们正看着什么?

它们什么也没看。只是一动不动。

或者只是流泪。

活着多么美好

午夜时分,凯夫拉维克消失在飞旋的雪花中。我打开第三瓶啤酒,与阿里和我们的远房表哥一起喝,十八架美式战斗机在我们头顶默默地飞行。这位表哥对于我在这里感到很高兴,比躺在地板上的猫们要高兴得多,它们用黄色眼睛盯着我,瞪着我,仿佛想把我变成一只鹦鹉,让我更容易被吓死。我们的表哥喝了很多咖啡,一边嚼着大理石蛋糕,一边告诉我他的生活,他在基地和美国佬共事的岁月,那时候每一个在凯夫拉维克的人都混得风生水起,钱从天上倾盆而下。CD播放器正在播放赫尔约马尔的最新热门专辑,和谐、有力又充满诗意的音乐:"和我一起躺在这里/万籁俱寂/活着多么美好。"[1]当一句迷人的歌词抓住他,偷偷带走他,把他带到过去时,我们的表哥偶尔会在说话的时候突然停下,假如没有赫尔约马尔,我们会在哪里?他叹了口气,接着重新播放这首《幸福的爱》,继续回忆自己的家人尚在人世的岁月,那时他们都还活着,他们让地球继续转动;他说起北峡湾,一个我和阿里甚少了解的地方,可它却流淌在我们的血液中,也许是赫尔约马尔让他变得忧郁,让他说出那些一定是出自玛格丽特口中的话:爱,他说,爱是最明亮的星系,永远不会被摧毁!

---

[1] 歌词出自赫尔约马尔的歌曲《爱的幸福》(*Ástarsæla*),由居纳尔·波扎尔松作曲,索尔斯泰因·埃杰尔特松(1942—)作词。

但世上最痛苦的事一定是从来不曾尽力去爱，这肯定是不可饶恕的。

赫尔约马尔唱着歌，我们的表哥迷失在自己的故事里，不再克制自己，此刻的他这样激动，这个安静的男人，几乎在想象中呼唤着那些逝去的、死去的人重新回归生命，仿佛他的话语是搭建在不同世界之间的桥梁，仿佛它们能把地球的深邃带给我们，把天空带给我们，把我们不理解的东西带给我们。我抛开疲劳和对睡眠的渴望，这是漫长的一天，感觉就像过了一个多世纪，可是假如没有人愿意倾听这些话，我们的生命又有何价值？

夜深了。猫在熟睡，一切都在熟睡，除了我和我的表哥、赫尔约马尔，还有酒店客房里的阿里，他已经开始阅读继母的来信了——明天会发生一些我们无法控制的事情。

我的表哥沉默不语，他垂着眼皮享受着音乐，我轻声说，"世上最痛苦的事一定是从来不曾尽力去爱"。我透过客厅的窗户向外望，什么也看不见，除了飞旋的雪花。凯夫拉维克竟如此隐秘，仿佛这个黑色的地方从未存在过。

图书在版编目（CIP）数据

鱼没有脚 /（冰）约恩·卡尔曼·斯特凡松著；苇欢译. -- 成都：四川文艺出版社，2021.12（2022.9重印）
ISBN 978-7-5411-6091-2

Ⅰ. ①鱼… Ⅱ. ①约… ②苇… Ⅲ. ①长篇小说－冰岛－现代 Ⅳ. ① I535.45

中国版本图书馆CIP数据核字（2021）第182438号

Copyright © 2013 Jón Kalman Stefánsson
Published by agreement with Copenhagen Literary Agency ApS, Copenhagen.
The graphic designer of Icelandic cover © Ragnar Helgi Olfasson
Simplified Chinese translation copyright © 2021 by Beijing Xiron Culture Group Co., Ltd.
All Rights Reserved.

版权登记号：图进字21-2021-296号

YU MEIYOU JIAO

鱼没有脚

［冰岛］约恩·卡尔曼·斯特凡松 著
苇欢 译

出品人	磨铁图书
特约监制	冯倩
责任编辑	陈雪媛
责任校对	汪平

出版发行	四川文艺出版社（成都市锦江区三色路238号）
网　址	www.scwys.com
电　话	010-82068999（市场部）　028-86361781（编辑部）
印　刷	嘉业印刷（天津）有限公司
成品尺寸	140mm×200mm　开　本　32开
印　张	10.75　字　数　227千
版　次	2021年12月第一版　印　次　2022年9月第九次印刷
书　号	ISBN 978-7-5411-6091-2
定　价	49.80元

版权所有·侵权必究。如有质量问题，请与本公司图书销售中心联系调换。电话：010-82069336